創元日本SF叢書02

盤上の夜

Dark beyond the Weiqi

宮内悠介

yusuke miyauchi

東京創元社

目次

Dark beyond the Weiqi

by

Yusuke Miyauchi

2012

盤上の夜

盤上の夜　Dark beyond the Weiqi

灰原由宇の出自は謎めいて語られるが、〈八方報〉の当時の記事で、彼女自らが東京の生まれであることを明言している。中学へ上がり、外国に渡るまでの少女時代を、灰原は東京の駒込で過ごしたということだ。このころの棋譜として、相田淳一九段との五子局とされるものが伝わっているが、これは由宇を売り出すため、相田自身が作成した偽作である。

偽作というのは、後に相田九段が語ったことであるのだが、それゆえ本譜には、由宇への憧れにも近い期待が露骨に現われている。序盤は由宇が足早に先行しようという内容で、いかにも覚えたての子供らしく、薦められた打ち方ではない。しかし他方では、逆にゆったりとした定石を選んでおり、むろんそれも含め相田の作なのだが、由宇の側にも何かしら自分なりの考えがあるとわかる石の運びとなっている。碁の定法を知らない少女が、のびやかに着想し、打ち継いでいくさまを、読み手は想像させられる。

この譜を、相田がどのような心境で記したものか定かではないが、彼が由宇に見ていたであろう素質、才能は、譜上に垣間見ることができる。相田は由宇を通じ、ありうべき未来の碁の姿を見ていたはずだ。だからこそ、その後の失意と無念を考えると、痛ましいのである。

実際は由宇は十五になるまで碁を知らず、名人や本因坊といった歴代のタイトル保持者がその年頃には入段していることを考えると、晩学の部類に入るだろう。彼女が碁を覚えたのは、海外で四肢を失ってからのことである。

だがまずは、彼女のわずか数年という短い絶頂期から、有名な公式対局を振り返ってみたい。先番が、灰原由宇八段。対するは、安希俊十段。本因坊戦と呼ばれるタイトルの、挑戦手合である。序盤はともに穏やかな進行。「秀策の尖み」と呼ばれる古い碁形が出てくるが、相手にこれといった手がないことから近年再評価され、アマチュアの間でもよく打たれている。

石を持てない由宇のかわりに黒石を打ち下ろすのは、相田の仕事である。やろうと思えば相田は自分の考えで打つこともできるわけだから、この特例が通るまでには一悶着あった。このあたりの事情については、後に詳しく記したい。

中盤にさしかかるころには、由宇、安の両者とも、表情は鬼気迫り、視線は一点盤上へ注がれていた。専用の座椅子に寄りかかる由宇の額からはときおり汗が流れ落ち、それを相田がハンカチで拭い取るのであるが、相田は由宇を家に住まわせ、その他あらゆることの世話もしていたというから、彼が一度は棋聖にまでなった人物だということもあわせて考えると、これは異様な光景というよりない。しかし、この献身なくして、灰原由宇という棋士の誕生もありえず、のちに由宇が鬼女とまで呼ばれるに至ったのは、ただ碁が強いばかりでなく、こうした対局の際の光景が、強く印象を残したものと思われる。

帰国当初、由宇は新見秀道名誉棋聖の自宅に住みこみ、そこで新見夫妻にも可愛がられたということだったが、泥酔して帰宅した新見に猫のように踏んづけられることが重なり、べつに新見に悪気はなかったのだろうが、これがあったがため、由宇は相田のマンションに移り住むこととなった。由宇の両親は早くに他界しており、それまで頼っていた親類たちも、帰国後はいよいよ難色を示したので、こうした住みこみや転居はむしろ歓迎されたということだ。

この奇妙な共同生活は、それなりに上手くいっていたようである。一見介護のようでもあり、また内弟子のようでもあるが、稼ぎ手となるのは由宇で、相田はといえば、その後打ち盛りの年齢で引退し、以来、由宇の影として棋界にとどまりつづけたというから、世の人間には奇異としか映らなかったのも無理はない。この関係性については相田もしきりに訊ねられたようで、〈八方報〉でこう語ったことがある。「このあたりが、相場の分かれだったのです」

相場、という囲碁用語を用いたのは、自分と由宇との才能の差を表わしたものと思われるが、一度はトッププロの座にも列席した相田だからこそ口にできた一言でもあったろう。由宇のかわりに石を持つ必要がなくなったいま、八方社の決算期といった節目ごと、思い出したように復帰を望む声が持ち上がるが、相田が棋士として碁界に戻ることはついになかった。

安十段との対局は中盤で趨勢が決していた。新聞の解説記事によれば、「中央を飛び曲がれば黒がよく、白は二子を制しておけば息が長かったが、灰原の強手が成立しては打つ手がない」とある。ところで、このとき由宇が「星が痛い」とつぶやいたことは、ボヤキの部類としてもひときわ奇妙だったことから人々の記憶に残っている。あるいは将棋の坂田三吉の「銀が泣いている」を思い起こした者もいたろうが、それにしても、星とは盤上に配置された九つの黒点のことだから、痛みなどは感じないはずで、このように、人でないものを人になぞらえ、人間的な感覚を投影することを、一般には擬人法、修辞学において活喩などとも呼ぶようだが、後年、相田九段が語ったところによると、こうした理解は見当を外しており、あのつぶやきこそは、由宇という異端（いたん）の棋士を解読する鍵だったのだという。

「あのとき由宇は、一つの現実の肉体感覚として、星を痛いと感じたのです」

隠遁（いんとん）生活を送る相田と待ちあわせたのは空蟬橋下（うつせみばしした）にある結婚式場兼ホテルで、窓の外では若い黒服の集団が引出物（ひきでもの）を提（さ）げてタクシーを待っていた。大塚（おおつか）に居（きょ）を構える相田が、近くだからという理由で指定した場所であったが、現われた相田は流行を数年過ぎたスーツを着ており、また北口のスナックの二階に一人住まいをしているとのことだから、暮らし向きは楽でないように思われた。いっときは、八方社の理事就任の話も持ち上がったこともあったが、立ち消えとなり、棋界からは完全に一線を引いている。

「幻覚、と言ってもいいでしょう」と相田は言葉を継いだ。「彼女は、実際に身体（からだ）の一部が痛いと感じるように、盤そのものを痛いと感じたのです。脳が、痛いと感じた。こうした五感の悪戯（いたずら）は、たとえば統合失調症の臨床例にも見ることができます」

「灰原八段は、統合失調症だったのでしょうか」

思わずそう訊（き）いてしまったのは、棋士の口から精神医学の用語が出てきたことに驚いたからだったが、そう伝えたところ、「付け焼き刃（ば）です」と相田は謙遜（けんそん）した。盤上では「殺し屋」として恐れられていた男も、物腰は柔らかく、分け隔てのないものであった。

「わたしの見る限り、由宇は統合失調症とは異なりました。性格は熱くなりがちで、寄らば斬（き）らんというような面はありました。しかしそれは疾病（しっぺい）というよりは、彼女の経歴に起因するものでしょう」

穏やかに話す相田の表情は、涼しく曇りないもので、たまに指導碁を打つほかは、パートによりかろうじて生計を立てているということであったが、生活の澱（おり）を感じさせないあたり、仙人を思わせるものがある。

ところで相田はときおり目を落とし、ちらちらとテーブルの砂糖入れのあたりを確認しており、わたしの視線に気づくと、「癖なんです」と静かに言う。人と向かいあって坐（すわ）ると、ときおり、無意識に、視線が対局時計を探すらしかった。話は期せずして個人のメンタルヘルスに及んでいたので、わたしが質問のしかたを考えあぐねていたところ、「そういえば」と相田が口を開いた。

「一度、由宇が義肢（ぎし）をつけて臨（のぞ）んだ対局があったのですが、覚えておいででしょうか」

「ええ」

その対局はわたしもよく覚えていた。由宇の功績を記念し、理事会から義肢を贈られたことがあったのだが、それはブレイン・コントロール・インタフェースにより思考で操作ができるという、当時としては最新のものであった。

「望外（ぼうがい）の贈り物を、由宇は大変喜んでいた。あわせた服装なども、二人で選びにいったものです。大袈裟（おおげさ）に聞こえるかもしれませんが、わたしたちは、自分たちが生まれ変わるかのように感じておりました。しかし、そうして臨んだ最初の対局は、惨敗だったのです」

歯車の狂ったような一日だったという。相手の高山健（たかやまけん）七段は、腕は一流半とささやかれながらも、筆が立ち、雑誌の観戦記の類（たぐ）いは軽妙でわかりやすいと評判が高い。棋力（きりょく）の面では由宇には及ばず、あるいは楽勝でさえあったはずだった。だが、由宇は少しずつ損を重ね、そのため勝負手をくりかえすものの、気がつけば挽回できない形勢になっていた。

「義肢をつけた由宇は、もはや由宇ではなかったのです」と相田は言う。「盤と石こそが、由宇の手であり、足であった——それは、文字通りそういうことだったのです」

この一戦以来、由宇は義肢を身につけることをやめた。公式対局でも、プライベートでも、それは一貫して変わらなかった。

「幻肢痛、という言葉はご存知でしょう」

「手足を失った人が、ないはずの手足の痛みを感じるという現象でしたか」

「そうです。人間は、長い時間をかけて、触覚と、現実の自分の手足とを結びつけていく。だからこそ、脳は手足があるかのように錯覚し、このような幻覚が発生する」

ところが、と相田はつづける。囲碁がすべてであり、囲碁のみの世界を生きつづけた由宇の脳は、まったく別の世界を独自に拓いていた。年月をかけて築かれたはずの感覚の地図は、ただちに塗り替えられていった。盤と石それ自体が、相田が言うには、彼女の脳に新たな触覚の一部としてマッピングされていったのである。

「星が痛い——それは由宇にとって、一つの現実の肉体感覚だったのです」ここで、相田は堰を切ったように専門用語を並べ立てた。「だから……星は由宇の中指であり、小目は薬指であった。高目は人差し指であり、三々は小指であった。跳ね継ぎはマイスナー小体であり、尖み付けはパチニ小体であり、桂馬掛けはメルケル触盤であり、千切り飛びはルフィニ終末であり……私の言わんとすることが、おわかりでしょうか。由宇は、盤面を肌で感じることができる人間だったのです。囲碁のある局面を、あるいはその過去未来の局面を、触覚としてとらえることができる。それが由宇の強さであり、それこそが、ほかの棋士たちには真似できない点だったのです」

「にわかには……」わたしはそこで口をつぐみ、結局、相手の言うことをそのまま言い換えた。

「灰原八段の脳は、失った手足のかわりに、盤面をダイレクトに身体へ接続した。だからこそ、模造の手足により、彼女の感覚は狂わされた。そう仰（おっしゃ）るのでしょうか」

「そうであったと認識しています。むろん、信じていただかなくとも構いませんが」

「……あなたは、いまも灰原八段を待っているのでしょうか」

唐突にそんな質問をしてしまったのは、窓の外を見つめる相田が、あまりにも遠い目をしていることに気づいたからだった。相田は小考（しょうこう）したのち、やがて苦笑しながら「わかりません」と応（こた）えた。

いま彼らのことを考えると、相田と由宇は、出会わないほうがいい二人だったのではないかとさえ思う。二人は、あまりにも、生き急ぎすぎた。そしてあまりにも実直すぎたのである。しかしそうは言っても、すべては、その二人の邂逅（かいこう）から始まったのだった。

由宇が碁を覚えたのは、海外で四肢を失ってからのことだったと記したが、それはこのようなあらましであった。卒業旅行で中国を訪れていた由宇は、土産物（みやげもの）屋で出された茶を飲んでから昏（こん）倒（とう）し、見知らぬ病院のベッドで眼を覚ました。

彼女は一服盛られたのだろうと理解したが、医師や看護師の態度から、言葉は通じないまでも、何か尋常ならざる事態に陥（おちい）ったらしいことは感じられた。手足を失ったことを自覚してからは、事態を受け入れるまでに時間はかかったものの、医学上の必要があってそうしたのだろうと考えたし、医師が彼女の写真を撮影した際も、論文の類いに使うものと捉（とら）えていた。

実際は彼女に対する外科手術は、好事家のための嗜虐的な意図からなされたもので、写真は彼女を競売にかけるためであった。このとき由宇に値をつけたのが馬と名乗る年老いた賭碁師で、馬は大金の賭けられた大勝負に勝ち、その金で由宇を購入したということだ。

このことには経緯があり、馬としては、もともと気乗りのしない勝負であったようだ。馬は暴力組織同士の抗争に巻きこまれ、やむなく勝負に臨んだのだが、勝った後に命を狙われることを怖れ、相手方の人身売買組織を通して人一人を買い、勝ち金を還元するという形で身の安全を図ったらしかった。

しかしこれにより馬は無一文に近くなり、賭碁を打ち、負ければ代償として由宇を差し出す、という暮らしがつづいた。これ以外の点で人間らしく扱われたことは由宇にとっては不幸中の幸いで、このとき由宇は馬から中国語を学んだのであったが、その多くは淫猥な言葉だった。それにしても、賭碁師などというその日暮らしの人種にとって、自由に歩くこともままならない同居人は重荷であろうし、また、やろうと思えば由宇を使ったもっと別の商売も考えられたはずで、あるいは馬なりにも、一種のパートナーとして由宇を扱っていたのかもしれない。

わたしがたまたま訪中する機会に恵まれた際に、馬という人物について消息を追ってみたところ、由宇を失ってからは気運も落ちたようで、まもなく碁にも勝てなくなり、高速道路で当たり屋まがいのことをし、当たり損ね車輪に巻きこまれ死んだということだ。彼が通ったという碁会所での評判は、よからぬ人物ではあったが、子供っぽく憎めないところもあり、事故は気の毒だという話だった。

ところで、このとき店のカウンターには、由宇が本因坊戦リーグに入った際の日本語の〈週刊碁〉が置かれていた。

「あんた、彼女のことで取材に来たんだろ?」

店主が言い、また常連客たちも話に加わり、彼女はいまどうしているのか、元気でやっているのか、といった事柄をくりかえしわたしに問いかけた。話しぶりからしても、彼らとて一度ならず由宇を抱いたのだろうが、彼女の身を真剣に案じている節(ふし)もあり、おおむね、由宇はけなげで可愛らしかったと好意的に捉えられていた。なかには、馬との賭碁に応じてきたのは由宇の生活のためだったと言う者もおり、馬が由宇を買った経緯を話したのは、そうした常連客の一人であった。客たちはしばしば思い出話に花を咲かせたのち、誰が言い出したものか「由宇加油(カユ)〈頑張れ〉!」という寄せ書きを作り、わたしに託したのだった。

日本的な考え方からすれば、彼らもまた加害者の一員であるはずなのだが、乞(こ)われ、リーグ戦での由宇の活躍などを話すうちに、客たちはあたかも古い仲間の出世を喜ぶかのようで、なかには涙を流す者までいるので、わたしはすっかり毒気を抜かれてしまい、由宇は引退はしたけれども、いまも日本で元気でやっている、と最後に嘘をついた。

由宇は住人たちに好かれており、彼女を悪く言う人間はいなかったが、それは、彼女の天性のものというよりは、生き抜くために味方を作らねばならなかった、という面もあったろう。技能はなく、満足に言葉も喋(しゃべ)れず、歩くことすらできないなか、由宇は抜け出す方法を考えねばならなかった。現地の警察は頼れそうになく、自分の存在が日本大使の耳に入ることは望みではあったが、聡(さと)い由宇は、そのような可能性が皆無に等しいこともまた理解していた。

そこで最後に由宇が目をつけたものが、碁だったのである。

すなわち由宇が碁を覚えたのは趣味のためではなく、巷の碁打ちたちが言うような神授の一手を目指してのものでもなく、ただ一点、自由のためだったということだ。由宇は馬の対局を見ながら碁のルールを覚え、盤はおろか紙もペンもないなか、仮想の相手との対局をくりかえした。最初はごく一部分しか想像できなかったものが、徐々に広がり、やがては何面もの碁盤を脳内に持つに至った。布石、中盤、ヨセといった概念は、シミュレーションをくりかえすうち漠然と身についた。

馬は賭碁の現場へ由宇をつれ歩くのが習慣だったので、対局を見る機会には恵まれていた。しかし、極秘裏に碁を覚えることが由宇の計画であり、馬が戯れに由宇に碁を教えようとするときは、気のない素振りをしてやりすごした。由宇は馬の対局相手を一人ひとり観察しながら、信頼の置けそうな人物が現われるのを待った。

由宇が目をつけていたのは、そのころ常連となり勝利を重ねていた小柄な壮年の男性だった。男は他の客たちとは雰囲気が異なり、石を持つと、それだけで周囲の気温が数度下がるようであった。客たちが打ち飽き、茶飲み話をしているところ、ふと店主が強さの秘訣を求め、「背骨で打つのさ」と男が応じた。その横で、由宇は何気ない調子で、馬に話しかけた。

「馬、わたしと打ってよ」

「なんだ、碁を覚えたのか?」

ここで由宇は意を決し、自分が勝てば自由にしてもらいたい旨を切り出したが、由宇の側としては、賭けるものが何もなく、ここで降りられては話にもならない。してみると馬の自尊心につけこみ、勝負を受けさせるしかないが、幸い碁会所では周囲の目がある。

「自由になって、その身体でどうするんだい」

馬は冷笑したものの、まだ余裕があり、「場所を言ってくれれば、打ってやるからな」などと言いながら、ハンデの置石を並べはじめる。これを受け、他の客たちも石を取りはじめたので、由宇は件の常連客を呼び止めた。

「待って——あなたに、立会人になってもらいたいの」

立会人を求めるということは、馬の不正を見張り、また約束の遂行を求めるということである。これは馬にとっては心外で、顔からは徐々に血の気が引き、声はおのずと震え出した。

「おれは賭碁師だぞ」馬はつぶやいたが、それきり黙りこんでしまった。

「立ち会いましょう」と客が応じたので、とにもかくにも勝負がはじめられることとなった。

「ただし、一時間ほどです。その後は、予定が入っているものですから」

持ち時間は一時間。それが切れれば、ただちに負けとなる。石を持てない由宇のかわりに、立会人が石を打つ。十数手ほど打てばおのずと力は見えるもので、馬はしばし手を止め、考えこんでいた。

「こそこそ勉強しやがって」馬の口調には、裏切られた憎しみのようなものが籠もっていたという。「終わったら……わかるな、後悔させてやる」

この言葉に由宇は少なからず怯んだが、どのみち失うものなどないわけだから、賭碁師としての面子がかかった馬とは条件が違う。次第に、馬のほうに焦りが目立ちはじめていた。このとき由宇はうっすらと目を開け、眠ったような顔つきをしていたという。

由宇は対局が煮詰まった頃合いに、ふとこのような表情をする癖があった。後年、このことをインタビューで問われ、「氷壁を登っているのです」と回答したことで、からかい半分に囲碁界のラインホルト・メスナーと名づけられたのであったが、愛嬌には乏しく、「それでは、灰原先生が深呼吸を始めたら、要注意ですね」と指摘されると、「高所では深呼吸はできません」とそっけなく返答したものだ。

「高峰の頂上付近は、マイナス数十度という気温になります。そのような環境で深呼吸をすると、肺のなかの水分が凍りついてしまう。極地では、深呼吸は危険なんです」

　このエピソードは由宇の生真面目な一面を表わすものとして語られるが、一方、次のような眉唾ものの話もある。

　あるとき外耳炎を患った由宇が耳鼻科にかかったところ、まるで登山家の耳ですね、と医師に指摘された。慢性的な炎症から外耳道が狭くなっており、これは日常的に山へ入る登山家に見られる症状なのだという。

　これについて相田はどこまで本気なのか、「由宇は棋理の最果ての天空を目指し、見えないハーケンを打ち、架空のホールドを握りつづけてきました。そのうちに、身体そのものが変質してしまったとしても不思議ではありません」などと言うが、ことによると彼自身、やはり由宇に心酔していた面はあったのかもしれない。

　しかしこのような話も、彼らが口にすると、不思議な臨場感と説得力を伴うもので、その最たるものは、やはり由宇のあの台詞だろう。早碁のトーナメント戦で決勝に残った際、抱負を聞かれ、由宇はこう答えたのである。

「わたしは、この世界を抽象で塗り替えたいんです」

さて馬と由宇との対決は、中盤を終えるころに大勢が決していた。中央に大劫と呼ばれる碁形が生じ、馬が半潰れの格好。とはいえ、馬が三十分ほどしか費やしていないのに対し、由宇は五十分ほどを消費していた。加えて、由宇は着手点を指定して立会人に打ってもらう関係から、どうしても着手が遅くなる。馬としては、もう格付けはなされてしまったにせよ、勝負を引き延ばし、由宇の時間切れを狙うことはできた。そこで馬は隅の敵陣に打ちこんだのであったが、これは無理な手であるものの応手が難しく、このあたりは賭碁師を名乗るだけのものはあった。

このとき立会人の男が、由宇の着手を聞かず間髪を入れず次の一手を打ったので、馬が「反則だぞ」と口を挟んだ。

「おかしいな」と立会人は惚けてみせた。「確かに、お嬢さんの声が聞こえたと思ったのですが……しかし、いずれにせよ、二手つづけて打ったわけでもなし。間違えて、着手禁止点に打ったわけでもない。なるほど、わたしが聞き間違えた可能性はゼロではないでしょう。が、囲碁の反則はまったく犯していない。これは、まったくの合法手なわけです」

詭弁だ、と馬は言いかけたが、観戦者たちが由宇に加勢したので、馬はそれ以上の追及を諦めた。しかし、立会人は明らかに馬よりも一枚上手であり、時間差はじわじわと縮まり、ついには逆転した。横目でそれを確認した馬が、大きく息をついて低く投了を告げた。立会人は馬には見向きもせず、由宇に声をかけた。

「あなたに、会わせてみたい人間がいます」

こうして引き合わされたのが、囲碁普及のために訪中していた相田九段だった。立会人の男もまた、中国棋院のプロの一人で、賭碁は煙草銭のためであったという。相田は神妙な表情でこれらの経緯に耳を傾けたのち、やがて「わかりました」と口を開いた。

「一局、打ってみましょうか」

何年ぶりという日本語は、不思議なイントネーションの甘さとともに響き、由宇はしばらく意味を解することができなかった。一局？　何を打つというのだ？　すぐにも、馬がわたしを連れ戻しに来るかもしれないのだ。その前に、大使館まで連れていってほしい。

助けて、と由宇は言いかけた。しかし喉元まで出かかった声を、ついに発することはできなかった。その一言を、由宇は言えなかった。このときの心境は、由宇自身、理解の及ばないものだったという。由宇は助けを求めず、かわりに、向かいで携帯用の碁盤を広げる相田へ凜と目を向けた。十六の四、と由宇がつぶやいた。「――十六の四、星」


こういった一連の話は、当然のことだが、おおやけに語られることはなかった。そのかわりに、ゴビ砂漠の観光中に熱病にかかり、その際に四肢切断術を受けたという、まるで詩人のランボーのような話がまことしやかに伝えられた。

由宇の経歴が、本人が望んでいるいないにかかわらず、こうも虚構に彩られた背景には、到底公表しづらい彼女自身の熾烈な過去もあったのだが、うがった見方をすれば、棋界の無意識といったようなものも働いていたと思われる。

おそらくは彼女は、碁打ちとして本質的すぎたのである。彼女の囲碁に対する剝き出しの思い、鮮烈な感性は、長年既存の棋界に巣くってきた人間にとっては、むしろ隠蔽し、塗り替えたい性質のものだったのではないか。碁打ちになったからには、誰しも一度は、由宇のような剝き出しの感性を抱いたには違いない。だが年を経れば、脳というものは煙っていく。志もまた、折れるものだ。降段制度がない碁界には、数えきれない九段棋士たちが累積し、そして対局が終われば、酒を呑み、麻雀を打つ。トークイベントに呼ばれた女流棋士たちが、それもまた囲碁の普及には必要なのだろうが、休日の生活や恋愛観などについて、事細かに語る。

そのどれもが、由宇にしてみればあまりにも縁遠い、真逆とさえ言える世界だったろう。

つまるところ由宇は、ただそこにいるというだけで、他の碁打ちたちを責め、苛むのである。彼女と面と向かった棋士は、言ってみれば、魂の高さを問われるのだった。だから、由宇とは鏡のような棋士であった。対局者たちが由宇に見るのは、脳を煙らせ、究極の問いを見失ったおのれ自身と――そして何よりも、酒の陰に、賭け事の陰に、トークイベントの陰にひた隠しにしてきた、碁打ちであるということそれ自体のグロテスクな本性なのである。

古老と呼ばれる人間ほど、彼女の存在を脅威と感じていた。

しかし本来、囲碁という抽象の世界を生きることを選択し、集ったはずの者たちである。それなのに、囲碁に対し真摯であるほど、鮮烈であるほど、避けられ、忌み嫌われるというのは皮肉な話である。

結局のところ、わたしが思うに、由宇は本質的すぎるがゆえに、異形だったのである。新見秀道などはたいそう彼女を可愛がったそうで、由宇が愛用した変形中国流の戦法を「バロック流」と呼び、彼自身も試みていたようだが、これなどは稀な例だったろう。だが、こうした棋界の一種独特の閉鎖性のようなものは、何もいまにはじまったことではない。

明治初期の鬼才に、水谷縫次という人物がいる。運命に翻弄され、棋界で冷遇された例として知られているが、十三歳にして、かの本因坊秀策に三子という手合で完勝したというから相当なものだ。

しかし名門の医家であったことから、碁の道を閉ざされ、明治維新の混乱から家も没落。水谷は賭碁の世界へ身を投じるのだが、大勝負に勝った帰り道に筋者（すじもの）に囲まれ、刀（かたな）で全身を切り刻まれる。結局、彼は故郷を捨て方円社（ほうえんしゃ）を頼った。それは後（のち）の本因坊である村瀬（むらせ）秀甫（しゅうほ）の招聘（しょうへい）によるもので、それから晩年までの三、四年、水谷は明治碁界に名を残す活躍をする。

だが、しょせん水谷は賭碁の出身というのが、他の棋士たちの本音だったのかもしれない。秀甫を除いては、多くの者が辛（つら）くあたったということだ。七段昇格の際には高橋杵三郎（たかはしきねさぶろう）が異を唱え、十番碁が行われる運びとなり、高橋は初戦で連敗し打ちこまれながらも、理由をつけてそうと認めない。まもなく水谷は結核により世を去ったのだが、遺体の頭には二十八の刀瑕（かたなきず）が残され、肩や背中、胸にも十数、満足な指は一つも残されていなかったという。

由宇が公式の手合で対局するにあたり、問題となったのはやはり相田による代打ちであった。とりわけ、どこからどこまでを着手と見なすのか、どの瞬間を着手とするのかといった、囲碁ファンにはおよそ些事（さじ）であろうことばかりが論じられた。

とはいえルールはルールであり、畢竟（ひっきょう）囲碁とは一人で打つものだから、着手は石を打ち下ろし指が離れた瞬間に成立するとしたものだが、こと由宇の場合、石に指すら触れていない。してみると対局者と見なすべきはむしろ相田であり、由宇は観戦者という位置づけなのか。また極端な話、由宇と相田の会話を認めるならば、相談しあって着手をきめることもできるわけで、しかも素人ならいざしらず、相手は一度は棋聖の座にまで登りつめた男である。ならば由宇は着手点のみを伝え、それ以外の会話を封じれば良いかと言えば、二人がアイコンタクトなどによる暗号を取り決める余地もある。このような議論が、大真面目に語られたのだった。

結局のところ、由宇を棋士として迎えようとする相田の一連の行動は売名行為と見なされ、信用を得るには至らなかったようだ。由宇が相田以外の代打ちを認めたがらなかったことも大きく、信頼のおける相手に着手を託したいと思ったのは当然のこととはいえ、相手がトッププロの相田というのは、やはり問題ではあった。また多数の棋士たちにとっては、アマチュア棋戦の経歴もない人間を特別扱いするのは気に入らない、という偽らざる本音もあった。

「やれ暗号だのなんだの、まったくせせこましいもんじゃないか、え?」と、新見秀道は当時語ったものである。「だいたい、外れもんたちの集まりってのは、やたらと細かいことばかりにこだわるもんさ。痺れる名局が見たい、囲碁観を根底から突き崩されるような妙手が見たい——そんな思いは、まったくどこに行っちまったんだろうな」

これなどは、多くのファンたちの意見を代弁したものだったろう。理事会としての落としどころは、もとより暗にきめられており、それは盲目者といった身体障害者向けの特別棋戦を新たに設けるというものだった。仕組みとしては女流棋戦と同じようなもので、一応、看板棋士の一人である相田のスケジュールへの配慮もあったようだ。両者の顔を立て、また公益性の面も申し分ないという判断だったが、裏を返せば、通常の手合では由宇を対局させないということである。

このことに相田は猛烈に反発したのだが、「棋士一人のスタンドプレーでいたずらに棋士を増やすべきではなく、またそのような前例を作るのは好ましくない」というのが理事たちの見解だった。これはこれで理のある話で、頷ける部分がある。

このとき理事会で立ちあがり、状況に風穴を開けたのが、かの新見秀道であった。

「いたずらに棋士を増やすべきでない」新見は理事たちを見回して、いったん相手方の言いぶんを認めた。「その通り。しかしそうであれば、おれも含めた九段の爺さん連中から、まず一掃すべきじゃないのかね」この発言には、当事者として参加していた相田や由宇も含め、一同が凍ったものだが、その隙に新見は朗々とまくしたてたのだった。「段位のインフレで、九段と呼ばれる連中は百人近い。ファンですら名前も覚えきれないだろうよ。何しろこの業界、それなりの力があれば、居坐りつづけさえすれば九段にはなれる。それでいて、降段制度すらないんだからな。このあいだ初段になったばかりの井上隆太君は、もう勝率七割をあげているが、対してここに鎮坐している九段連中は、いま年間何割勝っているってんだい？　だいたい、代打ちを認めないというなら、ろくに専門でもないくせに、コンピュータ囲碁の類いに段位を認定している事実を、八方社はどう説明するのかな」

ここまで言われれば、温厚な棋士出身の理事たちとて熱くなる。

「それなら、この際だから言うが」と一人が反駁した。「彼女は、本当に囲碁を打っていると言えるのか？　つまり、誰がそれを証明できるのか？　むろん、わたしたちとて相田九段を信頼してはいる。しかし、わたしたちの側からは、知るすべがない。これは検証できないことなんだ。その点こそが、いま問題になっているのではないのか」

「だったら、打ってみりゃいいじゃねえか」新見がこともなげに言い、一同はますますその真意がわからなくなった。「要は、実際に強いことが証明されればいいんだろう」

このとき一同の脳裏にちらついたのは、古いチューリングテストのような光景であったという。これはかつて数学者のアラン・チューリングが提唱した、機械が知性を備えているかを判定する検査である。まず判定者が、人と機械のそれぞれを相手に、文章のみを使って交信を行う。このとき、人と機械とで区別がつかなければ、その機械はテストに合格したとする。

　この場合で言うならば、外部の情報を完全に遮断した環境に由宇を置き、ネットワークを介して、棋士の誰かと対局させるということだ（余談だが、由宇が実際にネット対局をしたとき、大勢が、それを当時研究中だった量子評価関数によるコンピュータ囲碁だと疑ったことは興味深い。彼女は、いわばチューリングテストをパスできなかったのである）。――ともあれ、由宇を監視下に置き、ネットワーク対局をさせる。それなら可能かも知れない、と誰もが考えた。

「しちめんどくせえことは言わねえ」と新見が言った。「由宇、おまえ、口で打ちな。わかるな？　石をくわえて、這(は)って、盤に石を置くんだよ。そうなれば、まさか文句をつけてくるやつもいないだろう。何、ちょっとばかり不利だろうが、その程度のハンデでここの九段連中に勝てないようじゃ、どのみち話にもならないんだよ」

　こうして、異例の入段試験が持ち上がった。三人の五段棋士と、二人の九段棋士を相手に由宇は対局する。全員を九段としなかったのは、八方社の意地であったろうか。ここで一勝でもあげれば初段、二勝で飛付(とびつけ)三段、三勝で飛付五段となる。しかし由宇の側は、石をくわえ、這い、打ったのちは、今度は対局時計へと這い、スイッチを押す。取った石も、丁寧に一つひとつ拾わねばならない。秒読みになれば、勝ち目はないと言ってよかった。

　相手はいずれも脂(あぶら)の乗り始めた若手棋士たちで、一人目、二人目と由宇は勝利をあげたが、それは紙一重のものであった。若手の五段は、ある意味では一番強い頃合いかもしれない。勉強は絶やさず、それでいて勝負勘も養われつつある。強い女流が入段するらしいという噂は若手を中心に流れ出し、同時に、古老たちの機嫌は日に日に悪くなっていった。

　由宇がもっとも苦戦したのは、三戦目であったろう。この一戦は、相手も対策を講じたらしく、序盤から過激な読み合いとなり、一分一秒が惜しい由宇は大いに苦しめられた。片隅で相手の石を全滅させるも、打ち過ぎ、もう一方では大石を取られる。まるでアマチュアの碁だが、気の入った対局は、ときとしてこのような展開になる。さらに反対の辺では、敵石を切り取って全滅させるが、時間に追われ、隅で死活を間違える。逆転、また逆転の闇仕合であった。

　事件が起きたのは終盤の局面だった。秒読みに追われた由宇が、打とうと身を乗り出した瞬間に石を取りこぼし、石は見当外れの箇所へ転がった。ルールに従うなら、これで着手成立となる。相手は、もう打ちさえすれば勝ちが転がりこむ。

　このときの相手が、新見の話にもあがった新進の井上隆太君であった。井上はたとえ由宇のミスがなくとも自信があったようで、すぐに急場へ目を向けたが、ここでふと何かに気づいたようで、手を止めた。井上は小考したのち由宇に訊ねた。

「きみは、この一子を、内側に当て込むつもりだったのか」

「ええ」由宇は苦渋の表情のまま、それだけを応える。

　立会人が咳払いをして注意を促したが、井上は無視した。

「そうすると、なんてことだ、……となると、ぼくの攻め合い負けじゃないか」

「いいえ」と由宇が静かに言った。「押さえずに跳ね込めば劫になります。とはいえ、わたしの劫材が若干多いので、これはこれでやれるだろうと思いました」

これで、井上の表情がいっぺんに青ざめた。優勢のつもりが、負けていた。相手の読みが、自分の読みよりも勝っていた。それでいてどういう皮肉か、勝利は目前にある。このことは、若い井上には耐えがたいことのようだった。井上は長考していたが、「お打ちください」と立会人に促され、集中の糸が切れた。結局、井上は手元の石を盤上に置いて「負けました」と投了した。

これにより由宇は規定の三勝をストレートであげ、飛付五段の権利を得たのだが、この一件は役員の不興を買ったらしく、井上は査問にかけられた。

このときも新見が彼を庇い事なきを得たが、同時に、しっかりと若い芽を叩いておくことも忘れなかったようだ。帰り際、廊下ですれ違おうとする井上に、「甘いもんだ」と新見はささやきかけた。「どうやらおれのタイトルを狙っているらしいが、そのぶんじゃ、千年かけても無理ってもんだろうな」

「相手が読み勝っていたから投了しました」自尊心の強い井上は、そう即答したという。「だから心配には及びません。あなたが、ぼくに読み勝つことは金輪際ありませんから」

その日新見は随分と上機嫌になり、若手棋士をひきつれて飲み歩いたという話だが、収まらないのは理事たちである。とはいえ決めごとは決めごとであり、規定の勝数をあげたからには、以降の九段戦は必要なしと結論されたのだが、これは体の良い逃げでもあった。

由宇は怒濤の快進撃をあげ、すぐさまいくつかの女流棋戦を制覇すると、次の年には本因坊戦のリーグ入りを果たしていた。相田はこれを受けて引退をきめ、由宇の代打ちに専念することとなった。由宇の活躍は非常に短く、このわずかな期間に初の女性本因坊にまでなったのだが、彼女の脳は、すでに限界に近づいていた。対局中のうわごとが増え、それは日本語でも中国語でもなく、人間の声のようですらない。まるでマントラや呪詛(じゅそ)を思わせる、薄気味悪くさえあるつぶやきだったという。

「ここで一緒に暮らして、わたしは由宇のことを、だいぶわかっていたつもりでした」

相田はかつて由宇と暮らしていたというマンションへわたしを案内してくれた。由宇が戻ってこれるよう、そのままの状態で保存してあるそうだ。生活に困窮しても、相田はこの部屋だけは手放さなかった。

当初、相田はこの部屋で由宇が戻るのを待っていた。しかし由宇との生活の痕跡は、あまりにも色濃く残りすぎていた。たとえば、各所に設置された特別の手すり。アコーディオンカーテンに変えたドア。専用のベッド。ポータブルトイレ。当たり前に存在したこれらのものが、次第に見るのも辛くなってきた。そこで相田は、部屋はそのままに、大塚へ移り住んだということだ。

「このごろ思うのです。棋士というのは、本質的に孤独なものなのだと。そのことを、わたしはわかっているつもりで、忘れていたのではないか」埃(ほこり)のつもった手すりを撫(な)でながら、相田が独白した。「頼れるものといえば、自分の力のみ。戦略や囲碁観にしても、一人ひとり千差万別。共有できるものなど、ないのです。彼女が登攀(とうはん)していたという天空の世界は、きっと本当に素晴らしいものだったのでしょう。いや、わたし自身、それを見て、共有していたつもりだった。しかしそれは、畢竟、わたしの幻想だったのかもしれない」

活躍に目覚ましいものがあったために鮮烈な印象を残しているが、実際に由宇が華々(はなばな)しく活躍したのは、二、三年のことである。男性の棋戦でも成績をあげるようになったのは、引退間際になってからだ。碁聖。――そして、本因坊。

こうした戦歴が女性としては初めてであったことと、彼女が抱えていた障害のこともあり、一躍、由宇は時の人となった。中国時代と照らしあわせると、考えられない出世だったとも言えるが、そんななか、由宇は一人で孤独を醸成していたのかもしれない。少なくとも、相田がそう捉えていることは確かだった。そして活躍と裏腹に、由宇は目がうつろになり、次第に、不明瞭な言葉をつぶやくようになっていった。

「彼女のなかで、言葉が爆発を起こしていたのです」と相田は言う。

由宇は忽然と姿を消した。相田九段の前からも、囲碁界そのものからも、完全に、消え去ったのであった。由宇の書架には、フランス語、ヒンディー語、朝鮮語、ロシア語、果てはエスペラント語やブリシャスキー語といった、無数の外国語の入門書や辞書が残されていた。それにしてもこれだけの本を読むのは、彼女には大変な労力だったはずで、それこそブレイン・コントロール・インタフェースが役立ちそうなものである。だがおそらくは義肢の一件もあり、一冊一冊取り寄せ、相田にめくって読ませてもらっていたのだろう。

「帰国してしばらく、由宇は女流の棋戦では勝っていたものの、男性の棋戦の成績は奮いませんでした。そのとき、彼女がどうしたと思いますか」

「棋譜を並べたり、定石を研究したりといったことでしょう」

「由宇は、外国語を勉強したのです」と相田が言った。「由宇が、囲碁の盤面を触覚として感知できる能力を持っていた、というお話はしたと思います。この力そのものは、中国時代から身につけていたようです。ただ、最初はまだ洗練されてはいなかった。感覚でしかないものを、まず言葉に分類する必要があったのです。痛い、痒い、熱い、固い、……最初は、そうした日本語だけでも勝つことができた。しかし、徐々に、それでは不十分になってきたのです。痛い、痒い、熱い、そんなお馴染みの言葉だけでは、トッププロには勝てないことがわかってきた」

　ここで由宇が着目したのが、外国語だったのだという。相田によれば、たとえば英語では、明るい青も暗い青も、基本的にはブルーと呼ぶ。ところがロシア語では、明るい青と暗い青とを呼び分ける。必然的に、知覚できる青色の種類は増えてくる。そこで由宇は、世界各国の触覚に関する単語を集め、自分のなかに蓄えていった。強くなるため、言葉を殖やしていく——かつて、そのような棋士がありえたろうか。こうしたプロセスを経て、由宇は自分の感覚を磨き、より精密なものへと育てあげたということだ。

「それは……」

　相田の話は、ある古い学説をわたしに思い出させた。いわく、人は、言葉を通して現実を見る。現実が、言語を規定するのではない。——言語こそが、現実を規定する。

「確か、サピア＝ウォーフ仮説といいましたか」

「いいえ」と相田は静かにかぶりを振った。「そのような大層なものではありません。あくまで、言語と知覚は確かに関係しているらしい、というそれだけの話です」

　こうして、由宇は七割という勝率をはじき出すに至った。

　しかし、そうやって得た力は、結局は一時しのぎでしかなかった。

「語彙はすぐに足りなくなりました。同じ五感であっても、視覚や聴覚の幅広さに比べて、触覚をめぐる単語はプリミティブなものが多い。言語をまたいでも、それほど大きな差が得られないのです。まして、彼女が表現しようとしていたのは、囲碁の触覚という、言ってみれば人類未到の領域だった。痛い、痒い、熱い、固い、……彼女が本来触覚を通して感じとりたかったのは、こうした定型句の向こう側にあるものだった。まもなく、由宇は自分自身で言語を考えるようになりました。しかし、それは辛く苦しい作業でした。言語とは、本来は他者と共有するものだからです。ところが、彼女がやろうとしていたことは、本質的に、誰とも共有できない領域の言語化だった」

相田はそう言ったが、このような領域に迫ろうとした人間は、過去にもいたことだろう。たとえば、宗教家と呼ばれる人種がそうだ。しかしそれも、他者とつながった上での話である。

「発狂するまでつづける人間など、稀なのです」

このとき相田が、発狂、という語彙を選んだことは印象的だった。

「急激に、彼女のなかで言語の爆発が起こったのです。まったく唐突に、彼女は喋れなくなってしまった。彼女のキャパシティを、言葉が覆い、埋め尽くしていった。それ以外に道がなかったからこそ、限界を超えてしまったのです。囲碁もまた、打てなくなりました。感覚の循環に、言葉の牢獄に、彼女は囚（とら）われてしまった。それが、言語化できない彼岸（ひがん）と、何年もの間、たった一人で向かいあった結果だったのです。そうして、由宇はわたしたちの前から姿を消しました」

「…………」

「――わたしと灰原八段が、男と女の関係にあったのか、知りたがる人たちがいます」

突然相田がそう言ったので、わたしは少なからず不意を打たれた。本筋とは関係のない話に思えたからだ。しかし、おそらく相田のなかでは密接に関係しており、そしてこれこそ、どうしても訴えずにはいられなかったことなのだとは察せられた。

「もっと露骨に言えば、わたしたちの性行為に興味を抱く方々がいます。しかし、わたしたちは盤に向かいあい、対局したのみです。神経は、盤上で触れあっている。由宇は、感覚器と囲碁盤とが直結した人間だった。だからこそ、わたしたちの痛覚が、温度覚が、そこで出会い、からみあい、十の三百六十乗という無限に近い世界へと根を伸ばすのです。それ以上のものなど、ない。それ以上の触れあいなど、ない。それ以上の愉悦（ゆえつ）など、ありえない。対局こそが、わたしたちにとっての、性愛だったのです」

そこまで言ってから、相田は気を取り直すように首を振った。

「いや」と相田は自分自身の言葉を打ち消した。「ことによると、わたしは由宇との関係にこだわるあまり、まったく無関係な観念に囚われているのかもしれません、……いや、きっとそうなのでしょう」

終始穏やかだった相田の表情が、波打った。

「しかし――いったい人から観念を取ったら、どれだけが後に残るというのですか！」

近松門左衛門（ちかまつもんざえもん）の時代浄瑠璃（じょうるり）に、「碁立軍法（ごたてぐんぽう）」と呼ばれる段がある。二人の老人が山上で向かいあい、盤上に石を打つ。そのつど月日はめぐり、戦火が大陸をかけめぐる。そして、「汝此（なんじこ）の山に入つて一時（ひととき）と思ふとも五年の春秋を送り、四年に四季の合戦（かっせん）を見たるとはよも知らじ」――いっときの幻視かと思えたその光景の通りに、地上では五年もが過ぎていた。

碁が合戦を模すのではなく、あたかも、合戦が碁をなぞるように。

〈わたしは、この世界を抽象で塗り替えたいんです——〉

由宇は、あの半眼で盤面を見下ろしている。

星。小目。掛かり。高挟み。虚空へと放たれる、棋士たちの一手一手。それらは由宇の身体地図にプロットされ、言葉をなし、めぐり再帰しながら、やがておぼろげに一枚の棋譜をなす。

そこにはもう、時も名前もない。それを呼ぶ他者もいない。意識さえもが薄く、どこまでもぼんやりと霞んでいく。まるで、無響室にいるようだ。自分が棋譜なのか、それとも棋譜が自分であるのか、……呼吸ばかりが重く、海で遊んだ後の余韻のように、満ちては引いていく。

——氷壁。

そう、由宇は氷壁を登っていたはずだ。そこで言葉は泡のように生まれては爆ぜ、飛び回っては対消滅し、戯れに主格をなし、いったんは目的格をなし、音声表示をなし、意味表示をなし、そしてまた拡散する直前の一点へ——由宇は透明なハーケンを打ちつけ、架空のホールドを握りしめる。熱く。柔らかく。あるいは冷たく。硬く。

山頂は遠く、消失点のかなたに隠されている。

いや、頂上があるかどうかさえわからない。だが、ただ一つわかっていることがある。そこには過去未来、誰一人として、到達することは叶わないのだと。それでも由宇は登攀する。ここにない山の、ここにない氷瀑を。ここにない冬の、ここにない氷柱を。

アックスが弾き返される。

風は縦横に吹雪き、ぶつかっては反響し、乱流をなし、やがてピンクノイズとなり耳元へ押し寄せる。その深奥に、由宇は人のざわめきを聞く。最初、何語でもなかったそれはやがて収束し、一つの光景を浮かび上がらせる……どこか郷愁さえ感じさせる、あの中国の碁会所を。煙草の煙。仏頂面で帳簿に目を通すオーナー。甲高い中国語のイントネーション。挨拶。ボヤキ。愚痴。世間話。昨日女房のやつがさ。引っ越したんだっけ？　五十元？　たったの五十元だってのか？　それより聞いてくれよ。それ！　勝った、勝ったぞ！——ああ、これは馬の声だ。どうだ、由宇、何か食べたいものはあるか？

違う。

幻だ。

由宇は氷質を見極めて、改めてアックスを打ち下ろす。そのつど音韻が、文法が、語彙が、意味が、生まれぶつかりあい、めまぐるしく移り変わり、音韻変化し、母音変換し、言語病態をなし、そしてまた治癒されていく。まるで、野生の植生のように。

——もはやない。

英語も日本語も、もはやない。インド・ヨーロッパ語族も、もはやない。セム語族も、アウストロネシア語族も、もはやない。おのずと、由宇の口からはつぶやきが漏れ出てくる。破裂音が。摩擦音が。鼻音が。半母音が。それはやがて歌うように上下しては跳ね、クレシェンドし、スタッカートしはじめる。架空の口腔の架空の音声で、由宇は歌いつづける。

忘れられた古代の音価群を。あるいは、来ない未来からの歌声を。それは獣の言葉ではない。人の言葉ではない。蝶の言葉ではない。およそあらゆる動物の言葉とも違う。天に架けられた垂直の氷瀑のまっただなかで彼女が歌い上げるのは、そう——植物相の語彙なのだ。

一歩。
また一歩。
遠く、麓(ふもと)で明滅する街の灯火は由宇の内奥(ないおう)の神経の発火だ。たえまなく吹きつける吹雪(ふぶき)、意味と統語のスープのなかで。抽象の未踏峰の氷壁を一ミリ、また一ミリと登りながら、由宇は抽象のザイルをたぐる。――その向こうに相田はいたのか。

駅前のコンビニや携帯電話のショップ、ファーストフード店が立ち並ぶ交差点で、七段になったばかりの井上隆太君が通夜会場を指した式場ウェルカムボードを掲げていた。通夜は八月の暑い日に執(と)り行われ、列席者は遺族親族のほか、時の棋聖名人をはじめとした錚々(そうそう)たる顔ぶれが並んでいた。弔辞(ちょうじ)は相田によって読み上げられた。

わたしは知人のカメラマンを見かけて声をかけた。由宇の行方はしばらく知れなかったが、あるときモデルの仕事で糊口(ここう)をしのいでいることが判明したのだった。また海外で主催される四肢欠損者のミスコンテストに出場し、入賞していたこともわかった。そのころ頻繁に由宇を撮影していたのがこのカメラマンで、そのため、失踪の手助けをしたのも彼だろうと噂されたが、真偽のほどはわからない。

由宇は器量がよく計算にも聡かったのでこのような仕事には困らず、また病状も多少なりともよくなっていたことが察せられたが、囲碁に関する仕事はなく、モデルの仕事も一年ほど前にはぷっつりと途切れていた。

どうしてここに来られたのですかと問うと、新見秀道名誉棋聖とはかつて仕事をしたことがあるのだという。豪放磊落で、酒、ギャンブル、借金、女性関係の破天荒さで有名な新見であったが、人望はあったようで、会場には次々と弔問客が出入りしていた。三度の癌の手術を受けたということだが、死因は誤嚥性肺炎によるものだという。

素子夫人に挨拶をしたところ、わたしが由宇の足取りを追っているのを知っていたためか、由宇お嬢さんは元気でしょうかと問われたので、彼女もまた行方は知らないようだった。

このとき耳を傾けていたカメラマンが、由宇は広島のS＊＊病院に入院しているらしいと伝えてきたので、どこが悪いのですかと問うたが相手も詳しいことはわからず、携帯端末から調べたところ、その病院は再生医療に強いらしいことがわかり、わたしは奇妙な予感を感じながら、広島へ向かうことにした。

相田は慣れない弔辞に冷や汗をかいたようで、しきりにハンカチで襟元を拭っていた。わたしが広島の病院のことを告げると、自分は用事を済ませてから明日発つと応えたので、わたしも日程をあわせ同行することにした。

わたしたちは新幹線で広島を目指したのだが、このとき、相田から興味深い話を聞くことができた。中国で由宇を落札し世話した男は、満州棋院の出身者である可能性が高いという。満州棋院とは昭和十四年に、宮坂寀二が設立した組織のことである。宮坂は大正から昭和にかけて活躍した棋士で、言ってみれば本因坊になれなかった男だった。

家元としての本因坊の名称は、最後の家元、秀哉の引退とともに日本棋院へと譲渡されたが、このことがなければ、宮坂は次期本因坊になっていたかもしれなかった。夢破れた宮坂は満州へ居を移し、満州棋院を設立する。経営の才はあったようで、組織運営は悪くなかったものの、戦況が悪化し、結局、宮坂は苦労して本土へと引き揚げ、満州にかけた夢もまたついえた。このころ満州棋院で宮坂門下となったうちに、馬という棋士がいたようだ。わたしは馬の顔写真を入手し相田にコピーを渡していたのだが、年代も離れているため確証はつかないが、満州棋院の馬である可能性が高いということだった。馬の打ち筋を見て学んだ由宇は、本人が望む望まないにかかわらず弟子のようなものであるから、してみると宮坂の執念は満州棋院の馬を経由し、孫弟子の代で悲願を果たしたことになる。

相田は広島に向かうということで八方社から使いを頼まれたらしく、初日は近くの碁会所や民間組織を回るという。

わたしは先んじて由宇を見舞い、担当医師から病状を知ることとなった。病床に伏す由宇の肩と腰からは、おそらくは彼女自身の細胞から再生医療によって形成したものだろう、弱々しい白い四肢が伸びており、医師が言うには、先例のない臨床例なのではっきりしたことは言えないが、触覚を架空の碁盤に接続するという彼女の感覚は限界をきたしていた。しばらく囲碁から身をひいていたとはいえ、長年囲碁のみを考えてきた人間がそう変われるものでもなく、失語症や解離性障害、激しい幻肢痛、その他さまざまな疾患を引き起こしていた。

そこで催眠により囲碁に関する執着を封じ、また再生医療によって新しい四肢を接合したものの、切断痕は古く、またずさんな手術のため痛んでおり、神経系統その他がうまく接合していない。結局のところ再切断するしかないのだが、肝心の由宇がどう応じるか。

医師がこうした一連の事情を彼女に告げたところ、先生、先生はどこ、とつぶやくので、聞いてみれば先生とは、かつて彼女の世話をしていた棋士の相田九段のことらしい。なぜ彼女が催眠による遮断を超え相田を思ったかは不明だが、こうなった以上は彼女の思いを優先するべきであろうし、早急に相田九段の連絡先を教えてもらいたい。

　かくしてわたしは相田に電話をして、八方社ゆかりの碁会所を回る彼を呼びよせたのであったが、その間も由宇の顔には終始不安と怯(おび)えが張りついており、それは相田が到着してからも変わらなかった。

　相田はしばらく信じられない様子で由宇を見下ろしたのち、身長がだいぶ伸びましたね、と随(ずい)分(ぶん)間(ま)延(の)びした感想を述べたので、これには医師も、由宇も笑い、笑うほかできることもなく、しばらくクスクスと笑い声が病室をさえずっていたが、このとき由宇が箍(たが)が外れたように、先生、先生とつぶやき、どこにそのような力が残されていたのか、自ら起きあがり相田を強く抱いたので、相田もまたベッドに腰を下ろしこれに応じた。

　抱擁は長いことつづいた。それは親子のものでも男女のものでもなく、ただそうせずにはいられない魂(たましい)の力学のようなものをわたしは感じたのであるが、両者の思いは定かではない。

　由宇は再切断術に応じる旨(むね)を医師に告げた。それもなるべく未練のない早い時期がいいということで、医師もこれを受け、翌々日の手術室を押さえるよう手配した。相田がまた来ると言うと、もう来ないで欲しいと由宇は応えた。

　医師によれば、病状は前よりも悪くなるだろうから、できればサポートできる人間、つまり相田にそばにいてもらいたい。大丈夫だから、と由宇は応えた。もう、報われたから。

　相田がふたたび碁会所めぐりへ戻ってから、わたしは由宇にインタビューを試みた。わたしが訊きたかったのは、彼女の裡(うち)にあるという天空の世界だった。わたしは相田の言葉を思い出していた。

――このごろ思うのです。棋士というのは、本質的に孤独なものなのだと。――共有できるものなど、ないのです。――彼女が登攀していたという天空の世界は、きっと本当に素晴らしいものだったのでしょう。いや、わたし自身、それを見て、共有していたつもりだった。――しかしそれは、畢竟、わたしの幻想だったのかもしれない。

「空の果ては、冷たく、寂しいよ」由宇はゆっくりと一語一語を選びながらわたしの問いに応えた。「日々の暮らしを生きる人たちは、そんなものはわたしの幻想だと言うでしょう。それはわたしの妄想であって、わたしのような存在は、まるで海抜ゼロメートル付近のアスファルト上で、登山具に身を包む道化なのだと。彼らの言うことも、わからないでもない。でもね」

由宇の面持ちが明るく晴れやかであることにわたしは気づいていた。これほど確信を持った表情というものをわたしは久しく見ていなかった。このとき初めてわたしは彼女が必ずしも不幸ではないのだと気づかされた。そんな心情を知ってか知らずか由宇はつづけた。

「それでも、二人の棋士は、氷壁で出会うんだよ」

わたしは相田と広島の居酒屋で夕食をとりながら、このことを語って聞かせた。本当ですかと相田はただちに問い返した。本当に、彼女がそう言ったのですか。相田は声なく泣いていた。すぐにハンカチで顔を拭うが、しかし涙は拭けどもとめどなく流れ落ちていた。

わたしたちは逗留を延ばし由宇の回復を待つことにした。来ないで欲しいという本人の意志をどう受け止めるかだが、このときばかりは相田も即断した。本心でないに決まっているでしょう、とばかりに首を振ったのだった。わたしは頷くと銚子を傾け相田に酒をついだ。

術後、ベッドで目を覚ました由宇は元通り肩と腰から四肢を切り離されていた。

由宇の目は冷たく真上を見上げていたが、そこには変わらず理知の光が宿っており、由宇と相田は何分ものあいだ一言も喋らずに互いに見つめていた。

相田は由宇に触れようとしなかったし、由宇もまたそれを望まなかった。医師はしばらくその場に留(とど)まっていたが、そのうち予定があるらしく、病室を離れた。

「十六の四、星」由宇が見えない盤上の一点を打った。

「三の十六、小目」相田が応え、対局は投薬で打ち掛けとなる晩までつづけられた。

人間の王　Most Beautiful Program

チェッカー――赤と黒の十二個ずつの駒とチェス盤を用い、相手の駒をすべて取るか、相手を動けない状態にすれば勝ちとなる。駒を一番奥まで進めると、その駒は「キング」として「成る」ことができる。二〇〇七年、アルバータ大学のシェーファーらにより、双方が最善を尽くした場合、必ず引き分けに至ることが証明された。

1

気を楽にしてお答えください。彼の名前は？

もう誰も、彼の名前など覚えてはいないでしょう。もちろん、一部の専門家や愛好家を別にすればですが。あるいは、ゲーム情報学を専攻する学生などは、名字くらいは目にしているかもしれません。いわく――一九九二年。シェーファーらのプログラムが、四十二年間無敗のチャンプを破った。VSティンズリー氏、四勝二敗三十三分け。

そう。

半世紀近くも負け知らずだった人間を、その日、機械が破ってしまった。

ただそれも、プレゼンテーション資料の隅のそのまた片隅に、小さく書かれる程度だと思います。ゲーム情報学の花形は、やはりチェスですから。たとえば、一九九七年の世紀の対決。チェス・プログラムのディープ・ブルー対カスパロフ氏。

チェスこそが、知性の象徴である。

そんな時代がかつてあったのです。

だからこそ、コンピュータ・サイエンスの研究者は、チェス・プログラムの開発に血道をあげていた。彼らはチェスを通して、ありうべき未来の、機械が知性を持つ光景を夢見ていた。チェッカーについての研究は、ある意味では、補足的なものでしかなかったのです。

チェスと比べると、ゲームとして単純だという側面もありました。たとえば、そうですね、チェスは十の百二十乗ほどの局面を持つのに対して、チェッカーは十の三十乗ほどしかありません。ですが、けっして簡単なゲームというわけではないのですよ。

しかし、このゲームはもう解かれているのです。

二〇〇六年、いや七年でしたか。

かつてティンズリーと戦ったシェーファーが、チェッカーの完全解に至ったと発表しました。

彼の結論は、両者が最善を尽くせば、このゲームは必ず引き分けになるというものでした。

――このようにして、チェッカーというゲームは葬り去られたのです。


四十年もの間、守りつづけてきたものを、機械を相手に失ってしまった。


訂正させてください。

彼は負け知らずというわけではないのです。シングル・トーナメントにおいては、確かに無敗を誇っていました。しかしそれ以外の対戦も含めると、これは一万局ほどであったと言われていますが、そのうちで彼は十六敗を喫しています。

けっして、完全無欠のチャンプなどではないのですよ。

それから――これは強調しておきたいのですが、彼は論文のなかにのみ現われる幽霊のような存在ではありません。そう、彼は人間でした。皆と同じように食べ、眠り、大地に立って歩いていた。そしてまた、同じようにファースト・ネームがあった。

彼の名は、マリオンというのです。

マリオン・ティンズリー。

彼は一九二七年の二月に生まれました。父親は警察官で、母親は教師。生まれはオハイオですが、すぐにケンタッキーに引っ越しています。少年期の彼は、まず数学者を志しました。それから……

*

わたしがはじめてティンズリーの名を知ったのは、やはりプレゼンテーション資料の片隅においてだった。まだ二十代のころである。わたしはコンピュータ囲碁の最新情報を知りたいと思い、東大駒場キャンパスで開催された〈囲碁フェスティバル〉に足を運んだ。そのなかのイベントに、ゲーム情報学の歴史を研究者が発表したのち、実際に人とコンピュータが対局し、それを九段棋士が解説するという企画があったのだ。

過渡期。

そう呼んでもいいだろう。

まだ、量子コンピュータもないころだった。一方、かつて職人芸だったプログラミングは、ソフトウェア工学と人海戦術によって、流れ作業の一工程と化していた。そんななか、コンピュータ囲碁とは、わたしにとってプログラミングにおける最後の未解決問題――いわば、数学におけるリーマン予想のようなものなのだった。

当時ソフトウェアの研究開発をしていたわたしは、〈囲碁フェスティバル〉にスタッフをつれて行くことに決めた。流れ作業とは違う、コンピュータ本来の面白さを伝えたいという気持ちから、わたしはこの企画に彼らをつれて行きたかったのだ。

だが、こう言っては申し訳ないのだが、参加者の顔ぶれはわたしを失望させた。

ほとんどが年配の囲碁ファンで、プログラマやコンピュータ・サイエンスの研究者とおぼしき人物は見あたらなかった。オフショア開発がさかんで、インドや中国に加えて、ロシアが台頭してきたころである。「これでは日本の技術に未来はない」などと、柄にもないことを考えたものだった。――いや、思い出話はこれくらいでいいだろう。

その日、その場所で、わたしはティンズリーと出会った。

いや、この言いかたは正確ではない。すでにティンズリーは膵臓癌でこの世を去っていたからだ。会いたいと願っても、それは叶わないことだった。だがわたしの実感としては、やはり、そのときわたしとティンズリーは出会ったのである。

せいぜい、五秒か十秒ほどのことだったかもしれない。

コンピュータ囲碁については、ほぼ調べつくしてあったので、わたしはなかばうわの空で発表を聞いていた。……古くは一九四九年に、情報理論の父であるクロード・シャノンが、……五一年には、コンピュータ・サイエンスの父であるチューリングが、……ところで、チェス以外に目を向けますと、……バックギャモンでは知識主導型やニューラルネットを使ったプログラムが、……チェッカーではシェーファーのプログラムが四十年間無敗のチャンピオンを破り、その後二〇〇七年に完全解が発見され……

最初、わたしはほとんど気にも止めなかった。だが発表内容をなんとなく反芻（はんすう）しているうちに、何か、とんでもないことを聞いたように思われてきたのだった。

――四十年間無敗のチャンピオン。

――それを機械が破ってしまった。

――そのうえ、まもなく完全解まで発見されてしまった。

わたしは壇上に目を向けたが、発表は将棋の話に移っていた。……一九八四年には、〈森田（もりた）将棋〉が五手詰を実現し、……このころはまだ十級程度でしたが……

わたしはアンケート用紙の裏に、チェッカー・プログラム、ティンズリー、とメモ書きした。チェッカーというゲームについて、それまで詳しく調べたことはなかった。わたしたち日本人に馴染みのあるものではないし、またチェスなどと比べると、やはり単純なゲームだという先入観があった。だがプレゼンが終わり実際の対局に入ってからも、わたしはずっとこのティンズリーという人物について思いを巡らしていた。

半世紀近くも負け知らずで過ごすというのは、どういう気分なのだろうか。

どのような鍛錬（たんれん）がそれを可能にしたのか。

それだけの労力をかけて長年守りつづけたものを、コンピュータを相手に失うというのは、いったい、どんな体験として受け止めればいいのだろうか。

さらには完全解が発見され、ゲームそのものに終止符を打たれてしまう。だがチェッカーは彼にとって、人生そのものであったはずだ。彼は、その後をどう生きたのか？……

すべてが究極の問いである。

ティンズリーとは、まさに、究極の問いに生涯を捧げた人物なのだった。

とりわけ、わたしが知りたいと思ったのは、ティンズリーの余生の部分だった。完全解という形でチェッカーを葬（ほうむ）られてから、彼は何をもって生き甲斐（がい）としたのだろうか。あくまで、チェッカーに固執したのだろうか。それとも、何か別の生きかたを見出したのか。

いや、語弊（ごへい）を承知で言ってしまおう。

わたしはこう思ったのだ。

この話の裏にいま隠されているもの――それは、わたしたち皆にとっての問いなのだと。

2

なぜ彼はチェッカーを選んだのでしょう。たとえば、チェスではいけなかったのですか。

晩年近くになってから、彼が語ったことがあります。なぜ、チェスではなくチェッカーだったのか。それに対する、ティンズリーの回答はこうでした。

「おそらくだが」と最初に断りを入れていますが、「わたしは、人が子供の遊びと呼ぶものにこそ、惹（ひ）かれてしまうんだよ」

この発言には背景があります。

チェッカーというゲームは、子供が遊ぶものだという印象が強かったのです。チェッカーではチェス盤が使われますが、つまり、チェスのできない子供がチェッカーで遊ぶ。そんなケースが多かったのですね。

ただ、彼一流の皮肉もあったのかもしれません。

チェスもまた、言ってしまえばただの遊びです。その意味では、ゲームに貴賤などはありません。ティンズリーの発言には、こうした含みもあったのではないでしょうか。……いや、誤解なさらないでください。彼がこんなことを言ったという記録はありません。あくまで、いまわたしが思いついたというだけです。

あるいは、そうですね、ティンズリーはこんな言葉も残しています。

「チェスは、果てしない大洋を見渡すような気持ちにさせてくれる」と彼は喩えます。「それに対してチェッカーは、底なしの井戸を覗きこむようなものなんだ」

今回、どうしても、お訊きしたいことがあるのです。

ティンズリーは、半世紀近くものあいだ人の王として君臨しました。しかし機械に敗れ、リベンジの機会も与えられないまま、チェッカーという舞台そのものを葬られてしまった。そう、完全解の発見です。……彼は、その後をどのように生きたのでしょうか?

その質問は成立しません。

理由を、順を追って説明させてください。

あなたが仰っているのは、一九九二年のロンドンでの試合だと思いますが、このときの敗者はティンズリーではなかったのです。負けたのは、シェーファーたちのプログラム、〈シヌーク〉の側でした。四勝二敗三十三分けの内訳は、ティンズリーが四勝、シヌークが二勝。この試合で、勝ったのはティンズリーだったのです。

ただ、それでもなお、シヌークの二勝の価値は大きかった。

これには説明が必要かもしれません。

当時のプログラマたちは、人を超えることを目指し、日夜研究を重ねていました。しかし一九九〇年代といえば、コンピュータの黎明期と呼んでもいい時代です。演算速度は遅く、思考ルーチンのほとんどは手作業によって書かれていた。

機械が人に勝つということが、まだまだ困難なころだったのです。

だからこそ、シヌークの二勝が何よりも強調された。シヌークの二勝は、いまでは想像もつかないことかもしれませんが、彼らには砂漠における一滴の水のような、かけがえのない二勝だったのです。とにかく、そのような時代があったのだとお考えください。

こうした背景から、シヌークが四勝したという誤解が生まれたのです。

次に——リベンジの機会はありました。

つまり、シヌークにとってですが。

一九九四年に、シヌークとティンズリーは再戦をします。このときの戦績は、六戦六分け。勝負なかばでティンズリーが体調を崩し、以降の対戦は中止されました。これにより、シヌークは人(マン)‐機械(マシン)タイトル戦における、最初のチャンピオンとなります。しかし内訳は六分けですから、盤上においてはティンズリーも負けていなかった。

その翌年、彼は膵臓癌でこの世を去っています。

だから、ティンズリーに余生というものはなかったのです。彼はその生涯を戦場に置き、そして勝ちつづけた。そう――人間の側の王として。

癌を患(わずら)いながら、なおもシヌークと戦ったと。

人間に、彼にかなう相手がいなかったのです。

ティンズリーの不幸を一つ挙(あ)げるなら、それは彼が強すぎたことでした。挑戦者たちは彼を怖れ、引き分けばかりを狙ってくる。未知の領域に踏みこんで、正面から戦いを挑んでくるような人間は、いつしか一人もいなくなっていた。

戦う相手がいなくなって、彼は一度引退さえしました。ですから、四十年間無敗といっても、実際には空白期間があります。しかし十二年のブランクを経(へ)て、結局、ティンズリーは戦場に戻ってきました。それからまた、十六年にわたりタイトルを保持するのです。

ティンズリーについで強いとされた、ドン・ラファティというプレイヤーがいます。彼は若いころにティンズリーと知りあい、まもなく盟友になるのですが、そのラファティも、ティンズリーにはまったく歯が立ちませんでした。

強者ゆえの悲劇です。

ティンズリーは退屈で、孤独で、そして何よりも、戦いに飢えていました。

そんななか、彼はシヌークの存在を知るのです。シヌークはコンピュータですから、ティンズリーの名声にひるむこともない。引き分け狙いなどはせず、あくまで勝ちに向けて最善を尽くし、はるか先の微差を争ってくる。

彼はシヌークに期待しました。いや、対戦を熱望さえしていました。そう――ティンズリーが挑戦しつづけるためには、もはや、機械と戦うしかなかったのです。ティンズリーの孤独を癒しうるものは、もはや、シェーファーの作ったシヌークしかなかったのです。

こうして、一九九二年の対戦が実現します。

ただ、その二年前――つまり、一九九〇年のことですね。アメリカ・チェッカー連盟とイギリス・ドラフツ協会が、先手を打っています。コンピュータに脅威を感じた彼らは、このような結論を下したのです。コンピュータのタイトル戦への参戦を禁ずると。

これを聞いてシェーファーは愕然としました。公式戦でティンズリーに勝つことのみを考え、長年研究を重ねてきたのに、そのすべてが一夜にしてひっくり返されてしまった。

ところが、ティンズリーが取った行動は、もっと驚くべきものでした。

彼は世界チャンピオンのタイトルを返上し、シヌークと公開対戦することを選んだのです。考えられますか――十六年もの間、守りつづけてきたタイトルを、彼は迷いなく手放したのです。ただ強い相手と戦いたい。それだけのために。

しかも、ティンズリーがタイトルを返上したとき、彼は六十四という年齢でした。最晩年近いその年まで彼はタイトルを保持し、その上でなお、挑戦することを選んだのです。

ようやく対戦が叶い、ティンズリーは賭けに勝ちました。

いや、もう勝ち負けはどうでもよかったのかもしれません。彼は、つまりですね、挑戦しつづけずにはいられない、そんな性質の人間だったのです。

ただ、協会の側からすれば、赤っ恥をかかされたようなものです。非公式の試合ながら、それが事実上の世界タイトル戦であることは誰の目にも明らかだった。しかもティンズリーはタイトルを返上しているのだから、文句もつけられない。こうした経緯もあったからですね、その後、人(マン)－機械(マシン)タイトル戦が生まれたのは。

ティンズリーの没後、シェーファーが一編のエッセイを書き残しています。「ティンズリーはこう言うのだった」と彼は振り返ります。「シヌークとの勝負では、まるで若者に戻ったかのような気分だった」……

＊

ティンズリーの終生のライバルであったシェーファーは、この短い原稿に興味深い題をつけている。「マリオン・ティンズリー――人間による完全解?」というものだ。疑問形の題からはじまるこのエッセイは、わずかながら、ティンズリーの人間像を後世に伝えている。

というのも、ティンズリーとは輪郭の捉(とら)えにくい人物なのだった。

母国においてさえ、忘れられつつある。

競技として見ると、チェッカーはマイナーなものである。彼の情報はきわめて断片的であったり、あるいは過度に誇張した伝説ばかりが目についた。ティンズリーについて調べるということは、いわば、神話から史実を探る作業なのだった。

一九四七年、ティンズリーはモーリス・チャンブリーを破り、当時のジュニア・チャンピオンとなる。一九五四年のオハイオでは、一九七〇年のテキサスでは、一九七四年のフィラデルフィアでは、……いや、もう充分だろう。

彼は、どういう人間だったのか。

もちろんチェッカー・プレイヤーにとっては、試合結果がすべてなのだろう。それにしても、見えない部分が多すぎた。彼はどのような性格だったのか？　休日は何をして過ごしていたのだろう？　好きなベーグルの種類は？　犬派なのか猫派なのか？　コーヒーに砂糖はいくつ入れた？　アニメの〈ガジェット警部〉は好きだった？……

最初、わたしは疑念さえ抱いたものだった。ティンズリーは、そういった人間的な痕跡を消しながら生きていたのではないかと。だが、そうではなかった。

調べてみれば、彼もまた、わたしたちと同様に一人の人間だった。共通の証言としては、彼は物静かで気が利く人間だったということだ。対戦相手のモーリス・チャンブリーなどは、双子のメアリーとの縁談を持ちかけられた。

殺し文句はこうだ。

「想像してごらんよ！　ぼくらが義兄弟になるなんて！」

二十代のころには精神世界に興味を持ち、霊媒師を訪ねたりもしている。

だが、彼の人間性に迫るようなドキュメントは見あたらない。分野がチェッカーであったために、彼は注目されずに来たのだった。

時とともに薄らぎ、忘れられ、わずかな功績のみが後に残される。

わたしたちが皆、そうであるように。

シェーファーは研究者らしく、ティンズリーの強さを分析するところから出発した。

彼はこんな逸話を紹介している。ある対戦でシヌークが十手目を指したとき、ふとティンズリーが顔を上げ、「それは悪手だな」と指摘した。

「どういうことだ?」とシェーファーは自問する。「わたしのプログラムは、二十手先までも読んで、それでもなお、こちらが優勢だと告げているのに……」

だがほんの数手後、シヌークは有利だと思われた形勢が互角に戻ったと判断する。その数手後には、ティンズリーの側が優勢になったと。さらに数手後——もはや、形勢は絶望的であると。

シヌークが投了を告げたのは、ティンズリーの指摘から二十六手先だった。

いっさいが理解の範疇を超えていた。ティンズリーには何が見えていたのか。以来、ティンズリーの一言は、まるで呪いのようにシェーファーに取り憑いたのだった。

「ティンズリーは、第六感としか言いようのないものを持っていた」

コンピュータ・サイエンスの最先端にいた彼に、ティンズリーはそう言わしめたのである。

その後、シェーファーはティンズリーの試合を分析し、この「第六感」めいたものは彼の経験によるものだろうと結論づけた。

いわく、ティンズリーは並はずれた記憶力の持ち主であった。四歳のころには詩を読み、それを暗記したという。学生時代には、一日八時間、週五日をチェッカーに費やした。成人してからも、週一日は欠かさずチェッカーの勉強に費やした。だが驚くべきは、この何万時間という鍛錬ではない。ティンズリーは、その全局面を記憶していたらしいのだ。

シェーファーはひとまずこのことを信じ、ティンズリーとの試合を見直した。結果、問題の対戦は、ティンズリーがその五十年前に指したゲームとそっくり同じであったことがわかった。

シェーファーは結論した。

ティンズリーは考慮の必要さえなく、ただ五十年前のゲームを再現していたのだと。

ティンズリーのこの記憶力は、彼が晩年になっても戦績が落ちない理由の一つだった。

晩年のティンズリーは、一九五〇年代や一九七〇年代と比べて、強かったのか弱かったのか。

挑戦する立場のシェーファーにとっては気になるところである。彼が調べたところ、チェッカーの専門家たちはことごとく答えた。

イエス——強かったと。

通常、こうしたゲームの王者は、短命なものである。ピークもまた短い。

だがティンズリーは、老いるほどに強くなったプレイヤーなのだった。

もっとも、老齢のティンズリーは対戦回数を減らしていた。タイトルを守るための最小限の試合数しかこなさず、勝てるかもしれない局面を引き分けに持ちこむことが増えた。だがそれも、スタミナを考慮すれば当然の戦略と言える。

晩年に近づくほど、ティンズリーの強さは増していった。これは一つの事実であるらしい。彼とタイトル戦を戦ったアサ・ロングは、怪物、とティンズリーを評している。

「わたしの側にも、これといったミスや迷いはなかった」

だが、負けた。

一つの現実として、負けてしまった。

「結局、わたしは怪物を生むお手伝いをしたようなものだった」


――怪物。

同時代を生きた人間には、それが強烈な実感だったのかもしれない。

ティンズリーの戦績は、具体的にどのようなものだったのか。無敗のチャンピオンだという人もいる。通算で五敗を喫しているという人もいる。ティンズリー自身の証言によると、彼はシヌークと戦うまでに十六敗を喫したということだ。

シェーファーはこの食い違いを不思議に思い、詳しく調べてみることにした。

事実は目を瞠(みは)るものだった。

まず、本人の言う「十六敗」とは、覚えたての学生時代を含めた計算であった。

そこで、ジュニア・チャンピオン時代を省いて、シェーファーは数え直した。すると、トーナメント戦やエキシビション戦における彼の負け星は、たったの五つであった。そのうちの二敗はエキシビション戦であるが、これは二十人から四十人くらいの人間といっぺんに対戦するという形式だった。シェーファーはこれも差し引いた。数字が出た。

三敗。

巷間伝えられているように、全試合数を約一万とするなら、負けた比率は〇・〇三パーセント。

これが、ティンズリーの戦績なのであった。

ところで、シェーファーとティンズリーは、決戦の二年前に偶然出会っている。

このことを、シェーファーは件のエッセイで明かしている。

「彼は穏やかな性格で、熟練者とも初心者とも、分け隔てなく熱心に語る人物だった」

シェーファーがはじめてトーナメントに挑戦した、一九九〇年のことである。

彼にとってはすべてが新しく、知りあいもまだ誰一人いなかった。門をくぐったはいいものの、おそらくは挙動不審に見えたのだろう。背の高い男が近づいてきて、「何かお困りですか？」と声をかけてきた。

男はイベントの主催者のところまでシェーファーを案内すると、さらには宿の手配まで気にかけてくれた。

それが時の王者、マリオン・ティンズリーであった。

この出会いはシェーファーの記憶に焼きついた。「けっして忘れられないだろう」とまで彼は言っている。このエッセイからは、シェーファーがティンズリーに対して確かに敬意を払い、そして好敵手として見ていたことが窺える。

このようにして、二人は出会ったのだった。

最後まで人の側の王として戦った男と——いずれ、チェッカーを滅ぼす男とが。

3

ティンズリーは、何手先までを読むことができたのでしょう。

難しい質問ですね。だいたいのところは三十三手ですが、部分的にはいくらでも読めたことでしょう。それに、一言に三十三手といっても、実際は鼠算式に分岐していくわけですから、そのうちどれを省くか、という話にもなると思います。

ただ、このあたりは微妙な領域です。

どちらかと言えば、彼は指すべき手を「知っていた」とも言えるからです。シェーファーも触れていましたが、人間の直感と呼ばれるものですね。

そういえば、ニューウェル・バンクスという選手が、やはり三十三手先まで読めるらしいという話になって、「ならば、三十四手まで読むべきだ」とティンズリーは指摘しています。「なぜなら、その三十四手目においてこそ、わたしが勝ちをきめるからだ」と。

極端な負けず嫌いだったのですね。

「誰かに負けるだなんて考えられない」――理由はこうです。「何しろ、私は負けるということが本当に嫌いなんだ」

でも、ときには、いいことも言っているのですよ。

チェッカーというゲームは、真に美しいものであると。そこにあるのは、ただ圧倒的な美――

数学性、エレガントさ、精密さ——チェッカーとは、人一人を完全に包みこめるような、それだけ深みのあるゲームなのだと。

負けず嫌いと言えば、シヌークに負けた際に負け惜しみを言っています。確か、「ロンドンの霧が、頭にかかってしまったんだ」——なかなか、洒落た文句だと思います。

重要な話をさせてください。

試合に負けた次の日曜日、ティンズリーは教会を訪れています。このとき具体的に何があったのかは記録されていません。しかし一つの事実として、それを境に別人のように生気がみなぎり、三勝目と四勝目をあげたのです。

そう。神がかっていた。

そしてまた、数学者でもあった。

……先ほどもお話ししましたが、ティンズリーのキャリアには十二年のブランクがあります。あらゆるタイトルを総なめにし、強敵という強敵を打ち負かし、彼にはやることがなくなってしまったのです。ティンズリーは引退し、フロリダ大学の数学教授として教育や研究に専念することにしました。教えていたものは、代数的整数論、組合せ的行列理論、それから点集合トポロジーです。

復帰したのは、盟友のドン・ラファティがきっかけでした。酒がやめられないというラファティと、ティンズリーは賭けをしていました。ティンズリーがチェッカー・プレイヤーとして復帰したならば、ラファティは酒をやめると。こうしてティンズリーは現役に復帰し――たちまち、不敗の王者としてふたたび君臨するのです。

素人考えかもしれませんが、数学者であれば、むしろシヌークの類いを研究する側に回りそうなものです。なぜ彼は、あくまで人間の側として戦う道を選んだのでしょう？

数学者だったからこそ、でしょう。

つきつめて考えれば、興味がなかったのではないでしょうか。数理において、彼は素人ではなかった。だからこそ、近いうちチェッカーというゲームは機械によって完全解を導かれる――そのことを、彼は誰よりも強く認識していたはずです。

あくまで人として戦うことが、彼にとっては、挑戦だったのだと思います。

歴史上の謎について質問させてください。

ティンズリーは競技者として、どこまで完璧だったのでしょうか？　これは、シェーファーもエッセイの題で暗示していることです。「人間による完全解？」――つまり、わたしたちとしては、どうしても期待してしまうのです。彼の異常とも言える強さや、半世紀近くにもわたるトップ・プレイヤーとしてのキャリアの長さ――ティンズリーの脳は、実は誰よりも先に、チェッカ

ーの完全解に至っていたのではないかと。


これについては、もう申し上げました。彼は生涯で少なくとも十六敗を喫しています。

彼は強かった。しかしけっして、完全無欠の人間ではありません。


そうでしょうか。複雑なゲームの完全解に至るケースは、これまでも存在します。たとえば、コンピュータ囲碁の論文などにも見られることですが、趙治勲（ちょうちくん）という囲碁棋士が、一九九〇年代に五路（ごろ）盤の完全解を導いたと言われています。


囲碁の五路盤というものについて詳しくは知りませんが、確かにそのようなケースは存在するでしょう。しかし、ティンズリーのチェッカーについては別です。少なくとも、数理的に完全解に至ったという事実はないでしょう。

このことは、シヌークに勝利した際のコメントからも窺えます。

「わたしは人間だ」と彼は言うのです。「シヌークと比べて、よりよいプログラマを得たにすぎない。神が、わたしに論理的思考を与えたもうた」

これについては、補足が必要かもしれません。

よくある誤解として、このような人と機械とのゲームを、人間と機械の知恵比べとして見る向きがあります。ですが、実際はそうではない。あくまで、人とプログラマとの戦いであるわけです。このことを、ティンズリーはしかと認識していた。

その上で、彼は言ったのです。

自分という存在のプログラマは神なのだから、負けはないと。——その意味では、質問の意図とは異なりますが、確かに、彼は完全解に至っていたとも言えるでしょう。

*

シェーファーは、機械が人を超えることを目指して。

ティンズリーは、神というプログラマを背負って。

それぞれ、最初の決戦場であるロンドンへ赴いた。その第十四戦目のことである。誰もが、ティンズリーが劣勢を互角まで持ち直したと思っていた。その彼が立ち上がり、シェーファーに握手を求めた。フラッシュが焚かれ、観戦者たちはティンズリーを祝福した。

「違うんだよ」

集まる人々に、ティンズリーは穏やかに説明した。

「このゲームは、わたしが投了したんだ」

このとき、シェーファーは実は知っていた。このまま指しつづければ、三十四手目にシヌークが勝利するであろうと。皆が引き分けを予想しているなか、ティンズリーとシェーファーのみが、シヌークの勝利を知っていたのである。

あるいは、その後の二十六戦目。

一見すると引き分けという局面で、シヌークが妙手としか言えない手を指した。人々は息を呑み、シヌークの勝利を予感した。だが、このときも同じだった。二人は、結果が引き分けになることを知っていた。局面は元々ティンズリーが優勢で、シヌークは唯一の引き分けへの道を探し出したのであった。

――神の一手、人の一手、という言葉がある。

人の目に見えるものは限られている。おのずと、人から見て良い手であっても、巨視的な視坐(しざ)からすると、悪手である場合もある。逆に、真の意味での最善手が、人間から見ると悪手にしか見えないこともありうるのだ。

シェーファーは千ものティンズリーの対戦を入力し、解析を行っている。

彼は悪手を指したことはあるのか。だとして、それはどのような手だったのか。ところが、ミスと呼べそうな手は、せいぜい十数個しか検出されなかった。しかも、悪手に見えたはずのものは、えてして勝着手(しょうちゃくしゅ)であることが多かった。

一九九二年のロンドンの対戦で、シヌークは二つの勝ち星をあげた。砂漠の一滴の水のような、かけがえのない二勝を。だがはたして、シヌークは「人間に勝った」のか。

シェーファーのグループの見解はこうだった。

「シヌークは、世界で二番目に強いチェッカー・プレイヤーだった」と彼らは言う。「しかし、世界でもっとも強いプレイヤーは、マリオン・ティンズリーなのだ」

シヌークとはどのようなプログラムだったのか。

また、なぜチェスでなくチェッカーだったのか。この問いは、シェーファーに対しても言えることだ。完全解に至るまで、彼は実に二十年近くもの歳月をチェッカーの研究に捧げている。

二〇〇七年のインタビューで、シェーファーはこう語る。

「妻に同じ質問をしたら、たぶん別のことを答えるんだろうけど――」

実は一九八〇年代には、シェーファーは人工知能の研究者として、当時最強だったチェス・プログラムの一つを書いていた。ところが、ＩＢＭ社がこの分野に参入してきた。現実的に、ＩＢＭと張りあうのは難しい。こうした競争上の理由から、シェーファーは対象をチェッカーに切り替えたのだった。

シヌークは旧(ふる)いタイプのプログラムである。

まず、序盤用の定石(じょうせき)集。それから、先を読むための探索ルーチン。そして、ある局面が有利か不利かを判断するための、評価関数と呼ばれるもの。終局図のデータベース。

その後のゲーム情報学がより工学的、実戦的な方面に発達したことを考えると、いかにも手作りらしい設計とアルゴリズムである。シヌークとはある意味において、プログラマが自身の霊力を懸けて手作りした、最後の世代のプログラムだったのである。

たとえば、コンピュータ囲碁では、九〇年代ごろからモンテカルロ法と呼ばれるアルゴリズムが脚光を浴びている。これは簡単に言うならば、ランダムに大量の手をシミュレートし、そのなかから最善手を選ぶという考えかたである。興味深いのは、これが従来の人間的な意味で「考える」ルーチンではないということだ。

将棋の世界では、二〇〇九年に、当時最強と呼ばれたプログラムの内部情報が公開されている。これによって、どんな素人であっても、最強に近いプログラムを制作できる状況が生まれてしまった。こうなると、もはやプログラムの「強さ」とはなんなのか……いまとなっては笑い話であるが、そんなことが、真面目に議論された時代もあったのだ。

　こんな話もある。

　やはり二〇〇九年ごろに、一般公開されたルーチンをそのまま並列化して、単純多数決による合議制で次の一手を決めるプログラムが生まれた。これは大会で順当な成績をあげたのだが、面白いことに、なぜ合議制を導入すると強くなるのか、当時はまだ誰もわかっていなかったのである。しかも、合議制の善し悪しを問うためには、元のルーチンに手を加えるわけにはいかない。むしろ徹底的に創意工夫を排除する必要があったのだ。

　このようにして、ゲーム情報学は徐々に人の手を離れていった。より工学的、実戦的というのは、この意味である。だからその点で、シヌークとは、プログラマたちが己れの霊力を懸けていたころ——機械が人間的に「考えて」いた時代の、最後の世代の、プログラムだったのだ。逆説的かもしれないが、シヌークとは、いかにも人間が作った、人間らしいプログラムだったとわたしなどは思う。


　シンギュラリティ、という言葉がある。いまでは想像もつかないことだが、この言葉には、かつてもう一つの別の意味があった。

　知性において、機械が人を超える瞬間。

　その瞬間を特異点と呼ぶ。その意味でティンズリーは、二十世紀においてただ一人、特異点以後を生きていた人間だったと言えるかもしれない。

　シヌークとの対戦後まもなくしてティンズリーが亡くなったことは、わたしにとって残念であった。チェッカーというゲームが失われた後、ティンズリーはどのように生きたのか。すでに書いたことであるが、その点をわたしは知りたかったからだ。

知りたいことは他にもあった。

結局、彼は何と戦っていたのか。

ティンズリーは、シヌークとの対決を、人と機械の対決とは見ていなかった。あくまで、人とプログラマの戦いとして認識していた。だとすれば、ティンズリーは機械と戦っていたのではない。では、彼はプログラマと戦っていたのか。だが、彼は誰よりも強く認識していたはずである。近いうち、チェッカーというゲームは葬られるのだと。そうであれば、もはやこの戦いに意味などないのである。

強者ゆえの退屈や孤独。むろん、それもあったのだろう。

だが、それだけでは説明がつかないようにも思えるのだ。

わたしは、二十世紀のインタビュアーたちに、苛立ちさえ感じることがある。——シヌークに勝てるとお思いですか。——決戦に向けての心境を教えていただけますか。——機械は人に勝てるとお思いですか。——人と機械、どちらが強いのですか……

ティンズリーはシヌークの向こうに、もう少し別の景色を見ていたのではないか。わたしは、そう思わずにはいられないのである。だが、彼の生の声を聞くことはもう叶わない。

いま、ティンズリーは眠りについている。

オハイオ州コロンバスの墓地で、両親や兄弟の傍らに。

最晩年のティンズリーは、シヌークとの対戦について書き残さなかったことを、病床で悔（く）やんだという。それに対して、ライバルであったシェーファーは一冊の本を書き残している。「一手先（ワン・ジャンプ・アヘッド）」と題されたそれは、シヌークの成果や内部ロジックに主眼を置いたものだが、むしろティンズリーの伝記を書きたかったのではないかと思えるほど、彼に関しての記述が多い。

一九九四年の再戦にあたって、ティンズリーは最初にこう告げた。

「もし対戦中わたしに何かあれば、家族に連絡を取ってほしい――」

シェーファーにとっては、待ちに待った再戦である。今回は、人（マン）-機械（マシン）戦のタイトルもかかっていた。だが、結果は六戦六分け。勝負のさなか、ティンズリーが体調を崩し、試合は中断された。これによりシヌークは人（マン）-機械（マシン）戦の初代王者となったのだが、シェーファーにとってみれば、この結果は無念なことだった。

もう、再戦はできないのか。結局、自分はティンズリーに勝てないままなのか。

彼はチームメンバーにメールを流した。

「ティンズリーの癌は転移している。いまは、ヒューストンの病院にいるそうだ。もう数ヶ月、数週間しか生きられないかもしれない。わたしはヒューストンに飛ぶ」

シェーファーはつづける。

「六年もの間、わたしは命がけで彼を追いつづけた。しかし、虹のふもとに見つけたのは金塊ではなかった。それは、人生というものの残酷さなのだった」

彼はすでに「一手先」の草稿を持ち歩いていた。だが機会を逸（いっ）し、ティンズリーが原稿を目にすることはついになかった。

「本を書いているんだと言いたかった。ありがとうと言いたかったんだ」

シェーファーはその研究生活を、人に勝つことに捧げてきた。人という存在こそが、彼にとっては越えがたい壁でありつづけた。

結果は皮肉だった。

「ティンズリーは人であるがゆえに、敗れ、いままさに死を迎えようとしている」

一九九五年、ティンズリーは世を去った。

シェーファーもまた、目的を見失った人間の一人となった。

彼に残された道は、もうチェッカーそのものを葬ることしかないのだった。

4

ティンズリーという人物は、何と戦っていたのでしょうか。

質問を、もう少し具体的にしていただけますか。

ティンズリーは、シヌークとの対決を人と機械の対決とは見ていませんでした。あくまで、それを人とプログラマの戦いとして認識していた。だから、ティンズリーは機械と戦っていたわけではありません。

では、彼はプログラマと戦っていたのか。ですが、あなたはこうも仰いました。近いうち、チエッカーというゲームは完全解を導かれる。そのことを、彼は誰よりも強く認識していたはずだと。そうであれば、もはやこの戦いに意味などないわけです。

強者ゆえの退屈と孤独。もちろん、それもあったでしょう。ですがその裏には、より深い動機があったようにも思えるのです。

ティンズリーは、シヌークの向こうに何を見ていたのでしょうか?


……おそらくですが、そこまでの考えはなかった、というのが正しいのではないでしょうか。先ほど触れましたように、ティンズリーは、ひたすらに強者を求めていた。ただ、強い相手と戦いたい。これは、回答にはならないでしょうか。


それだけとは思えないのです。なぜなら、ティンズリーとは、究極の問いを設定できる人物でした。自分という存在のプログラマは神だから負けない——これなどは一種、物事をつきつめて考えた人のみが吐く言葉だとわたしは思います。

それはあなたの印象にすぎないでしょう。

……別の角度から質問させてください。

ティンズリーは強者を求めていた。これは、あなたが仰った通りです。しかし、たった二十手先までしか読めないシヌークは、本当に彼から見て強者だったのでしょうか? ティンズリーは、三十三手先まで読むことができた。もちろん当時のコンピュータは日進月歩、いずれ三十手、四十手と読むであろうことは目に見えていた。

そのような、いわば未来の敵と彼は戦っていたのでしょうか。

しかし、くりかえしますが、チェッカーというゲームは、ゆくゆくは完全解を出されることはわかっていた。言ってしまえば、最初から負け戦なのです。

わからない。もしかしたら、それでも彼は戦ったかもしれませんよ。

だとしたら、それは、いったい何との戦いなのでしょう。

あなたの意図がわかったような気がします。もしかしたら、わたしにこう言わせたいのではないでしょうか。つまり、ティンズリーは……いや、わたしの口からは、言えることではありません。しかし、いずれにせよ、答えはノーだと思います。

あなたは、きっとこう仰りたかったのでしょう。――ティンズリーは、神と戦っていたのではないかと。ですが、そうではない、とわたしは思います。彼はこう言いました。「シヌークと比べて、よりよいプログラマを得たにすぎない。神が、わたしに論理的思考を与えたもうた」――自分という存在のプログラマは神なのだから、負けはない。

あくまで、神はティンズリーとともにあった。それは彼にとって、恩寵や加護でこそあれ、少なくとも、戦いの相手ではなかった。


あなたの言いたいこと、あなたの疑問はわかった気がします。

ですが、彼という人物を過大評価しているとも思います。

ティンズリーという人物には、チェッカーしかなかったのです。たとえば、目覚ましい数学的業績があるわけでもありません。彼には、本当に、チェッカーしかなかった。そして、ひたすらに強い相手と戦うことを追い求めた。

結局のところ——数理も、神学も、いっさいを抜きにした地点で、一つの業（ごう）として、彼は機械と戦いつづけた。そのような捉（とら）えかたはできませんか。……というより、わたしは、人間とはむしろそのようなものだと思うのですが。


晩年のティンズリーには、打算的な面も垣間見えました。たとえば、タイトルを守るための最小限の試合数しかこなさなかった。これは、当然といえば当然です。老齢のこと、たくさんの試合をこなせば、それだけ消耗しますし、負ける確率も上がります。

しかし、業でチェッカーを指しつづける人間が、このような打算を働かせたでしょうか？

むしろ老いを受け入れて、多くの試合をこなし——そして、人と機械の戦いなどではなく、人同士の戦いにおいて、自然に負けていく……そんな道もあってよかったように思えます。けれどもティンズリーは、そのような道は選ばなかった。

わかりました。

彼は、挑戦者であることが好きな人物でした。あるいは、王であることが、そもそも似つかわしくなかったのかもしれません。彼はいつでも挑戦していたかったし、挑戦することが、彼にとっては、若いということだった。

ティンズリーは、シヌークとの戦いを通じてこう言っています。

「まるで、自分が若返ったような気分だ」

ですがその一方、彼は老いるほどに強くなった人物でもありました。

こうは考えられませんか。

ティンズリーとは徹頭徹尾、自らの老いと戦っていたのだと。あるいは——飛躍した考えかもしれませんが、こうは言い換えられないでしょうか。

ティンズリーは、虚無と戦っていたのだ、と……

……完全解が彼の没後に見出されたことについて、あなたはどう思われますか？

彼にとっては、幸せなことだったと思います。

なぜですか？　チェッカーというゲームは、ゆくゆくは完全解が出されるということを、ティンズリーはわかっていたのではないですか。

知っているということと、目の当たりにするということは別です。本質的には同じでも、個人の体験として見ると、それらはやはり別の事柄なのです。

*

ティンズリーが通っていたというオハイオ州立大学を、わたしは訪ねてみたことがある。

不便な場所であった。

コロンバス市の市街からも遠く離れ、車がなければ何もはじまらない。これは偏見かもしれないが、いかにもアメリカの田舎らしい大学だとわたしは思ったものだった。蜿蜒とつづくコンクリートの道。それを、夏の陽光が容赦なく照らしつけていた。

遠くに、フットボールの球場が見えている。だがそれは、いつまで歩いても近づいては来ないのだった。見渡すと、古い煉瓦の建物と、近代建築とが混在し立ち並んでいる。ティンズリーが通っていたころとは、だいぶ様変わりしていることだろう。

彼は十四歳で数学者を志し、この大学に入学した。

ちょうど、太平洋戦争がはじまったころだ。

焼けつくような日射しだけは、当時も変わらなかったことだろう。ここでたくさんの本を抱え、おそらくは汗まみれになりながら、ティンズリー少年は棟から棟へ歩いていたのだ。

不安定な時代である。

そこに一人、十四という歳で大学に入ったのだ。おそらくは、孤独だったのではないか。いずれにせよ、この前線からはるか遠い、アメリカ中部の森に面したキャンパスで――「それ」は彼に取り憑いたのだ。

以来、半世紀以上もの間。

チェッカーは、死ぬまで彼を放さなかった。

はじめてチェッカーを知ったのは、幼少のころだという。それが学校であったか、あるいは家庭であったか、その点についてティンズリーは記憶していない。

だが、いつそれに目覚めたかについては、記録が残っている。

一九四一年。

このオハイオ州立大学の図書館で、十四歳のティンズリーは数学の本を探していた。このとき、偶然にチェッカーの入門書が彼の目に止まった。彼はこの本を通じ、たちまちチェッカーに魅了されたということだ。

わたしは、その図書館を見たいと思った。

できるなら、どのフロアのどの書架であったかまで。ある男に一つの想念が宿った、その正確な座標はどこだったのか。どのような本が並び、どのような光が射していたのか。

むろん、場所を探し当てたところで、何がわかるというものでもない。

チェッカーとは抽象的なゲームである。それがどんな場所であろうと、そこにどんな光景が開けていようと、それはチェッカーというゲームとも、ティンズリーという人物とも本質的なかかわりはない。むしろ、そこにチェッカーというゲームの美がある。

それでも、わたしにとっては、これは大切なことのように思えたのだ。

ティンズリーという人間の脳内で、チェッカーという宇宙が爆発をはじめたのはどこだったのか。――わたしは、まずそこから出発してみたいと考えたのだった。ところが、大学案内はわたしを唖然とさせた。オハイオ州立大学は、実に、二十四棟もの図書館を各地に擁していた。わたしは最寄りの図書館に入り、職員に訊ねてみた。

「お訊ねしたいのですが」

おそらく、不審に思われたのだろう。オハイオ州では、東洋人は珍しい。職員の女性はしばらく値踏みするようにこちらを眺めてから、イエス？　と語尾を上げた。

「数学の本が収められているのは、どの図書館か教えていただけますか」

「科学技術図書館だと思いますが……失礼ですが、学生のかたですか？」

「いまでなく、一九四一年ごろ、数学の本があった場所を知りたいのです」

面倒を避け、わたしは質問を重ねた。これで、相手の態度は軟化した。

「何か目的がおありなのですね？」

「マリオン・ティンズリーという人物についてなのですが――」

相手は首を傾げた。フットボーラーなら知ってるのだけど、というような表情だった。

わたしは礼を言うと建物を後にした。図書館の一覧には〈マリオン・キャンパス図書館〉という施設もあった。記念館のようなものをわたしは期待したが、これは偶然の一致にすぎなかった。マリオンとはここからさらに北、オハイオ中部の都市の名前である。そこにあるキャンパスの図書館ということだ。

キャンパスは広く、耐えがたい暑さだった。わたしは諦めて車を拾った。

ここオハイオでも、やはり、ティンズリーは忘れられた人物なのであった。

5

ところで、あなたはこれまで一貫してティンズリーを「彼」と呼びますが。

これもまた、個人の体験としての問題です。わたしは、二十世紀を生きたティンズリーというプレイヤーと、いまいる自分とを、同一の存在としては実感できない。ですから、彼は彼、わたしはわたし、別々の主体として見ています。

しかし、いずれにせよ人称の別でしかないので、そう考えてみると、本質的には、同じことかもしれません。些細な問題には違いないでしょう。

また、大量のログから人一人の意識を再現すること——この技術が、どこまで精密なものか、わたしは仕様やアルゴリズムを見たわけではないので、確かなことが言えません。つまり、わたしがティンズリーの記憶だと思っているものは、実はシステムの誤差である可能性もあるわけです。ですから、ひとまずは自分自身の実感をベースに、二十世紀を生きたティンズリーについては、便宜上、「彼」と呼んでいます。

もちろん、この技術の精度が非常に高いことは、わたしにもわかります。たとえば、ティンズリーという人物の記憶や思い——幼い頃見た光景までもが、いま、わたしという意識の内奥には再現されています。それにしても、「彼」のような二十世紀の人物——人々が大量のログを日常的に残さなかった時代の人物まで再現できることには、率直に、驚きを感じています。これは、たとえば信号処理や画像処理の応用でしょうか？

仰るように、ログベースの死後復活技術に対しては、さまざまなライブラリがブリッジされています。そのなかには、信号処理や画像処理の技術も含まれています。

しかし、まずはお詫びさせてください。なぜなら、ティンズリーの没後にチェッカーの完全解が出されたことについて、「彼にとっては、幸せなことだった」とあなたは言いました。わたしも、おそらくはそうであろうと考えていました。

ですから、チェッカーの完全解が出されたいまになって、あなたを再現したことは、あなたにとっては不幸なことです。それを承知で、わたしはあなたをお呼び立てしました。

いいえ、それについては、むしろ感謝してさえいます。

知っているということと、目の当たりにするということとは別だとわたしは言いました。本質的には同じでも、個人の体験として見ると、それらはやはり異なる事象なのだと。そしていま実際、こうして歴史を突きつけられるのは、わたしにとって一つの困難です。

ですが、それでも、わたしは感謝したいと思うのです。

ティンズリーがチェッカーを指しつづけたことに、意味はないとわたしは言いました。また、業ではないかとも言いました。あるいは、老いとの戦いだったとも言いました。そうしたいっさいを抜きにして――数学者であることを抜きにして、プレイヤーであることを抜きにして、そしてまたクリスチャンであることを抜きにして――わたしたちは、見たいと思っていたからです。

うまく伝えられないのですが……ティンズリーとは、勝ちつづけた人間です。そして、いつでも勝者でありたいと思っていました。しかしそれと同時に、それと同じくらい、チェッカーの完全解が導かれる瞬間を、見たいと思ってもいたのです。チェッカーというゲームが葬り去られる瞬間を、わたしたちは待ってさえいたのです。このことはうまく表現できません。しかし一つの実感として、確かにそうであったと言えるのです。
　わたしはいま、ある種の感動すら覚えています。知っているということと、目の当たりにするということは、個人の体験として見るとやはり異なるのです。

質問をつづけさせてください。
さて、こうしてあなたは、一つの意識体として復活しました。かつてあなたは、人間たちと戦いました。かつてあなたは、機械と戦いました。かつてあなたは、老いと戦いました。が、それらいっさいは、もはやありません。チェッカーというゲームは、葬り去られました。いや——チェスも、囲碁も、ゲームというゲームは、ことごとく葬られています。

　最初、あなたがどうしても訊きたいと言ったことですね。

そうです。このことを、今回どうしてもお訊ねしたかったのです。あなたは半世紀近くを人間の王として君臨し、そして機械にも勝ち、機械のリベンジを退(しりぞ)けさえしました。ですがいま、チェッカーというゲームも、もはやありません。

この世界を、あなたならば、今後どのように生きていくでしょう？
そうです――これは、わたしたち全員が抱える問題なのです。〈人間の王〉たるあなたに敬意を払い、〈人間の王〉たるあなたに期待を寄せ、お伺いします。このような寄る辺のない世界で、わたしたちは、どう生きていけばよいのでしょうか？

お答えできると思います。
なぜなら、それはすでに考え抜いたことだからです。いや、当時の三流のチェッカー・プレイヤーであっても、こればかりは考え抜いていたことでしょう。ですが、少し猶予をいただいてもいいですか。一度、自分のなかで咀嚼してみたいのです。

どうぞお考えになってください。

……たとえば、このように考える人はいます。チェッカーが機械に葬られたならば、次はチェスをやればいい。チェスが機械に葬られたならば、その次は囲碁をやればいい。それもまた葬られたなら、今度は盤面を広げていけばいい。無限に、人とプログラマとのいたちごっこをやっていればいいではないかと。
ですが、この考えを、わたしは採用しません。
まず一つには、こうして次々にフィールドを変えるという行為が、人間的でないようにわたしには思えるのです。業、という言葉を以前わたしは使いました。チェッカー・プレイヤーは、あくまで、チェッカー・プレイヤーである。そうわたしは考えます。

もう一つには、人と機械との追いかけっこに、わたしはそもそも意味を感じないのです。人と機械の戦いという設問自体、人間が勝手に考え出したものです。

いや、話を戻しましょう。

たとえばチェッカーを捨て、あるいは「彼」の両親のように、警官や教師として生きていく道はあるでしょうか。これなどは、ありえる話だとわたしは思います。ですが、少なくともわたしには、この考えは採用できません。戦うことを知ってしまった人間、挑戦することを知ってしまった人間が、それを捨てられるとは、到底思えないからです。

であれば——自分の戦いの物語に終止符を打つ。あるいは、老いとともに敗れ去る——それが一番、まっとうな筋道のように思えます。ですが、「彼」は老いるほど強くなった、規格外とも言える人間です。彼は一種、まっとうさの対極にいた。しかも「彼」について言うならば——戦いのさなか、ゲームそのものが消え失せてしまった。

「彼」には、戦いに終止符を打つすべがないのです！

わたしは、シェーファーをうらやましく思うことがあります。彼は、彼の戦いに終止符を打ったわけですから。しかし、「彼」については、そうはいかない。いわば、山のない世界を生きる登山家、海のない世界を生きるダイバーです。

そう、これは難問です。

それでは、チェッカーで難問にあたったとき、わたしたちはどうするでしょうか。

わたしたちは、相手側の立場に立って考えてみます。ですから、この問題について、わたしはシヌークの側に立って考えてみました。

シヌークというプログラムもやはり、言ってみればわたしたちと同様に、チェッカーの完全解という来るべき圧倒的な事実を前に、無意味とも言える戦いをくりひろげた存在です。——それでは、シヌークはいったい何と戦っていたのか？

このことを、わたしはずっと考えてきたのです。

むろん、シヌークはチェッカーのためのみに作られたプログラムです。そこに、なんらかの意識や知性、主体があるとはわたしも考えません。また、あえて擬人化しようとも思いません。ただ、一つの抽象的な問いとして、わたしは考えてみたのです。

シヌークとは、なぜ生まれてきたのか、と……

しかしこのことは、なるべくなら、語りたくはないのです。

なぜなら、この問いは、ある一つの帰結を生むからです。ある、自明ですらある帰結を……まず最初にお断りさせてください。これからわたしが話す内容は、必ずしも現実味のあるものではありません。いわば一種の神学の、亜種の、そのまた亜種のようなものです。また、おそらくあなたが求めているであろう、一つのロールモデルという形には落としこめません。そのつもりで、聞いていただきたいのです。

よろしいですか。

わたしは、このような結論に至ったのです。

シヌークが戦うべき相手は、彼を作りたもうたプログラマであると。

むろん、これは一種の比喩、アナロジーです。それを承知の上で、わたしはこれを自分に置き換えて考えてみました。つまり、わたしが戦うべき相手は、……
……。

結構です。理解できました。また、あなたの口からそれが言えないであろうことも。長い時間、本当にありがとうございます。それでは、最後に一つ質問させてください。——あなたが全盛期のティンズリーとチェッカーを戦ったら、どちらが勝つとお思いですか？

答えるまでもありません。むろん、わたしが勝つでしょう！　誰かに負けることなど考えられない。何しろ——わたしは負けるということが、本当に嫌いなんですから！

参考文献

One Jump Ahead（Jonathan Schaeffer, 2009）

“Marion Tinsley: Human Perfection at Checkers?”（Jonathan Schaeffer, 1996, Games of No Chance 所収）

“Man Versus Machine for the World Checkers Championship”（Jonathan Schaeffer, Norman Treloar, Paul Lu, Robert Lake, 1993, AI Magazine, Vol.1 4, No.2 所収）

“Alberta researchers crack checkers code”（Joseph Hall, 2007, thestar. com 内記事）

“A Checkered Career”（Gary Belsky, 1992）

“The Legendary Marion Tinsley Is A Champion With A Checkered Career”（Franz Lidz, 1981, SI Vault 内記事）

“My Mentor: Marion Franklin Tinsley”（Roland Floyd, Roland Floyds Web Site）

「コンピュータ将棋の新しい波」『情報処理』二〇〇九年九月号内特集

清められた卓　Shaman versus Psychiatrist

麻雀（マージャン）――卓上遊戯の一つ。四人がテーブルを囲み、一三六枚の牌（はい）から一四枚を組みあわせ、役を揃える。牌の種類には萬子（マンズ）、筒子（ピンズ）、索子（ソーズ）、字牌があり、萬子、筒子、索子は一から九までの九種、字牌は三元牌と呼ばれる三種と四風牌と呼ばれる四種からなる。一般には、賭博性を持つゲームとして理解されている。

1

白鳳位（はくほうい）戦のタイトルに第九回があった事実を告げると、専門家たちでさえも驚くことが多いが、これは他のタイトル戦と比べ歴史が浅く、注目されにくかったことや、白鳳位戦が公式には前年の第八回止まりとなっていることに鑑（かんが）みると、やむをえない話である。第九回の白鳳位戦がどのような対局であったか、またそのとき白鳳位の座についたのが誰であったかは、新日本プロ麻雀連盟の歴史から抹消されている。

このときどのような業界内の力学が働いたのかと、さまざまな議論や憶測が飛び交ったが、やはり根本的な理由は、一言で言ってしまうなら、対局のあまりの異様さ、異質さにあったのだろう。プロと呼ばれる者たちがプロを名乗りつづけるためには、それは存在してはならない対局だったのだ。

異様と言えば、まず、決勝卓の顔ぶれからして異様であった。

アマチュアが三人に、プロが一人。このこと自体は、格別（かくべつ）驚くことではない。白鳳位戦にはアマチュア枠がある。そうである以上、おのずと勝ち上がってくる在野の強者（つわもの）もいる。麻雀は囲碁（いご）

やチェスと異なり、偶然の要素が大きく、どんな試合巧者（こうしゃ）であっても、百回も打てばそれなりの数は負ける。それを承知で、百分の一、千分の一という単位で勝率を競い、鎬（しのぎ）を削るのがプロ雀士という人種である。

　それにしても、この顔ぶれはどうだろうか。

　予選で真っ先に決勝進出を決めたのは、真田優澄（さなだゆずみ）というアマチュアの女性で、当時二十七、八歳、〈シティ・シャム〉と呼ばれる宗教法人の代表であった。一人でプラス数百という得点を叩き出し、予選の最終戦を待たずして決勝進出を決めているが、何より異質だったのは、彼女の素性（すじょう）よりも、その謎めいた打ち筋なのであった。


「少なくとも、麻雀と呼べるようなゲームじゃなかったのは確かだね」

　そう語るのは、彼女と決勝を争った新沢駆（にいざわかける）Aリーグプロである。わたしが第九回白鳳位戦について知りたいと打診したところ、彼は渋りつつも、後で草稿に目を通し、直しを入れるという条件つきでわたしのインタビューに応じた。

「おれはいまも、魔術なんてものはないと思っている。読唇（どくしん）術、イカサマ……一通りのことは疑ってみたさ。だが結局、これといった答えは出なかった」

　新沢の、自宅近くの喫茶店である。彼は一枚の牌譜（はいふ）をテーブルに広げてわたしに見せた。

　わたしは息を呑んだ。白鳳位戦の決勝は、牌譜さえもが破棄されていたはずなのだ。だが、この決勝には新沢も思うところがあるらしかった。彼は密かにコピーを取ると、十年近くが経（た）ったいままで、それを隠し持っていたのである。

四回の半荘（ハンチャン）のトータルを競う、その最初の一局。六巡目に、新沢が先攻リーチをかけた。直前に、優澄は六萬（ローワン）を切っている。一巡遅ければ、新沢の和了（あが）りとなる牌だ。

「嫌な予感がしたのは確かさ。欲しい牌を先に切られる局面ってな、ロクなことが起きないもんだからな。だが、こっちだって優勝がかかってる」

ところがだ、と彼はつづける。

「次巡（じじゅん）、教祖様はただちにリーチをかけた。直後、おれが切った四萬（スーワン）にロンの声さ。やられたと思ったね。おれの気配を察して、早めに危険牌を切ったんだなと」

ところが、開（あ）けられた手牌は、新沢の予想とはまるで違っていた。

優澄が最後に引いた牌は、六萬だったのだという。

逆算すると、こういうことになる。優澄は、最初から萬子（マンズ）の五と六を持っていた。そして新沢がリーチをかける直前に、わざわざ手を崩して六萬を切り、次巡、まったく同じ牌を引き返す。

確かにこれで、彼女は振り込みを回避している。

だが、少しでも麻雀をかじった人間ならば、ありえない打ち方だとわかる。そう、牌が透けて見えでもしない限り。……わたしは思わず訊（き）いていた。

「それは、小手返（こてがえ）しではないのですか？」

小手返しとは、麻雀のテクニックの一つである。引いた牌を、即座に手牌の三枚目か四枚目かに組み入れるのだが、見ている側からは、右端に牌を置いたようにしか見えない。何を引いたかを悟られなくするための、一種の目眩（めくら）ましである。

「あのな」と新沢が苛立たしげに言った。「牌譜を見ろよ。ちゃんと書かれているだろうが。いや、むろん採譜にもミスはあるだろうさ。でもな、おれが何年これで飯を食ってると思ってる。小手返しくらい、いくらでも見破れるさ。それだけじゃない、相手の三人が何をどういう順序で並べているか、それを誰がどう入れ替えたか――そうだな、たとえば誰かが手牌の端から三枚目をこっそり入れ替えた。ははあ、ポンテンを狙ってるな。そうか、八九九を九九八の並びにしたんだ。後で八を切るとき、最終形を悟られないように……よし、この牌とこの牌は止めておこう……あんたも麻雀を知ってんなら、これくらいの読みをしたことはあるだろう？　だがおれたちが違うのはな、それをあらゆる局面のあらゆる瞬間にやってるってことなんだ。言っとくが、こんなこと基本中の基本だからな」

　新沢は早口にまくしたててから、わたしが黙しているのを見て、本題へ戻った。

「教祖様の打ち回しにしても、むろんタネはある。それを、おれはついに見破れなかった。つまりはこういうことさ。突出した技術は、魔法と区別がつかない。そして現象だけを見るならば、真田優澄は魔術としか言えないことをやってのけた。だが……」

　ここで一瞬、彼は口ごもった。

「――だがよ、プロがそんなこと、腐っても口にできるか？」

　この新沢が、決勝進出を決めた二人目である。

　新沢は、プロになった当初は、昔ながらの雀風の持ち主だった。ツキや流れを信じ、スピードよりも手作りを重視する。ところがあるとき工事現場で頭を打ち、以来どういう心境の変化があったのか、「デジタル派」と呼ばれる一派の旗手として連勝し、気がつけばタイトル戦の常連となっていた。彼が勝利しプロの面目躍如となるか、あるいは土をつけられるか。連盟としては、背水の陣であった。

新沢は予選でもアマチュア勢に囲まれながら、乱戦を制し、トップを決めている。わたしと会ったこの日は、顔はほんのり赤く、酒に酔っている様子だった。目は朧（おぼろ）げに濁り、手は荒れている。――麻雀のプロというものは、囲碁や将棋のそれとはまた違う趣（おもむき）がある。

運の世界である。

どれだけ最善を尽くそうが、神経を研（と）ぎ澄ませようが、駄目なときはどうにもならない。トッププロが、四巡目でアマチュアの役満に振り込むこともある。

囲碁や将棋のプロは、いわば勝ってきた者たちである。むろん読み敗れ、黒星（くろぼし）のつくこともあるが、あくまで脳漿（のうしょう）を絞りつくした結果の実力差である。そこには、天災のような敗北がない。

麻雀は違う。不運は、どこにでも転がっている。はるかに格下の相手が、配牌（はいぱい）の時点で聴牌（テンパイ）していることもある。そこに、初巡（しょじゅん）から振り込むことさえないではない。麻雀のプロは、勝ちを積み重ねた人種ではない。負けて、負けて、ひたすら負けてきた者たちなのである。おのずと、身にまとう空気のようなものが変わってくる。どれだけ強かろうと、どれだけ最善を求めようと、ときには交通事故のように不測の死を遂げる。彼らはそれを知り抜いている。だから、ある種の覚悟に加え、独特の他者への眼差しが生まれるのだ。

彼らは願掛（がんか）けをする。大勝負の前は、必ず女を抱くという者もいる。テレビカメラなどは滅多（めった）に入らず、牌譜さえ取られない局がほとんどだ。プロとして食えるのは、ごく一部だけ。対局のない日は焼き鳥を焼き、あるいは日雇いの道路工事をし、専属契約を結んだ雀荘（じゃんそう）からわずかな報酬を貰い、生き永らえる。

囲碁や将棋のプロを、空を舞う大鷲の類(たぐ)いに喩(たと)えるならば、彼らは、痩(や)せこけて地を這(は)う肉食獣である。だからこそ、また格別の人間的な妙味が宿るのだ。

三人目の決勝進出者は、東京のアマチュア枠から勝ち上がった九歳の少年だった。こうなってはプロの面目などあったものではないが、実は連盟はこのことを歓迎していた。当山牧(とうやままき)というこの少年は、アスペルガー症候群であり、また、いわゆる天才能力(サヴァン)の保持者でもあった。かつては言葉もうまく喋(しゃべ)れなかったのが、家族が麻雀を打つのを見て、突如才能を開花させたということだ。当山少年にはメディアが注目し、予選の段階からテレビカメラが彼を追っていた。だから連盟としては彼に決勝まで残ってもらい、白鳳位戦に世の注目を集め、ひいては麻雀という競技そのもののイメージを変えていきたいと考えていた。

結果的に、連盟のこの思惑(おもわく)は外れた。

第九回白鳳位戦の決勝は、どう編集しようとも、とても放送できる代物(しろもの)にはならなかったからである。このときの録画データは、結局闇から闇へ葬(ほうむ)られた。局にも問いあわせてみたが、データはすでに処分したという返答であった。

当山少年の力は、先述の局にも見ることができる。新沢の三索(サンゾー)を切ってのリーチに、彼は迷いなく二索(リャンゾー)を切っている。マタギ筋と呼ばれ、従来は危険とされた牌だ。それが三三四から三を切ってのリーチだったとすると、二と五が欲しい牌となる。

このことを局後に問われ、「マタギ筋は危険ではないのです」と彼は応(こた)えている。

「統計的に見ると、三を切ってリーチしたときの二は、そうでないときの二よりも安全です。それに、同じマタギ筋でも、比べるなら一の方が危険です。一一三という形から一のシャボ受けが残ることは多い。でも三三四は好形だから、もっと早い段階で面子になりやすい」

当山少年——いまは青年という歳であるが、彼は確率計算や統計演算における天才であった。いまは、関西の工学部に籍を置いている。

わたしは彼にメールを送り、取材意図を明かした上で、なぜ純粋数学や理論物理でなく工学を選んだのかと問いあわせた。わたしの先入観だが、この選択は彼に似つかわしくないように思えたのだ。返事はすぐに来た。要点のみだが、ぶっきらぼうでもない。理科系の青年らしい、丁寧な文章であった。

「純粋数学や理論物理といった道も、考えてみました」と彼は書いてきた。「でも、ぼくは実学をやりたかったのです。その方が、人間的であると思ったから」

いまも麻雀をやるのかとわたしは訊いてみた。

「せいぜい半年に一度です」たまに、研究室のつきあいで打つということだった。「ただ、あのときのような対局は、正直もうやりたいとは思わないですね」

当山は白鳳位戦の牌譜データとともに、彼が作成したビューアを送ってきた。四者の手の進行を、画面上で再生するツールである。これに、今回わたしは随分と助けられた。念のため牌譜の出所を訊ねたところ、新沢を経由して取り寄せたのだという。

それから、わたしはくだらない質問をした。——いま、彼女はいる?

「片思い中なんですよ」

と当山は書いてきたが、誰が相手とも言わなかった。白鳳位戦の決勝を過ぎ、当山が言うには、確率と統計の神は彼の頭脳から立ち去った。いまは、ときには日本のアカデミズムに嫌気が差すこともあるが、充実した研究生活を送っているということだった。少し迷ったが、頑張れ、とわたしはエールを送った。もちろんです、と彼は応えた。

以上の三名が早くから決勝進出を決めたのに対して、それより下はプラス三十、四十という得点圏に十名ほどが固まっており、団子状態のまま最後までもつれる結果となった。ここから、わずか数百点という差で決勝に進出したのは、やはりアマチュア枠から勝ち上がった赤田大介(あかだだいすけ)であった。

優澄や新沢、当山といった面々と比較すると、彼には突出した異能のようなものはない。こう言っては申し訳ないのだが、他の三者と比べると、凡庸(ぼんよう)な打ち手である。むろん、決勝進出者であるから麻雀は巧(うま)い。抜きん出た部分がないというだけで、堅実な、オーソドックスな雀風である。彼はあくまで凡人(ぼんじん)として戦い、凡人同士の戦いにおいて一歩粘(ねば)り勝ち、決勝に進出したのだった。

決勝でも、たとえば新沢のリーチに対し、彼は安全牌を切って受けに回っている。優澄のような超能力めいた力もなければ、新沢のような集中力もない。瞬時に確率計算を行える頭脳もない。ガードを固く保ち、ミリの差の勝利を目指す。それが、彼の戦い方だった。

赤田は当時三十二歳。精神科医である。

彼を支えていたのは、ただ一つ、執着心であった。だが、白鳳位の座に興味はない。赤田は、**たった一人の人間を追って決勝まで来たのだった**。かつてのクライアントであり、また婚約者でもあった女性——真田優澄のことを。

「——医師としての信念や倫理観、プライドのようなものに突き動かされていました」

赤田は当時を振り返り、こう語っている。

「ですが、いま考えれば、恋に狂った一人の男だったのかとも思います」

最初は逆転移でした、と彼は正直に告白した。フロイトによる古い言葉だが、いまも精神医学の臨床には常につきまとう問題だ。転移性恋愛。治療を通して、依存関係がいつしか恋愛に置き換わってしまう。

教団を立ち上げるよりも前のことである。優澄は統合失調症の治療のため、赤田のクリニックの門を叩いた。たちまち、二人は互いに惹かれるようになっていった。転移を自覚した赤田は、優澄から距離を取ろうと試みたが、彼自身の感情が、もう後に引けないところにまで来ていた。赤田は優澄を自宅に住まわせ、やがて婚約にまで持ちこんだ。

最初に処方したのはハロペリドールという薬であった。強い抗精神病薬で、象さえも眠らせると言われている。これにより、統合失調症は改善する。だが、副作用も少なくない。覇気が失われ、処方が増えれば、身体は徐々にねじれていく。これは治療というより、優澄の魅力や個性を殺しているのではないか……次第に、赤田はそう思うようになった。

冷静な医師としての赤田は、もういなくなっていた。

彼は投薬を減らすと、それまで学んだあらゆるカウンセリングの技法を使い、優澄の治療を試みた。しかし、はじめこそある程度の効果はあったものの、しょせん長つづきするものではない。

こうした内縁関係につきものの、親族とのトラブルも絶えなかった。

結局、優澄の方が耐えられなくなった。彼女は赤田の元を去ると、いつの間にか〈都市のシャーマン〉という二つ名の、新興宗教の教祖になっていた。

　彼女はありのままに病気を受け入れ、そのなかに、社会生活を模索する道を選んだのである。優澄が金銭を求めなかったことが評判を呼び、信徒はたちまち百人を超えた。教団のプログラムには、一部の限られた信徒が優澄と交わり、霊感を得るというものまであった。赤田の生活は荒(すさ)み、日を追うごと、酒量は増していった。

　医師としての信念も、男としての自尊心も破れ、感情は嵐となり内奥(ないおう)を荒らしていた。

　そんななか、彼は優澄が白鳳位戦に出場することを知った。教団の公開情報によると、麻雀という儀式を通じて世界の不調和を癒(いや)し、また優澄の霊的能力を世に広めるとある。ナンセンスだとしか思えなかったが、裏腹に、赤田は反射的に電話を取っていた。

「賭けをしないか」赤田は、優澄にそう持ちかけた。「例の大会、おれも出ることにした。おれが勝ったら、もう一度、治療を受けに戻ってくるんだ」

「わたしが勝ったら？」

「医師であることをやめる」

「いいけど……」優澄は気乗りしない様子で応えた。「そのままでは、到底(とうてい)わたしに勝つことはできない。どんな投薬も、療法も、最新の論文も、卓上ではなんの役にも立たない。**わたしの魔法を殺したいなら、それ以上の魔法を持ってくることね**」

2

第九回の白鳳位戦の対局内容について、もっともらしい説明ができるプロはおらず、また観戦記事を書けるライターもいなかった。かくいうわたしも、この決勝はギャラリーとして観戦していたのだが、ありのままを言えば、何が起きたのかわからない、というのが正直な思いだった。かろうじて本質に迫っていたのは、写真家で漫画家の戸高安吉（とだかやすきち）であったように思う。軽妙なエッセイ漫画を得意とする戸高が、この決勝を扱ったときばかりは、タッチは重く、結末もどこか不条理で煮え切らないものだった。

この話は単行本の二巻に収録されるはずであった。だがあいにく刊行は一巻きりとなっており、戸高自身は一巻の売り上げがペイラインに及ばなかったからだと公言しているが、一説には、白鳳位戦を扱ったためだとも言われている。

さて、麻雀に限らず、およそほとんどの競技は、プレイヤーの姿勢や手つきからおのずと力は見えてくる。だが、この決勝に限っては、そうとは言えないものがあった。ぴんと背筋を伸ばしているのは新沢のみ。当山少年は落ち着かないのか身体をそわそわと動かし、手が小さいため、何かと牌を取りこぼす。

赤田は極端な猫背で、手牌（てはい）に覆いかぶさるようにして、三者の捨て牌を見回している。ときには、左手全体で手牌を覆いさえしていた。優澄に至っては、仰ぐように天を見上げ、鼻歌まで歌いはじめるのだった。一度、立会人が注意を促（うなが）したが、優澄は澄ました顔で「これは、北米のインディアンに伝わる祝いの歌だから」などと言うのだった。

「シャーマンは、歌や踊りを通して向こう側の世界を見るのよ」

　これ以降、鼻歌の件には誰も触れなくなった。

「当山くん」開始早々、新沢が当山に声をかけた。「きみは牌を引くとき、わずかに斜めに傾ける癖がある。おれの位置からだと、見えてしまうよ」

　通常、対局者同士は言葉を交わさないものだが、これはむしろ彼のプロ意識がもたらした発言だろう。口は悪く、酒を飲んでインタビューに応じるような男だが、新沢には、新沢なりのフェアプレーがあるようだった。

「これまで、誰からも指摘されなかったのかい？」

　当山が首を振ったので、新沢は愕然としたようにため息をついた。

「悲しいかな」と新沢は言うのだった。「これがいまの日本のプロ麻雀の現状なのさ。恥ずかしいと思わないかい？　考えてもみろよ！――十歳にも満たない子供が、自模牌を見られながら、それを誰にも指摘してもらえず、なおかつ勝ち上がってきたんだからな！」

　立会人が注意を促したが、彼は構わずつづけるのだった。

「――これじゃ、ここに坐ってるプロがおれ一人だけってのも頷けるぜ」

　他のプロたちの不甲斐なさについて語っているのである。新沢はトッププロではあるものの、連盟の理事や役員とのつながりは薄い。ここまで同業者を挑発した以上、彼としては、もう優勝するしかない。あくまで、自信のなせる業であった。

「昔、女流のタイトル戦でこんな事件があったろう」新沢はなおも話をやめなかった。「誰かが点数の申告ミスをしたのに対して、観戦者がそれは違うと訂正してしまった。観戦者が口を出すなんてけしからん、ってな。まあ、そりゃそうだわな。だがよ」

新沢は点数箱から千点を取り出し、リーチを宣言した。

「だがよ、それ以前にだ。プロたるもの、点数を間違えるってなあどういう了見だい」

立会人がばつの悪そうな苦笑を浮かべた。新沢は酒の席でも対局の最中でも、毎日のようにこの話をするのだった。当山が二索を通す。それを見た新沢が、にやりと口角を上げた。先ほども紹介した局である。直後、優澄がリーチをかける。赤田は、安全牌の回し打ち。

ギャラリーがざわめき出した。

「嫌な感じだぜ」

新沢は山に手を伸ばし、四萬を引いた。それが優澄の和了り牌であった。相手の手牌を見るより前に、新沢は「ほらよ」と八千点を用意する。プロであれば、相手の点数くらいわかって当然。これは新沢の持論だった。だが、開けられた牌姿が新沢の饒舌を止めた。

六萬切りの、六萬引き戻し。

「……なんだいそりゃあ」

人の和了りへの批評はマナー違反である。それを知らない新沢ではない。それほど、優澄の手順は異様だったのである。赤田も、当山も、息を潜めて優澄の手を凝視していた。

――魔術。

初戦の第一局から、優澄はそれを披露したのであった。だが、これははじまりに過ぎなかった。優澄の麻雀は他の三者を嵐に巻き込み、彼らの土台を揺るがし、おのずと同じ土俵へ引きずり上げ——それぞれの思惑がこじれ絡みあうなか、いつしか、正気とは到底思えない牌譜が刻まれていく。彼岸の対局。第九回白鳳位戦決勝、その極北の闘牌の。

このとき、三者の見解はそれぞれに異なっていた。当山は、これは優澄のミスだろうと考えた。別の役を狙って六萬を切ったが、リーチが入ってしまい、直後に同じ牌を引いた。勢い、リーチに出ただけだと。理にあわない打ち方だが、えてして、人間とはそのような選択をしてしまうものだ。赤田はこう考えた。小手返しかもしれないし、まったくの偶然かもしれない。わからないものはわからないので、保留する。

だから、当山と赤田の二人は優澄の謎にまだ囚われていなかった。次局には当山が早い仕掛けから千点を、三局目には赤田が二千六百点を和了った。

いずれも、振り込んだのは新沢だった。

新沢のみが、その類い稀な観察力と集中力によって、優澄の異常さを見抜き、翻弄されてしまったのである。だが、つづく第四局の、優澄の親。当山と赤田も、いよいよ苦境の淵に立たされることになる。

二局つづけて優澄は安手を仕上げ、親を維持した。どちらも、至って普通の手である。この間、新沢は優澄の一挙一動や、観客の動きに注視していた。新沢は、後ろの誰かが優澄にサインを送っている可能性を考えた。俗に、通しと呼ばれる手法である。だが、優澄は卓上のみを注視している。

新沢はくりかえし牌の背も検めた。彼が疑ったのは、ガン牌という昔からのイカサマだった。

マジック用のトランプなどにもあることだが、牌の背に疵などをつけることで、あらかじめそれが何かわかるようにする。

　優澄は、この卓に坐ったことがあるかもしれない。あるいは、決勝戦にどの雀荘が使われるかは調べることができる。忍び込み、牌そのものを交換する。それとて、ありえない話ではない。だが、それらしい疵もなかった。

　念のため、ポケットに忍ばせていた鉱石鑑定用のブラックライトも当ててみたが、牌の背に変化はない。それを見た優澄が、「呆れた」と声をかけた。

「そんなものまで持ってるの」

「ふ」と新沢は笑った。「これ以外にも、鏡、ジャックナイフ、なんでも持ってるぜ。ま、お守りみたいなもんさ。伊達に、長年これで飯食ってないんでね」

「安心していいわ。通しもガン牌も使ってないから」

「じゃあ、何を使ってるってんだい」

　言いながら、新沢は口元の片方だけを歪める。公式のタイトル戦で、こんな会話がなされること自体が、異常と言えば異常である。だが、もはや立会人も注意しなかった。とにかく、何かしらの異変が起きつつある。それはもう、誰もが理解していた。

「あえて言うなら、通しね。でも、それは人間からの通しじゃない。何を切ればいいのか、何で待てばいいのか——それは、この子たちが教えてくれる」

　そう言って、優澄は百三十六枚の牌を指すのだった。

「世間じゃ、それをガン牌って言うんだぜ」

「あなたは何もわかってない」優澄は挑発的に指を立てた。「わたしたちが牌を選んだり捨てたりするんじゃない。牌が、わたしたちを選んだり捨てたりするのよ。わたしは、その声に耳を傾けるだけでいい――」


「これまでプロと呼ばれた人のなかで、優澄さんと似た打ち手はいたのでしょうか」

新沢が牌譜をしまったところで、わたしは質問の角度を変えた。空前絶後だった、という回答を期待したのである。だが新沢は小考したのち、「そうだな」と口を開いた。

「強いて言えば、安藤満（あんどうみつる）だな。だいぶ昔の戦術なんだが……亜空間殺法は知ってるか？」

「すみません」

「無理もないさ。あれでも、いっときは一世を風靡（ふうび）したんだがな……じゃあ、今度はこちらから質問させてくれ。麻雀で勝つためには、あんたは何をすればいいと思う？」

「牌効率の計算と……それから、相手の捨て牌を読む技術」

新沢は首を振ると、手帳を破いて記号を列記した。

「読んでみな」

略式で記された麻雀の捨て牌だった。最後に、「リーチ」と書かれている。

「……萬子が切られていない。中張牌（チュウチョンパイ）が早くに切られているのに対し、字牌の切り出しが遅い。混一（ホンイツ）にしては、索子（ソーズ）の材料が揃いすぎている。ドラ表示牌の切り出しが早いから、七対子（チートイツ）が本線と見ます。待ちは、索子か筒子（ピンズ）の端牌（はしはい）、ないしは筋が待ちになる牌」

はっは、と新沢が笑い声をあげた。

「それじゃ、おまえさんは負け組だろうな」

「答えはなんですか？」

わたしはいささかむっとして訊ねた。新沢は下の余白に、十三枚の牌姿を書き足した。ありふれた、どこにでもあるような平和（ピンフ）手であった。問題として見るなら、アンフェアなところがある。だが、確かに、麻雀ではこういうことも起きる。

「捨て牌ってのは、原理的に読めない代物なのさ」新沢は紙を丸めて灰皿に入れた。「まして、あんたは七対子と言ったな？　七対子という役はな、目立つわりに、すべての和了（あが）りを平均すると、二パーセント程度しかない。言っちゃなんだが、読むだけ無駄なのさ」

そこまで言うと、新沢は今度は一組のトランプを取り出した。

ナイフやブラックライトの他にも、いろいろと持ち歩いているらしい。

「ブラックジャックは知ってるな？」

わたしが頷くより前に、新沢はカードをシャッフルすると二枚を表向きに投げてきた。そして、顎で喫茶店の紙マッチを指した。わたしは一本を破り取り、カードの上に置いた。わたしは十四からあっさり絵札（えふだ）を引き、負けた。一本のマッチ棒が新沢に渡った。

「ブラックジャックの必勝法は？」

「……カウンティングです」

カードの残り枚数を数え、プレイヤーとディーラーのどちらが有利か判定する。これを使われるとカジノ側は不利だが、皮肉にも、この技術が広まることで、それまで賭博に興味のなかった層までもがカジノに取り込まれる結果となった。

「麻雀も同じよ」新沢が低い声で言った。「いいか、こんな実験がある。二〇〇三年に、ある工科卒の人間が、こんなプログラムを書いた。山に、どういう牌が残っているかを推測するルーチンだ。そのコンピュータは、点数状況を考慮しない。誰が何をどういう順序で切ったかも考慮しない。順目（じゅんめ）も見なければ、相手がリーチしたかどうかも見ない」

――ただ、見えている牌を数えあげる。

それが、人間よりはるかに高い成績を上げたのだという。

「麻雀に一番近いカードゲームはブリッジだろうが、おれはブラックジャックも似ていると思う。このゲームには、麻雀の、極めて麻雀的な部分が凝縮されている」

二度目のゲームがはじまった。わたしの手札（てふだ）は合計十七だったが、迷い、ヒットした。四が来た。新沢は、十四から絵札を引いてバーストする。新沢がぼやいた。

「十七からヒットするやつなんかいねえよ」

「そうですか？」

「ヒットしていい場面は、十六でせいぜい半々さ。だがよ、あんたのその判断で、本来おれが四を引いて勝つはずだったのが、バーストさせられた。麻雀でも、えてしてこういうことが起きる。誰がどの牌を引くかは、あらかじめ決まっている。ただそこに、チーやポンといった鳴きが入ることで、引くべき自模牌（ツモ）がズレて、アヤが生まれる。……これを意図的にやろうってのが、安藤の亜空間殺法だったのさ」

「好調者は引きがいいから、鳴いて邪魔をする。そういうお話でしょうか」

これは、昔からよく言われることだ。たとえば、好調者はよく和了る。あるいは、好調者には良い牌が流れるから、チーなどの鳴きを入れて、牌の流れを狂わせるのが良い。

「簡単に言ってしまえばな」

「ですが……」

わたしが言い淀むのを見て、新沢が「おうよ」と応えた。

「誰が好調で誰が不調か。そんなことは言えないのさ。むろん、ツイてると感じるときはある。だが、その次の局には役満(やくまん)を振るかもしれない。そんなこと、わからねえのさ。それでも、安藤は長年この方法でトップを張ってきた。教祖様の打ち方は、強(し)いて言えばだが、安藤の亜空間に近かったな。――特に、あの二本場なんかがそうだ」


優澄が親を重ねた二本場。当山が両面(リャンメン)のリーチを入れた。

すかさず、優澄は当山の切った七索(チーソー)をチー。「食い替え、あったわよね」と言って、四索(スーソー)を切る。すでに四五六と持っているところに、七をチーして、四を切る。これは食い替えと呼ばれ、認めていない雀荘も多い。食い替えを使った引っかけのテクニックがあるからだが、公式戦では特に禁止する理由もないとして、連盟は食い替えを認めている。

次巡、優澄は千五百点を引き和了った。

「これでしょ?」

優澄は自分の引いた牌を指して、当山に問いかける。それは、優澄のチーがなければ、当山が引き、彼の和了りとなっていた牌なのだった。だが、それよりも奇妙なのは優澄の牌姿であった。三色役(サンショク)を崩してまで、当山の牌を鳴いている。意味のない、損をするだけの選択である。いや、意味がないとは言えない。

本来引くはずだった牌がずらされ、結果、当山の和了りは妨げられた。

これで、いよいよ当山も困惑しはじめた。

――どういうことだ？

――真田優澄という人間は、何を基準に打っているのか……。

優澄の行動は、安藤の亜空間とも違ったものだ。元々、和了りを重ねていたのである。好調者に良い牌が集まると主張するならば、あえてチーをする必要もない。

それ以前に、なぜ、優澄は当山の待ちがわかったのか？

当山は首を振り、気持ちを切り替えた。どのみち、超自然的な力などはない。それよりも、優澄がどのような打ち方をするかだ。そのパターンさえわかれば、それに応じるまでである。優澄の神学大系さえ見えてくれば、おのずと、対処方法もわかってくる。だが、そうは言っても、当山には、優澄の打ち方や基準がいっこうに見えてこないのだった。

三本場。

四本場。

いずれも流局であった。どの局も新沢は聴牌はしていたが、牌を伏せ、敵に情報を与えないことを選んだ。そのたび、新沢は罰符を支払っている。高額の賭かった一見同士の対局などでは、古くから見かける光景である。だが、競技麻雀においてはほぼありえない、いや、あってはならない選択だ。情報を与えないためとはいえ、点数のロスが大きすぎる。

「無駄よ」と優澄が指摘した。新沢は、それを無視する。競技麻雀の明るく開けた雰囲気は、いつしか、仄暗(ほのぐら)いマンションの賭博(とばく)麻雀の空気へと変わりつつあった。

五本場。

場はいよいよ煮つまりつつあった。七巡目に当山がチーをして千点の手を作ったが、このとき、

「あっ」と彼の口元が動いた。この鳴きは、当山のミスだったのである。

「くそ」と当山はぼやいた。「ああ、何をやってるんだ！」

かつて、たとえ安手であっても早和了(はやあが)りを目指すのが合理的だとされた時代もあった。

だが、それは誤りである。誤りとは言わないまでも、状況による。早和了りを目指すことによって、大幅に期待値が減る打ち方をしてはならない。

当山は、まさにそれをやってしまったのだ。彼の手は、本来ならいくらでも高くなりうる牌姿(はいし)だった。プレッシャーに負け、期待値計算を誤ったのだ。

直後、新沢が当山の待ち牌を切った。

これは、当山の安手を察知して、彼を和了らせようとしたものだ。敵の待ち牌など読めないと嘯(うそぶ)いてはいたが、プロは、読むときは読む。

当山は動けなかった。若い当山は、ミスをした局で、和了りを拾いたくなかったのだ。

「おい、餓鬼(がき)！」

新沢は思わず立ち上がっていた。それだけ、自分の読みに確信を持っていたのである。これにはさすがに立会人が割って入ったが、新沢は憮然(ぶぜん)とした表情を崩さなかった。

数巡後、優澄は一万八千点を引き和了った。五万点を超え、ほぼトップは確実である。しばらく当山は呆(ほう)けたようになっていたが、促され、負担分の六千点を差し出した。当山が信じていた

もの。――数理。確率。徐々に、その土台が崩れつつあった。

六本場は流局した。

その次の七本場、開局早々に新沢が牌を倒した。

「……九種倒牌(きゅうしゅとうはい)だ」

字牌や一九牌が九種以上あれば、その局を流すことができる。連盟のルールである。これにより、親は優澄から赤田に移る。だが、観客たちはいっそうざわめき出した。

――十一種だぞ。国士(コクシ)の一歩手前じゃないか。

――この状況で、役満の種(たね)を捨てるのか?

「ありえないよ」と当山がつぶやいた。

「うるせえ」新沢は即答した。「おまえも、いい加減わかってきただろう」

その横では、赤田が手を伸ばし、新沢が引くはずだった牌を一枚一枚めくりはじめた。これも、厳密にはマナー違反である。だが、赤田をとがめる者は、もはや誰もいなかった。

七筒、三索、二索、八萬、……十枚ほどがめくられたが、そこに役満の種は一つとしてないのだった。この間、新沢はずっと目を背けていた。

「やめろ」と彼はつぶやいた。「赤田さん、見たら負けだぞ」

そこに役満の種があったなら、判断は誤っていたことになる。ないならないで、超自然的な現象を認め、優澄に与(くみ)したようでもある。

いずれにせよ、勝負師は、終わった山を返してはならないのである。

「いいんです」赤田は落ち着き払っていた。「わたしは最初から、凡人としてここに坐っていますから。凡人らしく、山だってめくります。こんなこと、わたしでなくて誰ができますか――」

結局、優澄が一人浮いた状態のまま、最後の南四局を迎えた。

新沢は軽い和了りを積み重ね、二着にまで浮上していた。彼の手には、またも九種倒牌の手が入っていた。だが、最終局である以上、流すわけにもいかない。今度こそ、新沢は役満に向けて手を進めた。それを見て、優澄が微笑する。

「決定的なミスね」

「いちいち、人が打つたびに笑うもんじゃねえ」

優澄は応えなかった。七巡後、彼女はふたたび一万八千点の手を引き和了った。圧勝であった。

赤田がため息をつき、ゆっくりと首を鳴らした。誰も何も言わなかった。

「おい！」

このとき新沢が立ち上がり、よく通る声で一同に宣言した。

「いいか、聞け！　二戦目からは、いっさいの観戦者をなしにしたい。それから、牌も二局ごとに新しいものに入れ替える。それと、その鬱陶しいテレビカメラもどけてくんな」

イカサマを疑う新沢にとって、これは当然と言えば当然の要求である。

だが、前代未聞の要求でもあった。観戦者もカメラもなしのタイトル戦とは、なんなのだろうか。いや、本来は、それがあるべき姿なのかもしれない。観戦者からのサインは、防ぎようがないからだ。とはいえ、それまでは紳士協定的に成り立っていたことだった。

新沢は、それをひっくり返そうと言うのである。

これにより、対局は一時間ほど中断されることとなった。この間に、連盟やテレビ局の人間が対策を話しあう。新沢はコーヒーを頼んだが、よほど不味かったのか、一口だけ飲んでから返し、アメリカ人のような冗談を口にした。

「新宿の雀荘にはガススタンドがあるって聞いたが、本当なんだな」

そのまま、卓上に目を向ける。赤田と当山は、坐したまま微動だにしない。

「おい、野郎ども！」と新沢が活を入れた。「いまのうちに、気分を立て直すんだよ！　なんのために、おれがアヤをつけたと思ってるんだ……」

一人が得点で頭抜けてしまった以上、残りの三人は、ひとまず共闘するしかない。だが、いまの赤田と当山の様子からは、それも望めない。

だからこその立ち回りであった。

この一時間の猶予こそが、新沢が求めたものなのだった。

赤田はうなずくと、緩慢に自販機に足を向けた。しかし当山は天を仰いだまま自問をつづけていた。――なぜなんだ。いったい、何が起こっているというのだ……。

――宗教と科学の戦い。

十九世紀の話ではない。二十一世紀の、無神論者の国の、それも麻雀というマイナーな卓上ゲームでの話である。そこでは理科系の学生から、一線を張るプロまでもが、「ツキ」や「流れ」といった言葉を口にする。

それがあるかないかという議論は、いつでも、どこでも、語られつづける。

麻雀というゲームは、否応なしに人を狂気に引きずり込む、そんな側面があるのだった。確かに、牌には偏りがある。一人が勝ちつづけることもあれば、どれだけ手を尽くしても状況が好転しないこともある。だが、こうした偏りは、原理的には予測できない。人間は、ツキを利用することはできないのだ。ところが、麻雀というゲームは、どこか人を麻痺させ、それを忘れさせてしまう。

これは、人の脳の構造によるものだ。

人間の脳は、先天的に、統計計算を苦手とする。何百局、何千局と打っても――いや、むしろ打てば打つほどに、こうした偏りを幾度となく見せつけられる。その中には、数知れない成功体験や失敗談が含まれる。おのずと、直感や経験則は狂う。賭け金が高額であれば、祈り、超自然的な力に頼りたい場面も生まれてくる。

一人がそうなると、他の人間も、それに対応しなければならない。本来は悪手だったものが、好手に変わる。ますます直感は狂う。やがて確率という確率が、統計という統計が裏切られる。これがめぐり増幅しながら、四者を自然と迷路へ誘うのだ。

本来、麻雀とは極めて単純なゲームである。そのつど選択するのは、十四枚のうち何を切るかだけ。正答のない場面など、ほとんどありえない。一九八〇年代のコンピュータでさえ、確率的に最強に近いプログラムは組める。――だが、人が牌を握った瞬間。

そこに、他者の狂気が割り込んでくる。さらには、己れ自身の狂気が混じりあう。

およそ麻雀における「偏り」のほとんどは、牌の偏りというよりは、人の選択が生む偏りである。この途端、麻雀は解析不能で複雑玄妙なゲームと化す。

狂気を、いかにして狂気で上回るか。

それが麻雀というゲームの悪魔的側面――いや、本来の姿なのである。


結果として、新沢の要求は通った。

逆に言えば、それだけ優澄の打ち筋は異様だったのである。以降、観戦者はなし。ただし局側からの要望として、カメラは回しつづけることとなった。だが、それは対戦が終わるまで、誰もモニターしない。モニターをする局の人間が、携帯電話などから情報を送ることも考えられるからだ。採譜者もなし。牌譜は、あとで映像を元に起こすこととなった。

こうして、白鳳位戦決勝の二戦目以降は、闇に閉ざされた。

観戦していたわたしも、店から追い出される格好となった。だからここからは、すべて牌譜と伝聞によるものである。栄誉も、観戦者もない、歴史から消された決勝戦。――その全貌は、どのようなものだったのか。

3

「――賭けよう」

それが、新沢の開口一番の台詞（せりふ）だった。

人混みの余韻が、ぬるく淀んだ空気とともに店に残り漂っていた。観戦者はおろか、店のスタッフ全員までが撤収した。残されたのは、数台のテレビカメラのみ。新沢はしばらく窓から外を眺めていたが、「念のためだ」と言ってカーテンを引いた。

「もう誰もいない。たとえばの話だがよ、仮に、局の途中で誰かが拳銃を取り出したとしても、誰も助けちゃくれない。こんな状況で、麻雀を打ったことがあるかい？」

返事はなかった。

「おれはある。代打ちってやつさ。日本には、かつてバブル景気と呼ばれた時代があってね、一億、二億、そんな勝負はザラだったよ。負ければ、タダじゃ済まない。粘りつくような空気。一牌一牌が、鉛のように重い。そのときだ。人の、真価が問われるのさ」

「物騒なことを言わないでください」

赤田が新沢をいさめた。新沢を除けば、大人の男性は彼一人である。そんな責任感から来る台詞だった。新沢はそれを無視して、

「賭けよう」

もう一度言うと、いつの間に用意したものか、バッグから札束を取り出した。

「七百万、おれの全財産さ。長年トップを張った人間としちゃ、ちと悲しい額面だがな」

競技麻雀のタイトル戦で、賭け麻雀をやろうというのである。新沢は誰もいないのをいいことに、いけしゃあしゃあと言ってのけたのだった。

「連盟は、賭けないから実力が問われるのだと謳い、競技麻雀のクリーンさを強調している。賭けようが賭けまいが、最善手は同じだと言うプロもいる。それでもだ、賭けてこそ真価が問われる。おれはそう思っている。おれはな、教祖様、あんたの真価が見たい」

「冗談じゃない」と赤田が抗議した。「お忘れですか。子供だっているんだ」

「何も同じ額を賭けろとは言わないさ。そのときの全財産、それでいい。どうだい、悪い条件じゃないだろう？　え？　震える麻雀をやろうじゃないか」

「……ぼくの全財産は四万円だ」このとき、口を挟んだのは当山だった。「コンピュータを買いたくて、小遣いを貯めてきたその全額。それでもいいの？」

「充分さ！」新沢は叫んだ。「天才少年くんが、コンピュータが欲しくてコツコツ貯めた金だ！それを奪うってんだからよ――どうだい、ぞくぞくするだろう？　その四万円に比べりゃ、おれの七百万なんか、爪の先ほどの値打ちもないね！」

「わたしには資産らしい資産はない」と優澄が言った。「小さい教団で、信徒に食べさせて貰っているから。残念だけど、賭けられるものはないの」

「じゃあ、こうしたらどうだい？　賭けに負けたら、あんたはなんの霊力もないことを皆の前で認めるのさ。当然だろう？　何しろ、麻雀一つ勝てなかったんだからな。団体を解散しろとまでは言わないさ。ただ、その後で何人がついてくるかね」

「呑むわ。〈都市のシャーマン〉が負けることなど、ありえないから」

「落ち着いてください。これは、公式戦の決勝なんですよ」

この赤田の主張は正論である。だがこのとき、優澄が低くつぶやいた。

「――逃げるの？」

赤田にとっては、これ以上ない残酷な言葉だった。

女のみが吐ける一言。

医師としての信念が崩れた人間。男としての自尊心が破れた人間。いまも、感情は渦となり内奥を荒らしている。そこに、優澄は問いかけたのだ。

逃げるのか、と。

「……いまある貯金」赤田の声は震えていた。「それからクリニックを処分して……四千万ほどにはなるだろう。額面としては皆と釣りあわないが、わたしにはキャリアパスがある」

ここまで言ってから、赤田は罵声(ばせい)とともに卓を叩いた。

「雀ゴロや、新興宗教の教祖なんかと比べればな！　ああ、充分に釣りあうだろうさ！」

話はまとまった。

――想定という想定の外。

――異例中の異例。

むろん、この一連のやりとりはカメラに収められている。だが、それが確認されるのは、すべてが終わった後である。不穏な空気のなか、決勝の二戦目ははじめられた。四者の戦略は、すでに決まっている。優澄一人は、このまま最後までリードを守り抜く。それ以外の三者は、共闘して彼女を四位にまで落とす。

先行したのは赤田であった。七巡目でリーチがかかる。これを受け、新沢は焦らすようにゆっくり打ちながら、当山に問いかけた。

「四千七百万円だぜ、どうやって使うんだい」

「半額は親に」当山は迷いなく応えた。「でも、そのまま渡せば、今日ここで何が行われたのかバレてしまう。親ってのは、何をするかわからないからね。もしかしたら、あなたたちを訴えて出るかもしれない。そうでなくとも、厄介なことになる。だから隠し持っておいて、大人になってから彼らに渡す」

「もう半分は？」

「スーパーコンピュータの使用権を借りる。やってみたいシミュレーションがあるんだ」

新沢は口笛を吹いてから、六萬(ローワン)を暗(あん)カンした。他の鳴きと区別するため、二枚を伏せ、二枚のみを相手側に見せる。新沢は嶺上牌(リンシャン)を引きながら、「あんたは？」と優澄に訊いた。

「教団の拡大でも図(はか)るのか？」

「ユニセフにでも寄付するわ」優澄は鼻歌を止めて言った。

「そんなことを言うと思ったよ」新沢がつまらなさそうに応える。

優澄は七萬(チーワン)を切った。これに、ロンの声がかかる。赤田の四(スー)-七萬(チーワン)待ちへの振り込み。裏ドラが乗り、一万八千点にまでなった。

「え？」

優澄が戸惑ったのも無理もない。

六萬は赤田の手に一枚。それから新沢に四枚。——一枚、多いのである。

「ああ、悪い」と新沢は暗カンした牌をめくった。四枚の六萬に見えたものは、三枚の六萬と一枚の五萬であった。「おれも年でね。見間違えたんだ」

「それはチョンボじゃないの？」

「チョンボにはならない」これには赤田が応えた。「麻雀には、和了(あが)り優先というルールがある。チョンボと和了りが同時に発生したときは、和了りの方を優先するんだ」

「カンがあったのは、あなたが和了るより前じゃない」

「この場合、発覚した瞬間がいつかが問題になる。チョンボを成立させるには、カンがあったときに指摘しなければならなかった」

震える手で、優澄は一万八千点を卓上に差し出した。

「悪いねえ」と新沢がとぼけた声を上げる。

並びは出来上がった。赤田がトップで、優澄が四位。あとは、この着順をそのままに、局を回していくだけだ。海千山千の新沢は元より、当山も決勝進出者である。要領は心得たものだ。着順は、南四局を迎えた後も変わらなかった。優澄の大量のリードは消え、前回三着の赤田が、トータルでわずかながら上回る結果となった。

「少しは麻雀の怖さがわかったかい」新沢が優澄に問いかけた。「ラスベガスのカジノとは違う。カメラがあったって、使える技なんかいくらだってあるのさ」

「卑怯者」

「語るに落ちたな。――いいかい、教祖様。本当に牌の声が聞こえるというなら、おれの誤(ご)カンだって見破れたはずなんだ。あんたは、確かに何かしらが見えている。だが決して、すべての牌が透けて見えるわけじゃない。そこには、何か条件があるんだ。あんたは、自分自身でそれを証明しちまったのさ」

「……あなたに言ったんじゃない」

優澄の目は、赤田に向けられていた。不穏な空気は、依然として変わらなかった。第二戦を終え、窮地に陥(おちい)ったのは当山だった。前回四着で、今回も三着。新沢は二着、二着とプラスをキープしている。当山を除いて、ほぼ横並びの状況が出来上がっていた。

——世の中は、何かぼくの知らない原理で動いている。

それが、アスペルガー症候群だった当山少年の偽らざる気持ちだった。言葉も遅かった。だが、かわりにずば抜けたIQがあった。当山は、次第に理解するようになった。この世には、人の心や感情といったものがあるらしい。ぼく以外の人間は、それを貨幣のように交わしあい、そうやって生きているのだ。

だけど、自分にはその感情も、それを人と交わしあう方法もわからない。家族には腫れ物のように扱われる。それだけは痛いほどわかる。でも、どうすればいいのか……。

そんなとき、彼を救ったのが麻雀であった。

麻雀を通じて、家族も次第に彼を人間らしく扱うようになった。地元の大会で優勝を重ねるうち、メディアにも注目され、一転、自慢の子供になった。人が当たり前のように交わしている貨幣のような何か——心や感情と名づけられたもの。それを代替してくれるのが、当山にとっては麻雀なのだった。

「——負けられない」

三戦目を前に、当山は一人トイレに籠もり、そうつぶやいた。

「ここで負けたら、また元の木阿弥なんだ。負けない、負けない……」

新沢はトイレに入ろうとして、ドアの前でこのつぶやきを聞いてしまった。新沢は引き返すと、自販機で水を買った。出てきた当山に、何食わぬ顔で話しかける。

「おまえさんは、ツキだの流れだのといったことは信じないんだろう」

「新沢さんは、それはあるって言うのかな」

「いや、同意見だよ。ツキだの流れだのと言うやつには負けられない。なんだ、その……」ここで、新沢は頭を掻(か)いた。「どうも、おまえさんには自分に似たものを感じちまってね」

「どこがだよ」

当山は面白くなさそうな顔で卓に着いた。目指すはトップ。最低でも二着。それが、優勝を狙えるギリギリの線である。優澄の打ち筋の謎や、新沢の饒舌は無視する。いつでも、最善手を心がけるだけだ。そうすれば、結果もついてくる。

東一局。

当山はずっとカンチャンで聴牌(テンパイ)していた。待ち牌の少ない、不利な形である。だが、手は変わらず、他家(ターチャ)の動きもない。そこで、十巡目にリーチをかけた。数巡後、和了り牌を引いた。八千点の手である。牌姿を一瞥(いちべつ)した新沢が、不思議そうな顔をした。

「カンチャンでのリーチは、期待値が低いんじゃないのか？」

「それは早いリーチの場合。たとえば七巡目にリーチをかけると、十三巡目を境(さかい)に、自分が和了る確率と他家が和了る確率が逆転する。でも十巡目に先行リーチをかけたときは、流局まで有利性が逆転しない」

「へえ」感心したように、新沢は山を崩した。

次局。

今度は、新沢が十巡目に三筒(サンピン)を切り、リーチをかける。すぐに、自模(ツモ)、と低いしゃがれた声を上げる。四五六七九と並んだカンチャン。そこに、和了り牌を引いたのだった。

「どうだい」と新沢は得意気に言った。「真似してみたぜ」

「九筒を切れば三面待ちじゃないか」

「でも、この九筒はおまえさんに当たりなんだろうがよ」

新沢の言う通りであった。

当山は、無言で手牌を伏せる。それからも、新沢と当山のたたき合いとなった。片方が大きい手を和了れば、もう一方も和了り返す。赤田は固く打ち回しながら、僅差の三着についていた。四着は優澄。奇妙な手を打つこともなく、ただじっと勝負を静観していた。

賭け金が積まれてからというもの、新沢の表情には別人のように生気が漲っている。これについて、後年、赤田はこのように語っている。

「典型的な、ギャンブル依存症患者の顔でした」と彼は新沢を分析する。「賭け金が上がるほど燃え、集中する。――だからこそ、あのような賭けも生まれたわけですが」

南四局。

新沢は僅差でトップ。そのすぐ後ろに、当山がついていた。勢いに乗ったのか、六巡目でこの二人がリーチをかけた。二人とも、同じ六-九索の待ち。後は、めくりあいである。

「やっぱり、おまえさんはおれに似てるよ」

牌を引きながら、新沢が当山に話しかける。それから赤田を向いて、

「お医者さん、あんたなら知ってるよな。前向性健忘症ってやつ」

「映画にもありますね」と赤田が応える。「昔のことは覚えていても、新しい物事が覚えられな

くなる。個人差はありますが、患者は日々の出来事をメモに取るなどして対応する」

「おう、それよ」新沢は言うと、三人の前で髪をかきあげた。

　そこには、十五針ほどの縫合(ほうごう)の痕(あと)が隠されていた。

「おれは元々昔ながらの雀風の持ち主でね。つまり、流れとかツキとか、そういったものを根拠に打っていたのさ。なぜって、そっちの方が面白いだろう？　さっきは代打ちだなんて豪語したけどな、まあ、ありていに言って、鳴かず飛ばずの三流の雀士(じゃんし)だったね。プロに転向した後も、ずっとCリーグとBリーグを行き来していたもんさ」

　ところが、と新沢はつづける。

「あるとき工事現場に出ていてな……おれは、ヘルメットを被り忘れちまったんだ。ちょうどそこに、コンクリートの塊が落ちてきた。傷はすぐに治った。だが、おれは新しいことを覚えられなくなっちまった」

　新沢は懐(ふところ)からノートを取り出すと、それを広げて見せた。びっしりと、日々の出来事が書きつらねてあった。×日、××から電話、×日、××と飲む、××について語る……。

　昔のことは覚えている。

　だが、前日のことがわからない。それが彼の症状のようだった。

「この通りさ」と新沢はノートを閉じる。「おれはもう、昨日打った麻雀の内容がどうだったかすら、本当のところ覚えちゃいねえんだ。財布を見て金が入ってれば、勝ったんだなとわかる。逆に空(から)っぽだったら、負けたんだとわかる。そんな日々さ。だからよ——」

　ここで、新沢は語気を強めた。

「おれには、流れなんてありゃしないのさ。いつだって、いまその瞬間しかねえんだ。ところがだ。ここが麻雀の面白いところよ。これを機に、おれは強くなったんだ」

「なぜ？」牌をめくりながら、当山が訊ねる。

「麻雀ってゲームは、いまその瞬間さえわかれば打てるよう出来ている。捨て牌は順序通りに並ぶし、見える情報、見えない情報もハッキリしてる。極端な話、前の巡目(じゅんめ)を忘れてたって打てるんだ。もちろん、きっちりと枚数計算や確率計算をした上での話だがな」

「………」

「まあ、そういうわけさ」誰にともなく、新沢はつづける。「流れなんてもんがあろうがなかろうが、それが予測可能なもんだろうがそうじゃなかろうが、おれには、その道具は使えないのよ。おれにとっちゃ、本当にいまこの瞬間、現在しかないんだ。現在を極限まで煮つめた麻雀――それが、新沢駆の麻雀さ。だがよ。それを積み重ねてきた結果、おれはこうしてトップを張っている」

この新沢の突然の独白は、一同を困惑させた。当山だけが、神妙な気持ちで耳を傾けていた。新沢が、当山に何を期待したのかはわからない。だが、老境に達しつつあるこの男は、自分に何かを痛切に伝えようとしているのだと強く感じられた。……伝える？

当山は顔を上げた。

――この世には、人の心や感情といったものがあるらしい。

――ぼく以外の人間は、それを貨幣のように交わしあい、そうやって生きているのだ。

――心や感情と名づけられたもの。

「そんなわけでな」相手の心境を知ってか知らずか、新沢はつづける。「流れがあるとかないとか、そんなことを言ってるやつらだけには、おれは負けられないのさ」

言いながら、新沢は生牌（ションパイ）を切った。怖いですね、と赤田がつぶやく。

「怖くなんかあるかい！」新沢は朗々（ろうろう）とまくし立てた。「生きるってのは、どういうことだい？　記憶を積み重ねること。そうだろう？　その点、おれはもう死者のようなもんさ。死者が、何かを怖いと感じることなんかあるか？　おれは、死んでるから強いのさ！」

このとき、新沢と当山の戦いに割って入った者がいた。

十二巡目のことだった。優澄が三索（サンソー）を切ってリーチをかけた。直後、新沢が切った八索に「ロン」の声。索子が、四五六七九と並んだ形。二局目の新沢と同じであった。九索（チューソー）は二人への当たり牌。それを止め、あえて悪形（あっけい）でリーチをかける。新沢は口笛を吹いた。

「なんでえ、三面を嫌ってのカンチャンかい！　澄ました顔して、ちゃんと、話を聞いてたんじゃないか！……でも、なんだって九索が当たりだってわかったんだ？」

「わかりません」と優澄は即答した。「でも、ここに来て九索を引いた意味というものに、わたしは耳を傾けたのです。その結果がこれでした」

新沢は首を振り、何も聞かなかったことにした。

優澄の和了りにより、新沢は二着に転落。かわりに、当山がトップとなった。優澄は三着へ浮上。赤田が四着である。新沢が代表して、ホワイトボードに各者の点数を集計した。本来は連盟の係がやることだが、この場に残されたプロは、もはや新沢のみなのだった。

真田優澄　1着、4着、3着　＋9・4
当山　牧　4着、3着、1着　△12・6
赤田大介　3着、1着、4着　△13・4
新沢　駆　2着、2着、2着　＋16・6

最終戦を前に、四者ともがほぼ優勝圏内にあった。それが明らかになり、新沢はため息をついた。優澄と新沢は二着でも可能性があるが、点数や着順次第である。カーテンの向こうで、陽が傾きかかっているのが見えた。

「一服入れようや」新沢は皆に提案した。「ちょうど、腹も減ってきたしな」

4

「新沢さんが話に乗ってくれたのは幸いでした」

そう語るのは、いまは〈シティ・シャム〉のボランティアスタッフとして働く赤田である。白鳳位戦の後、赤田は優澄の教団に入り、専門知識を使ったカウンセリング・プログラムや、その他にも事務経理を担当しているという。

「優澄は外出しておりますので、もう少しお待ちください」

「いや——お構いなく」

「当時、〈シティ・シャム〉の教義についてわたしは熟知していました。恥ずかしい話ですが、わたしは毎日のようにウェブページを見ていたものです。優澄が、金銭を求めなかったというのは本当のことです。彼女は金を出させる宗教は間違いだとして、あくまで、食事のみの提供を受けていました」

この赤田の言は本当のことのようだ。わたしが調べた限りでは、基本的に、優澄は生活のための最低限の支援しか受け取らない。オフィスには優澄をサポートする数人のみが常駐し、残りの信者は在家という形を取っている。

ただ、〈シティ・シャム〉の教義については、はっきりせず、疑わしいところがある。

信者らの話によると、優澄は霊的な力に目覚める前、大きな光が天から降ってくるのを見たという。以来、宇宙の意志に従いシャーマンとして活動していると。教団に入ることで、癌が消えたと主張する信者もいた。挙げていけばきりがないが、こうした噂は少なからずわたしを幻滅させた。いずれも、あまりに類型的であると感じられたからだ。

ボランティアスタッフとおぼしき女性が、二人分の緑茶を持ってきた。

赤田は礼を言ってから、何か事務的な事柄を二、三、指示した。

「あの第一戦、優澄は不可思議としか思えない打ち回しをしました。わたしには、その正体が摑めなかった。それは新沢さんも同じです。短期決戦なので、このままではどうにもならない。ですから、一回戦の後に生まれた空き時間に、わたしは彼と話しあいました」

どうすれば、この状況を打開できるか。

「正体がわからないなら、わからないままでいい。相手の力を封じることさえできればいい。それが、わたしたちの結論でした。そこでわたしは考えました。もしも、本当に立会人も観戦者も追い出すことができたならば――」

　大金を出して、賭け麻雀に優澄を巻き込んでしまう。

　それが、赤田の提案した計画なのだった。

「優澄は無償の行為しかできない人間でした。麻雀という儀式を通じて、世界の不調和を癒す……まったく馬鹿げているようですが、〈都市のシャーマン〉を自負する彼女には、それは本気の行動だったのです。でも、ここに大金が賭かってしまったならば」

「……優澄さんは力を発揮できなくなる、そう仰るのですか」

「新沢さんが出した七百万円は、わたしが銀行で下ろしたものです。麻雀プロとは、食える職業ではありません。それだけの金をすぐに用意することも、なかなか難しいというのが実情です。ともあれ、こうしてわたしたちの包囲網は完成しました」

　しかし、と赤田はつづける。

「三戦目の途中で、彼女は吹っ切れました。たとえ勝っても、勝ち金をそっくり返せばいい。そう腹を決めたということです。それが、あの三戦目の最終局ですね。……わたしたちも、すぐにこのことに気がつきました」

　食事休憩中、ふたたび赤田と新沢はミーティングに入る。

　もう、覚悟を決めて本気の優澄と闘うしかない。それが、二人の結論だった。

「おかしかったのは、その後の新沢さんの行動です。さすがに百戦錬磨というか……しかし、わたしたちには結局のところ見えていなかったのです。真田優澄という人間が、何をなそうとしていたのか。何を目的として、麻雀を打っていたのか。彼女は、わたしたちとはまったく別のステージの闘いをしていたのです。……と、すみません」
ここまで話したところで、赤田は呼び出しを受けて中坐した。

〈シティ・シャム〉の狭いミーティングスペースに一人残され、わたしは天を仰いだ。ブラインドの隙間(すきま)から、午後の陽光が差し込んでいた。季節には早い蟬(せみ)の声がする。それに耳を澄ましながら、わたしは優澄という人間について考えていた。

〈都市のシャーマン〉とは、いったい何を意味するのだろう?
優澄は赤田の元を離れてから、東京の郊外で廃屋となった一戸建てを低家賃で借りた。彼女は日雇いの仕事などを試みたが、うまくいかず、生活保護を受けて暮らしていた。その一戸建てを改築したのが、この〈シティ・シャム〉のオフィスである。

統合失調症に罹患(りかん)した患者が、霊的なものに目覚め、共同体のなかでシャーマンとなる。これ自体は、どこにでもある話だ。たとえば、世界各地の原始宗教がそうだろう。

シャーマンとはさまざまな意味で用いられるが、基本的な役割は「呪医(じゅい)」である。たとえば、病気は魂(たましい)の喪失から起こるものとし、シャーマンは霊界に出かけ、患者の魂を取り戻す。その旅立ちのために、太鼓(たいこ)や踊り、幻覚植物などが使われる。

これは、精神病の一種なのか。実は、どちらとも言いがたい。ニューエイジといった用語が流行したころには、トランス状態のシャーマンこそが正気であり、現世(げんせ)を生きる我々の側が狂っているのだと主張した人間もいた。正気の境目を決めるのは、社会である。そして、精神科医は、患者が社会に適応しているかどうかでしか判断できない。

——都市。

あらゆるインフラが発達したこの場所における、正気とはなんだろうか。〈都市のシャーマン〉なるものがあるならば、それはどちら側にいるのか……。

ふと、わたしは北米の先住民が行う〈骨のゲーム〉を思い出した。

これは六人ずつの二チームで行われる。印つきの骨を、左右どちらかの手に隠す。相手チームは「見者」を選び出し、それを当てようとする。隠した側は、それを妨げる。当たれば点棒の移動が発生する。こうして彼らは、見者、シャーマンとしての力を養うのだ。

似ている。

麻雀の原形は、中国の「骨牌」というゲームである。それが明治維新のころ、現在の麻雀に近い形となり、伝わった。日本でも、牛骨を使った麻雀牌は多く作られている。麻雀とは、紛れもない〈骨のゲーム〉なのだ。

わたしは赤田の言葉を思い出した。

――彼女は、わたしたちとはまったく別のステージの闘いをしていたのです。

コンクリートが、アスファルトが地面を埋めつくしている。

遠くには、新宿のビル群が朧げに見えている。自然らしい自然は、ない。せいぜい、空と鴉くらいのものだ。こうした景色を見ると、〈都市のシャーマン〉など到底ありえないようにも思える。だが、そんななか、優澄は麻雀に異世界への経路を見出した。

白鳳位戦における、優澄の異様な戦い方。

あるいは彼女にとって、目的は勝つことではなかったのではないか。主目的は「見る」ことであり、勝利は結果でしかない。赤田は、そう言おうとしたのではないか？……

何千万という賭けは、あっさりと反故にされた。

「さっきはああ言ったけどよ」四戦目を前に、新沢はこう切り出した。「やっぱり、やめにしねえか？　おまえたちと打ってるうちに、そんな気がしてきちまったんだよ——」

元々、新沢が言い出したことである。異論を唱える人間はいなかった。

「賭けるものはプライドだけ。やっぱりそうじゃなきゃな」

白々しいにも程があるが、半分は本心、残り半分が金の惜しさであったようだ。優澄が腹を決めてしまった以上、不利は変わらず、賭けをつづけるメリットもないのだった。

こうして、第四戦がはじまった。

席順は、出親から赤田、当山、優澄、新沢。優澄は初巡から手を止め、考えこんでいた。

「牌の声を聴いてるのかい」と新沢がひやかした。

彼女は応えず、一打目の北を切った。穏当な切り出しである。だが三巡目、新沢が切った北に「ポン」の声をかける。軽やかなリズムで、鼻歌さえ歌っていた。対照的に、場はいっぺんに重くなった。

三枚ある北をわざわざ一枚切って、その後にまた回収するとはどういうことか。

——また、何かがはじまりつつある。

その数巡後、赤田の切った南をポン。おのずと、一つの役が浮き上がってきた。東西南北、すべての風牌を揃えた役満。小四喜である。

優澄は当山の切った四筒をチーして、四筒を切った。思わず、新沢はつぶやいていた。

「……もう麻雀じゃねえよ」

そのときだった。

四筒を切ったばかりの当山が、優澄の四筒に反射的に「ポン！」と叫んだ。なかば無意識からの行動だった。叫んだはいいものの、当山自身、しばらく動けなくなってしまった。

「何をやってるんだ……」

そんなつぶやきが、当山の口から漏れた。脂汗（あぶらあせ）が浮いていた。あたかも、当山の深奥（しんおう）に潜む狂気が、場に共鳴してしまったかのようだった。誰も、当山を咎（とが）める者はいなかった。鳴いてしまったものは、どうしようもない。彼はゆっくりと四筒を引き寄せた。

その次の順である。

当山が引いたのは西（シャー）であった。

「まさか」ふたたび、彼はつぶやいていた。「まさか……」

だが、腹の底では理解していた。いや、新沢と赤田の二人も。

優澄が、どういう理屈で牌を「見て」いるのかはわからない。トリックがあるのかもしれない。超自然的な力かもしれない。そのどちらかは、この際、問題ではない。一つの事実として、優澄には何かが見えている。

そしていま――当山は、優澄の和了（あが）り牌を奪い取ったのだ。

わけのわからぬ感覚に、当山は身を震わせていた。生まれてから一度も感じたことのない震えだった。当山は西を止めると、別の孤立牌を切り出した。震えは止まらなかった。見透かしたように、優澄が当山だけに聞こえる声でささやいた。「そう。それが恐怖よ」

二巡が過ぎた。何千万という賭けは、いまはもうない。麻雀のタイトルの賞金など、雀の涙(すずめ)である。だがここに、かつてない昂揚(こうよう)を覚える男がいた。

新沢駆である。

彼自身、この感情には理解が及ばなかった。大昔にくぐったいくつもの修羅場(しゅらば)を、彼は思い出していた。なぜなのか。答えは明らかだった。真田優澄である。優澄というかつて出会ったことのない強敵に、彼の内奥が震え、共振していたのだ。

新沢が引いたのは東(トン)であった。小四喜をやる優澄には、これ以上ない危険牌である。

――いや、これは通る。

新沢は優澄の癖をすでに見抜いていた。南を鳴いたとき、左から四枚目と五枚目が抜き出された。東は、すでに三枚揃っている。迷わず、新沢は東を切り出した。

その瞬間。得体(えたい)の知れない怖気が、新沢を貫いた。

「ポン」

ふたたび、声がかかった。

優澄は手牌から二枚の東を晒(さら)し、それと新沢の東を組みあわせる。そして――。

「これは鳴けないわよね」

東を切ったのだった。

優澄の手牌は、これで残り一枚。およそ競技麻雀では見られない形。裸単騎(はだかたんき)であった。

――和了られる。

三者ともが思った。彼女の鳴きにより、ふたたび自模(ツモ)牌がずらされた。おそらく、次かその次、彼女は和了り牌を引くのだろう。むろん、なんの根拠もない。だが一つの確信として、いや一つの将来的な事実として、新沢も、赤田も、当山も、そう思ったのだった。

新沢は四枚目の一索（イーソー）を引いて、読みに入った。

優澄の和了りを阻止するには、赤田か当山に鳴かせるしかない。彼らが応じてくれるだろうか。――いや、もうそれに期待するしかない。当山は、七対子（チートイツ）から対々（トイトイ）への苦し紛れの移行。それに対して赤田は、……このときだった。かつて新沢が打った千、二千という対局が浮かび、重なりあい、新沢の脳内に刹那（せつな）甦（よみがえ）り、そして消えた。

フラッシュバック。

そこには、忘れているはずの去年や一昨年の対局も含まれていた。瞬時のことである。新沢は、何が起きたのかわからなかった。だが、それまでの記憶と経験が、彼に答えを指し示した。自分の手のなかに、赤田が鳴ける牌はない。そして、赤田の牌姿は……。

新沢は一索を暗カンした。

「――このカンは本物だぜ」

言いながら、四枚の一索を相手に晒し、嶺上牌（リンシャンパイ）に手を伸ばす。そこにあるのは、絶対の安全牌である。なぜなら、もしこれが優澄の和了り牌であるならば、彼女はポンではなくカンをしたはずだからだ。それにより、嶺上から引き和了る。だから、これは彼女の和了り牌ではない。もっと言うなら、それは、他の誰かが鳴けるかもしれない牌なのだ。

引いてきた五萬（ウーワン）を見て、新沢は舌打ちをした。これは、誰も鳴けない。新沢のみがチーできる牌だった。それを阻止するため、優澄はカンではなくポンをしたのだ。

新沢は五萬を横に曲げると「リーチ」と宣言し、視線を赤田に向けた。

赤田はうなずくと、山に手を伸ばす。

早い順目に西を掴まされ、赤田は勝負をなかば降りていた。手牌は、バラバラに近い形である。

だからこそ、新沢から鳴くこともできない。だが、新沢からのメッセージは伝わった。小四喜を阻止するためには、それ以外の誰かに鳴かせるか、和了らせるかしかない。

新沢の待ちはどれなのか……。

赤田はこのときはじめて、自分の凡庸さを恨めしく思った。手堅く打ち回し、微差のトップを狙う。待ち牌を読むこともできなければ、瞬時に確率計算をすることもできない。

——いや、待てよ。

なぜ、新沢は役満に振り込む危険があるにもかかわらず、リーチをしたのか。一つ考えられるのは、西が和了り牌となる形である。だが、それはない。西は、優澄がこれから引くのではなかったか。優澄が一枚。自分が一枚。当山が奪った一枚。そして、山に一枚。

新沢は、西で待っていないのである。

むしろ、赤田が当山に鳴かせたら、新沢が、優澄が引くはずだった西を引いてしまう。新沢は西を切るしかないのだから、結局は、優澄の和了りとなる。すると、もう新沢の待ちを読み、あえて振り込むしか選択肢はない。だが、待ちはどこなのか……。いや。

そもそも、なぜ新沢はリーチをしたのか？

赤田が当たり牌を読めないことなど、この男は百も承知だ。それをなぜ、小四喜に振り込むリスクまで冒し、リーチをしたのか。他に役がなかったのか？……

――このカンは本物だぜ。

数分にも及ぶ長考であった。ようやく、赤田は結論にたどり着いた。

「まいったね」我知らず、赤田はつぶやいていた。

この選択は、紛れもないギャンブルだ。だが、読めないからこそできることでもある。凡人だからこそ可能な博奕（ばくち）。これは他ならぬ、赤田にしか切れない牌なのだった。

「このおれに、こんな選択をさせるなんて……優澄、おまえは本当にすごいよ」

それから――。

赤田は西を切った。

「ロン」

二つの声が重なり、当山と優澄が手牌を倒した。だがこの場合は、席順の優先から、当山のみの和了りとなる。西単騎の対々、二千六百点。優澄の役満は、不発に終わった。

「上出来だ」

言って、新沢が手牌を開ける。手のうちには、未完成の塔子（ターツ）が三つもあった。ノーテンリーチ。新沢の手牌は、バラバラだったのである。「このカンは本物だ」というのは、前回の誤カンのことではなく、リーチが偽物であることを暗示していたのだ。

赤田に待ち牌読みはできない。だが、たった一つ、絶対に切ってはならない牌があることは誰にでもわかる。その西切りこそが、この局の唯一の突破口なのだった。赤田を追いつめ、そのたった一つの選択を促すため、新沢はリーチをしたのだ。

おのずと、四者の視線は優澄の次の自模牌に向けられた。新沢と赤田の目があった。

「わかりますよ」と赤田は苦笑した。「めくったら、負けなんですよね」

――そうして。

優澄の自模牌は誰にもめくられないまま、四人は牌山を崩した。

牌譜を見ると、この局の異様さがよくわかる。

優澄の配牌は、北が三枚、東が二枚、西が一枚、南が二枚。ここから北を切り、それをポンすることで、その後に東を一枚引き入れている。それから南をポン。そして、筒子の三四五から四を鳴いて四を切ることで――次巡、彼女は西を引いて和了るはずだった。しかし当山が、切った直後の四筒を自ら（みずか）ポンして、優澄の和了りを未然に阻止した。

だが、それでは終わらなかった。

新沢の打った東をポンして、東の切り出し。手牌そのものは進展していないのに、自分から裸単騎にしている。普通は――いや百人中百人が、こんなポンはしない。鳴くなら鳴くで、役満が欲しい場面なのだから、カンをして嶺上牌を引く場面である。

これにより、新沢は嶺上牌が安全だと知る。それを、赤田か当山が鳴けるかもしれないことも。だが、目論見（もくろみ）は外れた。残された可能性は、赤田が西を切り、それによって当山が和了ることである。しかし赤田の雀風（じゃんふう）から考えると、それだけはありえない。

ならば、教えてやるしかない。新沢は邪道のノーテンリーチを仕掛ける。プロとして、あってはならない選択である。だが、これで赤田は答えにたどり着いた。

当山がチーかポンをして、優澄の西が新沢に渡ったなら、彼はもう西を切るしかない。それでもなお、リーチをしたのはなぜか。それは、当山が西で待っているからだ。だからこそ、新沢にリスクはない。そのことを、新沢は赤田に伝えたかったのである。

このメッセージを、赤田は受け取った。

それでも、常識的には西を切るなどありえない。新沢の読みが、外れている場合もある。それに、当山はミスを犯した局面で、和了り牌を見送ったことがあった。切った直後の四筒を自らポン。結果がどうあれ、それは当山にとって、ミス以外の何物でもないはずだ。いっそこのまま降りるべきか。優澄が西を引くかどうかなど、どうせわからないのだ。

だが、赤田は博奕に打って出た。

優澄の鳴き仕掛け。当山のポン。新沢のノーテンリーチ。そして赤田のギャンブル。いっさいが、起こりえないことだった。およそこの世のあらゆる卓で、局面で、打たれえないであろう闘牌（とうはい）。彼岸（ひがん）の麻雀。わたしは、この牌譜を処分した連盟の気持ちがわかる気がした。やはりこれは、あってはならない牌譜なのであった。

第四戦東一局。

このときついに、四人の狂気が重なりあったのだった。

以降、すべてがこの調子だった。牌譜によると、ほとんどの局が流局となっている。そして全員が二枚、三枚と鳴いている。一見すると、まるで昔のネット麻雀のようだ。優澄が動くと、別の誰かが動く。そうして互いの手を殺しあいながら、誰も和了ることなく、東場、南場と過ぎていった。勝負は、ほとんど点差もないままに、最後の南四局を迎えた。

幕切れは、あっけないものであった。

誰もが、優澄の一挙一動に注視している。だが本人はどこ吹く風で、相変わらず、天真爛漫（てんしんらんまん）に鼻歌を歌っているのである。六巡。七巡。まだ、誰も鳴いてはいない。

空気が、一打一打が、鉛のように重い。

このとき、ふと赤田が牌を引いた後、動かなくなった。例によって、伏せるように左手で手牌を覆いながら、一分ほど赤田は長考していた。

「どうしたんだい……」

業を煮やした新沢がつぶやいたとき、赤田はようやく決意し、三索（サンソー）を切ってリーチに出た。当山が危険牌を勝負する。点差のない最終局。誰もが、もう和了りに向かうしかない。

「なんだい、二人とも聴牌（テンパイ）かよ……」

新沢は優澄の株を奪うように、「夕焼ーけ、小焼けえの」と口ずさんでいた。

外から、夕焼けチャイムが流れていた。

このとき、新沢も当山も、優澄の異変には気づいていなかった。優澄は牌を握りしめたまま、額に脂汗を浮かべていた。長考ののち、彼女が切ったのは二索（リャンソー）だった。

「ロン」

赤田の声が響いた。リーチ、一発、ドラ一枚。五千二百点の手である。

第九回白鳳位は——もしそれがあるとすればだが、赤田大介の手に渡ったのであった。

5

ミーティングスペースに赤田が優澄をつれてきたとき、わたしは思わず目を瞠（みは）った。優澄はサングラスをかけ、赤田に手を引かれながら、手探りで椅子についたのだった。

「あの対局を終えたころから、悪くなりはじめていたそうです」と赤田が説明した。「いまはほぼ全盲ですが、スタッフもいますし、見た目ほどの不自由はありません」

それから、赤田は〈シティ・シャム〉が成立するまでの概要をわたしに語った。

優澄は赤田の元を離れてから、かつてここにあった廃屋（はいおく）に住みはじめた。生活保護は受けられたものの、それだけでは足りない。優澄は食べるものにも困っていた。そのうちに、家に鴉まで住みつきはじめた。

最初、彼女は鴉たちを追い払おうとした。すると、鴉たちは報復に出た。優澄が大切に育てていた花をへし折り、塀（へい）に置くといった嫌がらせをはじめたという。

「驚くべきことです。鴉が賢いのは皆知っていますが——花を折って塀に置くというのは、いわば象徴的な行為です。鴉たちは、象徴性を理解していたのです」

優澄は、怒るよりも先に感心してしまった。

あるとき試みに、庭にいた鴉に残りもののベーコンを与えてみた。彼女なりに、交流と対話を試みたのである。すると翌日、どこからか盗んできたとおぼしき小さな米の袋が、玄関に置かれていた。彼女は、また鴉にベーコンをやった。鴉はまたお返しをする。その日に応じて、パックの酒や、高級料亭の残り物といった貢(みつ)ぎ物が集まるようになった。

次第に、食べるものにも困らなくなった。

「優澄と鴉たちとの間に、原始的な物々交換社会が生まれたのです」

これは、どこまで信じていいものかはわからない。

ただ、赤田がそれを確信しているらしいことだけは伝わった。

「優澄は鴉たちに話しかけるようになりました。最初は、他愛のない話だったそうです。そのうちに、数十という鴉たちが、優澄の話を聞きにやってくるようになった。話は、徐々に哲学的な話題に及んだそうです。そうですね。……たとえば、生きることとか、死ぬこととか。人を愛することとか……」

「………」

噂(うわさ)が広まり、ついには、抗議に来たはずの隣人までもが優澄の話を聞くようになった。

「彼女が金銭を受け取らなかったことが、また評判を呼びました。そのうちに、誰かが彼女のことを〈都市のシャーマン〉と呼びはじめた。〈シティ・シャム〉はその略称です」

「白鳳位戦の話でしたね」

あのときの話を聞きたいんだって、と赤田は優澄に耳打ちした。

理解しているのかいないのか、優澄は大きくうなずくばかりだった。その様子を見る限り、二人の間柄は恋人とも家族とも違っていた。だが、赤田が優澄を世話し、また優澄が彼を信頼しているらしいことは窺(うかが)えた。

「わたしたちは賭けをしていました」と赤田がつづけた。「そう。わたしが勝てば、優澄に治療を受けさせるという約束です。けれども、それは反故にしました。うまく説明できないのですが……わたしはあの対局を通じて、優澄の麻雀に惚れてしまったのです。これが彼女の選んだ生き方であるならば、それでいいとさえ思えてしまったのです」

いや、と赤田は首を振った。

「むしろ、わたしのくだらない執着を、彼女は吹き飛ばしてくれたのです」

「その、優澄さんの麻雀なのですが……」

わたしは水を向けた。結局、彼女の強さとはなんだったのか。

そしてなぜ、最終的に赤田に敗れてしまったのか。

「——彼女は、麻雀についてはまったくの素人だったのです」

思いもかけないことを、赤田はさらりと言ってのけた。

「せいぜい、基本的な役と点数計算を知っていただけ。——そうだよね？」

優澄がうなずいた。

待ってください、とわたしは言いかけた。真相を知りたいと思って話を聞きに来たのに、これでは、余計にわけがわからない。赤田は、そんなわたしの心中を察したようだった。

「——固有振動数」と彼が言った。「この言葉はご存知ですね」

「確か……すべての物質には、固有振動数がある。たとえばどんな物でも、ある特定の周波数の音には、響き、共鳴する」言いながら、わたしはハッとした。「……まさか」

——これは、北米のインディアンに伝わる祝いの歌だから。

——シャーマンは、歌や踊りを通して向こう側の世界を見るのよ。

「トランプなどとは違い、麻雀牌は彫られています。ですから、三十四種の牌は、すべて異なる固有振動数を持っている。それはわずかな違いでしかありませんが、歌の倍音などに共鳴して、揺れ、震える。彼女は、それを意図していたわけではありません。ただ本能的に、感じ、受け止めていたのです。こういうものは、逆に意図すると見えてきませんからね。たとえば、新沢さんの誤カンの局面がありました」

――新沢は口笛を吹いてから、六萬を暗カンした。

――「ユニセフにでも寄付するわ」優澄は鼻歌を止めて言った。

「あのとき、彼女は歌を止めてしまっていた。わたしにも、確信があったわけではありません。もしかしたら、というくらいの思いです。ですから、これは賭けでした」

――一分ほど赤田は長考していた。

――外から、夕焼けチャイムが流れていた。

「あなたは、チャイムが流れ、優澄さんの感覚が狂うのを待っていたのですか」

「はい」

「でも――待ってください。仮にチャイムが流れたとしても、鳴り出す瞬間までは、あなたの手牌も透けていたのではないですか」

「わたしは、手牌全体を隠す癖がありましたから」

――ときには、左手全体で手牌を覆いさえしていた。

――例によって、卓上に伏せるように左手で手牌を覆いながら。

「だからといって、彼女から当たり牌が出る保証はない」

「彼女は麻雀については素人でした」赤田はくりかえした。「牌効率の計算はおろか、捨て牌を読むこともできません。ですが、覚えたことは、すぐ実行に移してきた。たとえば、九索（チューソー）を引いてのカンチャン待ちの局面がありましたね」

——澄ました顔して、ちゃんと、話を聞いてたんじゃないか！

——ここに来て九索を引いた意味というものに、わたしは耳を傾けたのです。

「あれは、当山くんの言ったことを覚え、実行しただけなのです。九索を引いた意味に耳を傾けた、という台詞は、正体を見えにくくするための目くらましです」

「…………」

「そして、同じように当山くんが言っていたことがありました。第一戦の最初の局なのですが、覚えていますか。彼はこう言ったのです。統計的に見ると、三を切ってリーチしたときの二は、そうでないときの二よりも安全です、と……」

——赤田はようやく決意し、三索を切ってリーチに出た。

——長考ののち、彼女が切ったのは二索だった。

「麻雀を知らなかった優澄は、これを頼りに二索を切ったのです」

わたしはもう何も言えなかった。正体がわかれば、なんでもないようでもある。だがその一方では、何やらわけのわからないものが、余計にわからないもので塗り替えられただけという気もする。わからない。それが、わたしの偽（いつわ）りのない実感であった。

「でも、つきつめれば——」と赤田はつづける。「優澄にとって、勝負の結果などはどうでもよかったのです。彼女は、あくまでゲームを通して見ることを目的としていた。勝利は、あくまでその結果としてついてくるものだった。しかし、それでは彼女は何を見ようとしていたのか。なんのために見る必要があったのか？」

「ええ、それをお訊ねしたかったのです」

「答えは明らかです。彼女は〈都市のシャーマン〉――一人の呪医です。そして、シャーマンの目的と言えば一つ。治療行為です。彼女は麻雀というゲームを通して、わたしたち一人ひとりを治癒へ導いていた。そう。彼女は異界において、わたしたちの魂を探し出し、癒していたのです。

――たとえば、新沢さん。彼は見事に、麻雀の強さはそのままに、前向性健忘を克服しました」

――欲しい牌を先に切られる局面ってな、ロクなことが起きないもんだからな。

――直後、おれが切った四萬にロンの声さ。やられたと思ったね。

――十年近くが経ったいままで。

「このメカニズムはわたしにもわかりません。優澄のみが知っていることですから。あるいは、久しぶりに高額の賭博にかかわることで、彼の脳は甦ったのではないでしょうか」

――賭け金が積まれてからというもの、新沢の表情には別人のように生気が漲っている。

「当山くんは普通の少年に戻りました。優澄の目には、天才（サヴァン）もまた病（やまい）だったのです」

――ぼくは実学をやりたかったのです。その方が、人間的であると思ったから。

――確率と統計の神は当山少年の頭脳から立ち去った。

「それから、このわたしです」

――わたしのくだらない執着を、彼女は吹き飛ばしてくれたのです。

「むろん、信じていただかなくとも構いません。いきなりこんなことを言われて、信じろと言う方が無理でしょう。ですが……」

このとき、優澄が赤田を遮（さえぎ）り、静かに話の先を引き継いだ。

「わたしたちから見た現実としては、確かに、そうであったと言えるのです」

アポイントの時間が過ぎた。

赤田は優澄の腕を取った。優澄は立ち上がり、わたしに向け一礼してから、おぼつかない足取りでオフィスの奥へ消えていった。いつの間にか、夕暮れが近づいていた。外では鴉たちがカアカアと鳴き声を上げていた。

参考文献

『科学する麻雀』とつげき東北、講談社（2004）
『安藤満の麻雀　亜空間でぽん！』安藤満著、白夜書房（1995）
『シャーマンへの道』マイケル・ハーナー著、高岡よし子訳、平河出版社（1989）
『シャーマニズムの世界』桜井徳太郎編、春秋社（1978）
『シャーマンの世界』ピアーズ・ヴィテブスキー著、岩坂彰訳、創元社（1996）

象を飛ばした王子　First Flying Elephant

チャトランガ――古代インドの盤上遊戯の一つ。将棋やチェスの起源と考えられている。発祥年代については諸説あり、西暦六〇〇年頃から、古くは紀元前までさかのぼる。一説には、戦争好きの王に戦争をやめさせるため、高僧が王に献上したのが始まりとされている。

父親に似て、物思いにふけることの多い子であった。

彼がどのような少年時代、また青年時代を過ごしたかは、父親以上に史料が残されていない。輪廻転生を背景とした彼らの長大な時間感覚は、数多くの神話を生んだが、一方で歴史を書き残すことに、彼らは特別な関心を示さなかった。いくばくかでも信頼性のある歴史が書き残されるのは、五世紀に入ってからである。

正史の外。

そこはきっと、過去未来が神話に満ちみちていたはずだ。すべてが不確かで、それでいて彩りにあふれていたであろう大地。わたしがこれから語るのは、そのような土地と時代に——ヒマラヤのたもとに抱かれて生きた、最後の王子の物語だ。

カピラバストゥは辺境の属国である。

父親の代には、夏と冬、また雨期を過ごすための〈三時殿〉が建てられ、美女が舞い踊り、艶やかな歌舞音曲が絶えることはなかった。だがその父親も国を去って久しく、石材不足から三時殿は取り壊され、すでに城壁の一部となっていた。

いずれ滅ぶ山麓の小国——そこに人質のように、王子は一人とり残されていた。

父親に似て身体が弱く、乗馬や弓といった武芸は苦手だった。

彼の興味を引いたのは、夜空の星や数学であった。また、さまざまな異国の学問を彼は好んだ。

とりわけ、彼の心をとらえたのは数字だった。三歳のころには、一、二、三……と数字を書きつらね、それからも暇を見つけては、彼は粘土板に足し算や引き算の類いを刻みこんでいた。

貴族たちはささやきあった。いわく――王子は、どこか父親とそっくりなところがある。眼差しが、この世ならぬものへと向いている。頭もどうやらいいようだ。ただ、父親ともまた何かが違う……。

それは、たとえばこのような場面に現われた。

王子という立場から、彼は十歳にして軍議に名をつらねていた。歩兵や象兵を模した駒が、せわしなく卓上で並び替えられる。それをぼんやりと眺めながら、彼は高官たちの話をうわの空で聞いていた。

――とにかくだ。このままでは、遅かれ早かれコーサラに滅ぼされるだろう。

――だから軍を増強するのか？　余力もないのに？

――いや、コーサラは信用できる。これまでも、共存共栄でやってきたではないか。

――もうそんな時代ではない！　なぜそれがわからないのだ！

議論が堂々巡りするなか、彼はじっと駒のみを見ていた。

歩兵は一枡しか進めない……それに対して、象兵は、二枡斜めに移動することができる。それを、両軍が交互に動かしていくのだ……すると、たとえばこういう場面が生まれる……歩兵に囲まれた王。王が逃げるには、隣りの枡に移動するしかない。だがそこに移動すると、敵の象兵に取られてしまう……だから……。

「王子！」

大臣が声を荒らげて、ここでやっと彼は我に返る。

「何をぼうっとしてらっしゃるのですか！」

「ああ――すまない、なんでもないんだ」

「どうかお立場を理解してください」大臣はなおも追及した。「スッドーダナ王もご高齢。だから王子には、いまからでも我が国の状況を理解していただこうと――」

いっときの夢想は覚めた。

彼は応えずに、じっと卓上に目をやった。駒はあくまで駒である。だがそれは、いまそこにある脅威にもほかならないのだ。

小考ののち、ようやく彼は口を開く。

「まだ、攻めこまれることはないだろう」

「ぜひ理由を聞きたいものです」

高官の一人が返答したが、そこにはなかば棘もこめられていた。彼はそれにかまわず、

「我が国――カピラバストゥは取るに足らない小国だ。コーサラの象兵に攻められれば、ひとたまりもないことだろう。だが、いまはまだ、コーサラとマガダという両大国がにらみあっている。そして、その双方に我が国は面している」

「そう！　それが問題なのです！」

「だから、いまのところコーサラとしては、マガダとの小競り合いの最中に、北方の我が国を攻

める理由はない。……それでは、いま打てる手として、こうすればどうだろう？　確か、マガダでは王子が生まれたはずだろう。なんと言ったか……」

「アジャータサットゥ王子のことですな」

「その祝いとして、使者団を出してマガダ国に贈り物を届ける」

「お待ちください」

　一同は彼の意図を見抜けなかった。当時、カピラバストゥはコーサラ国の属国。いわば庇護（ひご）されている状態にあった。そんななか、おおやけにマガダ国と友好関係は結べない。

「それこそ、コーサラにとっては絶好の侵略の口実です」

「ただしその使者団は、コーサラ領を通ってマガダを目指すのだ」


　ますます困惑する一同をよそに、彼は涼しい顔でつづけた。

「むろん、その使者団は捕らえられるだろう。だがそれで構わない。使者団が持つのはあくまで祝いの贈り物で、たとえば密書の類いは持たない。しかしコーサラへの牽制（けんせい）にはなるだろう？　いまコーサラが怖れているのは、我が国――カピラバストゥがマガダと同盟を結び、北と東から同時に攻め入られることなのだから」

　これを聞いて一同はうなった。

　身体も弱く、物思いにふける王子を、このときまで彼らは軽視していた。軍議に参加させたのも、形ばかりのことであった。だが彼の言うことは、軍の結論とも一致していた。両大国のにらみあいを利用して、どっちつかずの状態を保ち、そのなかで生き残りを模索する。――それを、齢（よわい）十歳という少年が見抜いてしまったのだ。

「……しかし、使者団はどうするのですか？」

「どうするというと？」

「つまりその、おそらく、殺されるでしょう」

「奴隷(シュードラ)を使えばいい」

それだけ言うと、ふたたび彼は夢想の世界に戻るのだった。歩兵。馬。象。王。それらが織りなす、ここにない戦争へ。

身体は弱く、乗馬も弓も得意ではない。かつては、父親にも棄(す)てられたと聞く。いまでこそ王子と呼ばれているが、この国も遅かれ早かれ滅ぶだろう。そのとき、自分はどうなるのか。奴隷に身をやつすのだろうか。あるいは、やはり、殺されるのか。

だが――と彼は思う。

この盤面の上では、誰もが平等だ。そこには僧侶(バラモン)も、貴族(クシャトリア)も、商人(バイシャ)も、奴隷(シュードラ)もない。生まれによる区別はない。盤上で頼れるものはただ一つ、己(おの)れの知力なのだ……。

そう、知力……。

盤上に思いを馳せながら、彼は周囲をぞっとさせるような暗い目をするのだった。

――彼もまた、国を棄ててしまうのだろうか。

――だが、何かが決定的に違う。

――父親がこの世の向こうに光を見ていたなら、彼が見ているのは、闇だ。

――聡明な子だ。だがどうしたことだろう。なんと哀れな……

こんなことが、公然と城内で噂(うわさ)された。

それは、彼の名前によるものも大きかった。事実、名前の問題はいつでも彼の行く手につきまとった。彼もまた、名で呼ばれることを嫌った。それは太陽を信仰する部族の王子としては、あまりに重く、皮肉ですらある名であった。

彼は十歳で、いまだ闇のなかにいた。

シャカ族の最後の王子にして、かの釈尊（しゃくそん）、ゴータマ・ブッダの実子である。

日蝕（にっしょく）や月蝕（げっしょく）を意味する〈蝕（ラーフ）〉――ゴータマ・ラーフラ。

生来の無口もあり、彼に友らしい友はいなかった。

だが、ヴィドゥーダバに対しては、彼は特別に心を開いていた。

ヴィドゥーダバは隣国コーサラの王子である。シャカ族は学問に優れており、両国の関係も、まださほど緊張していなかった。このためヴィドゥーダバ――後の瑠璃（るり）王は、いわば留学生として、このシャカ族の王都、カピラバストゥで少年時代を過ごしている。

二人はよく狩りの真似事をしたり、あるいは城内を探険したりした。

このときはじめて、ラーフラは少年らしい遊びを覚えたのだった。

年齢からすれば、ラーフラが年上である。しかし、彼はヴィドゥーダバを兄のように慕（した）った。

共に過ごした期間は、一年足らずだったろうか。籠（こ）もりがちなラーフラをヴィドゥーダバはカピラ城の外につれ出し、悪戯（いたずら）事の類いを教えた。

互いの孤独と、王子という身分から、おのずと二人は惹（ひ）かれあった。あるいはこれが、ラーフラにとって、もっとも安らかで幸福な時期であったかもしれない。

ラーフラは自分の考えた盤上の戦いを、一度、ヴィドゥーダバに話したことがあった。

一通りのルールを聞いてから、ヴィドゥーダバは訊(たず)ねた。

「……これは、おまえが考えたのか？」

「そうだ」

「なかなか良くできたものじゃないか」

これを聞いて、一瞬、ラーフラは目を輝かせた。

だが、ヴィドゥーダバはこうもつづけたのだった。「手遊びとしては、だがな」

「手遊びだって？」

「象は空を飛ばない」

ヴィドゥーダバは冷たく言い放った。

「言うまでもないだろう。この遊戯は、なるほど面白い。だが戦(いくさ)には役立つまい。象が二枡斜めに飛ぶなどということは、ない。おまえもいい加減、目を覚ましたらどうだ。おれも、おまえも、ゆくゆくは王者になる身。……いや、それよりだ」

ラーフラはなかば放心していた。確かに、象は空を飛ばない。そう、ヴィドゥーダバの言うこともわかる。でも違う。そういうことではないのだ……。

「カピラバストゥの状況は、おまえもよく知っているだろう。ラーフラ、おれはな、おまえに亡国の王になってほしくないんだ。――どうだ、一緒にコーサラに来ないか？　いいか、これはおまえにだけ明かすんだ。おれはいずれ、世を統(す)べる大王になる。だが、それは一人ではできない。だからラーフラ、おれはな、おまえと一緒にやってみたいんだ」

「……考えておくよ」

国の置かれた立場を考えるなら、破格とも言える誘いだった。それはラーフラにもよくわかっている。これが、ヴィドゥーダバなりの友情の示しかたであることも。しかし自分がここにいるのは、父の身代わりである。国を棄てるなど、あってはならないことなのだ。

そしてそれ以上に、彼は自分でもよくわからない哀しみを感じてもいたのだった。

――誰もが言うだろう。

軍の高官も、あの口うるさい大臣も。象は空を飛ばない。母ヤショダラも、祖父のスッドーダナ王も、きっと同じことを言うはずだ。理解を求めるほうが、無理なのかもしれない。――だが。

ぼくに見えていて、彼らに見えないものとは、いったいなんなのだろう？

ぼくと彼らとでは、いったい何が違うのだろう？

ぼくの内奥にのみ宿るこの観念は、どこからやってきたのだろう？


いくつもの白煙が川沿いに立ち並んでいた。

天然痘の死者たちである。死者を焼く煙は狼煙のように昇り、風に舞い、城内はうっすらと臭気に満ちていた。誰もが嘆いた。

――強国に囲まれ、そのうえ疫病にまで襲われた。

僧たちが祈禱をあげているが、病の治まる気配はない。僧侶が、貴族が、商人が、奴隷が、病に冒されていた。

ラーフラは魅入られるように煙を眺めていたが、ふと気配を感じて振り向いた。医術を専門とする城内の僧だった。

「……人はなぜ死ぬのだ」

戯れに、ラーフラは訊いてみた。僧はそれには応えず、黒褐色の粉末の入った鉢を取り出すと、それを何箇所か肌に塗らせていただきたいと言った。

「これは？」

「患者の瘡蓋を乾かしたものにございます。これで、病毒への抵抗力が生まれます」

軽度の感染を起こし、免疫を作る。いまでいう種痘だが、南アジアには古くからこの習慣があった。ラーフラが腕を差し出し、医師が粉末を塗布しはじめた。

「少し熱が出るかもしれません。そのときは薬草をお出しします」

「人はなぜ死ぬのだ」

もう一度、ラーフラは問うた。病魔を退けるため、城内で祈禱する僧もいる。病は、身体の火がひき起こすと説く僧もいる。この僧は、流行り病は病毒によるものだという。

要は、まだ何一つ、わかっていないのだ。

――死ねば、どうなるかということも。

「……かつて、同じ質問をされた方がいらっしゃいました」僧は布きれをたたみながら、低い声で応えた。「四年も前になります。その方は、ラーフラ様と同じように、死者を焼く煙を眺めていたものです。そして、そう、まさに同じ質問を、わたしに訊かれたことがありました」

「その者は？」

「ラーフラ様を残し、出家されました。あなたのお父上です」

何物かが心中で疼くのを感じた。父への憎しみか、出家への憧れか。だがラーフラは表情を殺し、「そうか」とだけ言った。僧が、探るような目で彼を見ていたのだ。

晩から未明にかけて、ラーフラは熱に冒された。僧は鬱金を油で溶くとラーフラの全身に塗りつけ、明日には熱は治まるでしょうと告げた。炎症を抑え、魔除けの効果があるのだという。

焼けつくような熱に浮かされながら、ラーフラはまたあの盤上の戦いに思いを馳せるのだった。

——生まれも貴賤もなく、ただ知力のみが支配する世界。

象が空を飛ぶ世界を。

六年が過ぎ、ラーフラは十六歳になっていた。

少年時代に彼に宿った夢想については、ときおり人に話すことがあったが、やはり皆、同じように言うのだった。「王子、象は空を飛びません」——以来、このことは自分のなかに押しとどめるようにした。しかし奥深くにおいては、発酵し、熟成し、やがてさまざまな定跡や、複雑な体系を織りなしていた。

——いつか、理解できる人間が現われたならば。

その相手と、心ゆくまでこの遊戯で闘ってみたい。だがそれも、はかない望みであった。

いま彼は、祖国を守るべき立場にいた。

ラーフラはその才覚を認められ、軍の参謀に近い役割を担っていた。いまや大臣にも軍の高官にも信頼を寄せられ、また次期大王として期待をかけられていた。

ときおり見せる暗い表情や眼差しは、回数こそ減ってはいたが、変わらずにあった。だがそれも、他の皆には、いまとなっては頼もしく映りさえした。いわく——王子は覚悟をきめ、民のための政治を考えはじめている。あの表情も、国を憂いてのことであろう。

だがその一方で、もう一つの声も、たえずささやかれていた。

——シッダールタ様がいてくれれば。

——あの方さえ戻ってきてくれたなら、民も喜び、奮起するだろうに。

ラーフラにしてみれば、苛立たしい話である。

自分を身代わりに国に残し、王子という身でありながら、早々と出家してしまった父親。彼もまた、この世の向こうに、別の何物かを見据えていたという。そして悟りに至り、衆生を救うべく旅をしていると。

シッダールタこと、目覚めた人、ブッダ。

その名声は、祖国であるカピラバストゥにも届いている。

コーサラ国王のパセーナディも、マガダ国王のビンビサーラも、ブッダに帰依したということだ。なんという皮肉だろうか！　祖国であるこのカピラバストゥは、いままさに、それらの国々によって亡国の危機にあるというのに……。

ラーフラは、かつての三時殿の跡地を見渡していた。

わずかな石材も取りつくされ、荒れ地となり、草むらを月光が照らしている。かつて、歌舞音曲に満ちみちていた地。しかし、もうここを訪れる人間はいない。一人で考えごとをしたいとき、ラーフラはきまってこの場所を訪れるのだった。

——親父が何だと言うのだ。

——国を棄てた男、ぼくを棄てた男がなんだというのだ。
万人を救う思想だって？　そんなものが、あってたまるものか。民を救うのは、知略だ。しがらみにとらわれ、泥にまみれながら、あえぐように政治をして国を束ねる。それ以外のどんな方法で、人々を救えるというのだ！……

コーサラとの関係は冷めつつあった。
発端は飢饉である。

当時の北インド一帯を襲った飢饉と、水資源の不足。これにより、穀物と水の奪いあいがはじまった。国境では、いまもたえまなく小競り合いがつづいている。いや、小競り合いというよりは、一方的な威嚇と蹂躙である。相手は大国で、こちらは北方の少数部族。

次々に、頭の痛いことばかりが襲う。

一つ案はあった。だが、民衆や、あの貴族たちを説得できるだろうか。ラーフラは考えに没入していた。このため、背後から歩み寄るヤショダラ妃にも気づかなかった。

「——あまり根を詰めないで」
「母上」
「なるようにしかならないのだから。そうでしょう、ラーフラ？」
「その名前で呼ばないでくれ！」

ヤショダラはそれに応えず、壺に挿した一輪の花を彼に手渡した。

「これは？」
「あなたへの慰めにと思って取り寄せました。北方の花で、薔薇というそうです」

十重二十重に花びらの重なる、見たこともない花だった。

「でも、名前などどうでもいいことです。あなたはこれを美しいと思った」

ヤショダラの言わんとすることを、ラーフラはすぐに理解した。いま彼を幾重にも縛りつけているもの。祖国の困難。そして自分の置かれた立場。名前。

――生まれや名前など関係ない、好きな道を歩め。

――あなたの父親が、そうしたように。

おそらく、ヤショダラはそう伝えたいのだ。しかし王族という立場上、直接にそうとは言えない。バラモンを頂点とする、四姓制度を否定するわけにもいかない。

だから、このような迂遠な伝えかたをした。

生まれや名前などなくとも、花は美しく、尊い。

ラーフラは思い出した。盤面の上では、僧侶も、貴族も、商人も、奴隷もない。生まれによる区別はない。盤上で頼れるものはただ一つ……ラーフラは首を振った。

母の心は伝わった。

だが、どうしろというのか。ラーフラは我知らず激昂し、叫んでいた。

「人は薔薇ではないのだ！」

壺を地面に叩きつけようとした。だがその刹那、ラーフラの知力が彼の羞恥心を呼び起こした。

――すみません。低い声で、ラーフラはそうつぶやいた。

「あなたのお心はありがたく思います。でも、そうもいかないのです」

「頭のいい子……いっそ、生まれを鼻にかけた傲慢な王族だったなら……」

ヤショダラは不憫そうに言って、それきり黙りこんでしまった。風が南に向け流れていた。どこからか鳥の声がした。母子はしばらく無言のうちに立っていたが、そのうち意を決したように、ヤショダラが口を開いた。

「スッドーダナ王が、いつも仰っていることがあります」

口止めされているが仕方ない、と表情が語っていた。

「あの子は、シッダールタに似て頭が良い。そして、シッダールタと同じように、この世の向こうに別の何かを見ている。それはきっと、わたしたちには到底理解できないことなのだろう。だがそんな性根を、あの子は祖国のため抑えこんでいる」

祖父の言は好意的にすぎるとラーフラは思ったが、黙し、母がつづけるのを待った。

「本当は、父親と同じように、自分の道を求めて出てゆくのが道筋なのかもしれない。もしそうであるなら、それはもう、わたしにも止めようのないことだ」

「……そんなつもりはありません」

「だが」ヤショダラはそれに応えず、「あの子にはシッダールタと違う部分もある。父親がこの世の向こうに光を見ていたとするなら、あの子が見ているのは、闇だ。シッダールタと比べると、何かが欠けている。――だがそれがなんであるかは、あの子が自分自身で見つけ出すしかない」

祖父の言葉を、ラーフラは苦い思いで受け止めた。

ヤショダラはそれ以上は触れなかったが、王の話にはつづきがあった。一度、ラーフラ自身が立ち聞いてしまったのだ。若い王子にとっては、あまりにも重い宣告を。

――あの子は、知力の使い道を誤っている。

――そう、すべてがシッダールタに似ている。だが、ただ一つ――王者の相がないのだ。

それは、まさに自分でも思っていることだった。

太陽を信仰するシャカ族にあって、〈蝕（ラーフ）〉などという名をつけられた。それは影を表わすとともに、悪魔の名前でさえある。しかも、生まれてまもなくして父に棄てられた。

暗い、曲がりくねった少年時代。

知将、参謀としてのラーフラには、こうした屈折は強みとしても働いた。だが自分の言葉が、スッドーダナ王のように人々に響かないことも、ラーフラは感じ取っていた。

――幹（みき）の折れ曲がった木は、折れ曲がったまま育つしかない。

――屈折した人間は、王にはなれないのだ。

ラーフラは手元の花を見た。

壺を割れば、それまでの生命。それが急激に愛（いと）おしく感じられた。

「ねえ、母上」ふとラーフラは思いついて言った。「この薔薇という花ですが、この場所に植えてあげませんか。それが、植物にとっては幸せなことでしょう」

「それはいい考えね」

「そうしましょうよ」

「ただ、いますぐは無理。しばらくしたら、この壺のなかで徐々に根が生えてくるから。そうしたら、ここに植えてあげましょう。――約束よ」

日がすっかり落ちてからも、ラーフラは三時殿跡にとどまり思案に暮れていた。

考えが煮つまるたび、必ず脳内に甦（よみがえ）るもの。あの遊戯である。

歩兵。象兵。戦車。そして王。

相手から取った駒を、使えるようにしてはどうだろうか？　そうすると、戦いはいっそう奥深くなる。だが、ただでさえ、象は空を飛ばないと言われる世界のこと。これ以上決めごとを増やしても、なおのこと人には伝わらない……。

ふと彼は、いつか見た火葬の煙を思い出した。それとともに、少年時代に抱いた想念が奥底に甦った。熱に浮かされながら、ラーフラはこんなことを思ったのだ。

自分の内にのみ宿る遊戯を、人に伝えたい。いやいっそ、どこまでも広め、国という国を、世のいっさいを覆い尽くしてしまいたい。そう、あの流行り病のように……。ラーフラは首を振った。自分はいま、何物かに取り憑（つ）かれている。

仰向（あおむ）けに寝転ぶと、頭上で木々が風を受け、静かにざわめいていた。

肌寒い。

虫と鳥の声が闇のなかに満ち、重なり、八方から押し寄せた。

――いっさいが生きていた。

木々も、虫も、鳥たちも、いっときの命を持ち、かかわりあいながら、いっときの現世（げんせ）を垣間（かいま）見て、それから去っていく。最初、それはただの感慨であった。だが次第に、何かがラーフラの深奥（しんおう）でつながりはじめた。それは奇（く）しくも、父が菩提樹（ぼだいじゅ）の下で得た悟りとも似たものだった。しかしこのときラーフラに宿った天啓（てんけい）は、釈尊のそれとは真逆（まぎゃく）とも言えた。

「病魔もまた、生きようとしているのではないか？……」

なぜ、病魔は人をすぐに死に至らしめないのか。人から人へ感染し、勢力を広めるためにほかならない。すぐに、宿主を殺してはならないのだ。

なぜ、病魔は人から人へ染るのか。彼らも、人とともに生きる生命なのではないか。我々が稲を刈るように。鳥が死体をついばむように。病と我々は、かかわりあっているのだ。

なぜ、病魔は多様なのか。

たった一種の病でも、さまざまな病態が現われる。これもまた、我々と同じなのだ。誰もが同じでは、環境の変化に耐えられない。多様であることで、彼らは生き永らえている。

「そうだ……」

ラーフラは闇のなかに立ちすくんでいた。確信が芽生えつつあった。

病を作るように、遊戯のルールを設定するのだ。

象が空を飛ぶということ。それを理解させるだけでは足りないのだ。まずそのことが、人から人へ伝わっていかなければならない。たとえいまは無理だとしても、百年後に。あるいは千年後に。この架空の戦争が、世界を覆い尽くすためには。

次第に、考えがまとまりはじめた。

まず、決めごとは、できるだけ簡単でなければならない。

熱病は大気を伝い、容易に人に感染する。同じように、人から人に伝わるには、決めごとは簡単でなければならない。だから、取った駒を使えるような決まりは、避ける。

次に、この遊戯は時とともに変遷しなければならない。

ただ一つのルールは必要ない。その時代、その文化に応じて、形が変わっていくのがいい。そうでなければ、千年という時は超えられない。それはやがて、自分が考えた形とはまったく違ったものになるだろう。だが、それでいい。いつかどこかで、取った駒を使えるような決まりごとも生まれるだろう。そう、この遊戯は、徐々に完成していくのだ。

最後に、奥が深くなくてはならない。

病は長い時間をかけて病状を深め、人を死に至らしめる。そうでなくては、人と共生することはできない。だから、この遊戯もすぐに忘れられてはならない。簡単には極められず、むしろ人のなかで時が経つほどに熟成し、深まり、根を張っていくのが望ましい。

我知らずラーフラは天を仰ぎ、闇に向け吠えていた。

「新しい宇宙観で、世界を塗り替えるのだ！」

——自由思想の時代である。

インダスに侵入したアーリア民族。土地が広がり、血が混ざり、やがてバラモンを否定する者たちが現われた。たとえば、善悪などないと断じたカッサパ。唯物論を説いたアジタ。そして、信仰と呼ぶにはあまりにも無色透明な、虚無主義にすら近いゴータマ・ブッダ。

——わたしたちと同じように。いや、歴史上、人類が常にそうであったように。

誰もが、科学と宗教の臨界点を、見極めようとしていた。

ラーフラもまた、彼なりの悟りに至ったのだった。

寒さにも構わず、ラーフラは長いこと自分の考えを反芻していた。それから、どれだけの時が過ぎたろうか。

いや、時は巻き戻っていた。どこからか、音楽とざわめきが聞こえていた。変拍子を刻む太鼓（ドウビ）に、笛（ナーディ）の音色（ねいろ）が乗り、歌うように上下し、満ちてはひいていく。周囲には花が咲き乱れ、三時殿はかつての偉容（いよう）を取り戻していた。

気がつけば、ラーフラは四つ辻の中央に立っていた。

「あなたは……」

正面に、いつかの医師が立っていた。かつてラーフラに種痘をほどこし、魔除けの鬱金を処方した僧だ。その背後から風が吹き、薔薇の香りが刹那（せつな）ラーフラの鼻を突き、去った。

「ここから、東西南北に門がある」低い声で、僧が告げた。「それぞれの門の向こうに、四人の人間がいる。そのうちから、これという道を、向かうべき方角を選びなさい」

ラーフラはまず東の門を見た。老い、衰え、足腰も立たなくなった老人が、暗い眼差しを彼に向けていた。反射的にラーフラはひき返した。次に南の門を見た。全身を瘡蓋（かさぶた）に覆われた病者が、ぴくりとも動かずに死を待っていた。ラーフラは首を振り、次に西の門を見た。男とも女ともつかない死骸が、物言わず横たわっていた。

最後に、ラーフラは北の門を見た。そこに、先程の僧が立っていた。

「わかるかね」

「……人は、老い、病（や）み、死んでいきます。逃れることのできない、苦しみの根源です。ですがまた、人はそれに抗（あらが）おうとします。ほかならぬ、心の平安を得るために」

「そうだ」

「父は、北の門を選んだのですね。あなたへの道。——生へとつながる道を」

ゴータマ・ブッダとは、医学にも長（た）けた人物だった。

当時の医師たちは、観察を行い、資料を合理的に処理し、検証を重ねることこそが重要だと主張した。病を治すためには、酒や食肉もいとわない。それは必然として、神秘を廃し、司祭を否定する。——科学。そう呼んでいいだろう。

釈尊は、生と科学をこそ求め、出家したのである。

だが、古代に花開きつつあった科学の種は潰える。権力が、医師たちを弾圧したからだ。

「……わたしは老人を見ました」ラーフラは噛み砕くように、ゆっくりと一語一語を選んだ。「次に、病人を見ました。それから、死者を見ました。わたしは、一度は目を背け、ひき返しました。ですが、四つの門のすべてを見たいま、考えが変わりつつあるのがわかります。彼らは、あなたへの道、生への道を選ばなかったがために、老い、病み、死んでいったのでしょうか？

……」

ラーフラは身を翻すと、僧に背を向けた。

「彼らとて、生の道を選びたかった。けれど、選べなかったのです。選べない理由を持つ者たちが、いるのです。ですから、僧よ——わたしは、彼らの側につきます」

それから、ラーフラは迷いなく南へ歩み、宣言した。

「父が生者の王になるというなら、わたしは病者の王となりましょう！」

夢は醒めた。

昇りつつある太陽が、荒れた赤土を照らし出していた。三時殿は土台のみを残し、跡形もなくなっていた。瞬時、ラーフラは夢の内容と、病魔をめぐる発見を思い出した。だが、すぐにそれを振り払う。病者の王だと？　こんな辺境の滅びゆく国で、何を血迷っているのか……。現実が彼を待っていた。ラーフラはカピラ城に足を向けた。

チャトランガは、古代インドを発祥とする盤上遊戯である。チェスの起源ともされ、使われる駒は王、将軍、象、馬、車、歩兵の六種。ルールとしては、中国の象棋（シャンチー）に近い。出土したなかでは、五世紀インドのものが最古とされるが、この「原（げん）チェス」はそれ以前、あるいは紀元前よりあったとも言われている。

この「象」の駒は、やがて中国に渡り「虎」となり、それが日本の「銀将」となる。

天然痘は仏教とともに渡来した。藤原（ふじわら）四兄弟の命を奪ったこの病は、いまでは、直径二〇〇ナノメートルのDNAウィルスによるものと判明している。

技術としての種痘は、十八世紀に確立した。

だが、南アジアでの天然痘の根絶は長い時間を要した。この病にかかった人間は、幸せになるという民間信仰があったからだ。人類がこの病を克服したのは、二〇世紀に入ってからである。

だからわたしは、天然痘の種痘を受けていない。

ウィルスは細菌とは異なる。増殖のプロセスもまた違う。ウィルスは細胞内に入り込むと、脱殻（だっこく）して遺伝子のみの存在となり、それから自己複製し、ふたたび新たなウィルスとなり放出される。この時期のふるまいを、ウィルス学はこう名づけている。

――〈蝕（エクリプス）〉と。

それからまもなく、南方からカピラバストゥに伝わってきた話があった。いわく、コーサラ国王の引退が近い。となれば、即位するのは、あのヴィドゥーダバである。

——彼ならば、侵略を止めてくれるかもしれない。

——彼にとって、ここは第二の祖国のようなものなのだから。

——第一、ヴィドゥーダバはブッダの帰依者でもある。

シャカ族にとって、これは希望の持てる話だった。

だから、ラーフラもあえて口にはしなかったのだが、本当のところ彼は知っていた。ヴィドゥーダバが即位したときが、このカピラバストゥが滅ぶときなのだと。なぜなら、彼は世界の王を目指す人間なのだ。そして……。

彼はいまもヴィドゥーダバのことが好きだった。また、王の器たる人物だとも感じていた。それと同時に、ラーフラは知ってもいた。そのヴィドゥーダバこそが、この世の中で、他の誰よりもカピラバストゥを憎んでいるのだと。

——それは、ヴィドゥーダバが弓術を習得し、カピラ城を離れる日だった。

二人の少年は別れを惜しんだ。

きっとだぞ、とヴィドゥーダバはくりかえした。コーサラに来るんだ。そして、ともに世界を統べようぞ。……これを聞いた貴族たちは陰でささやきあったものだった。世界を統べるだって！　いかにも、生まれのいい世間知らずの坊ちゃんではないか！

だがラーフラだけは、彼が本気であることを知っていた。

「ときに」

最後の別れに至り、ヴィドゥーダバはラーフラに訊いた。

「おれがカピラ城にいるあいだ、よく聞く噂があったのだが、本当ではあるまいね？」

噂とはこうだった。

かつてコーサラ王のパセーナディはシャカ族との親交を深めようと、カピラバストゥから后を迎え入れようと考えた。ところが、シャカ族にとってコーサラは蛮族である。血統を重んじる彼らにとって、これは受け入れがたい提案だった。だが、相手は大国コーサラのこと。むげには断れない。

このとき、当時の王マハーナーマは一計を案じ、下婢に生ませた庶出の女を王女と偽って嫁入らせた。その結果生まれたのが、ヴィドゥーダバである。つまり――彼は王子といえども、その体内には、卑しい血が混じっているのだと。

この一連の話は、ラーフラも聞かされていた。

そしてそれが、どうやら真実であるらしいことも。このことは、いずれ問われるだろうとは覚悟していた。しらを切れば、この場はそれで済む。だが、ラーフラは躊躇った。

「……きみは、いずれ大王になる人物だ」やっとのことで、彼は口を開いた。「事実がどうであれ、それはきっと変わらないだろう。ぼくはそんなきみが好きだし、友情を感じている。そんなきみが、いま、心から真実を知りたいと欲している」

「ご託はいい――どうなんだ。本当なのか、嘘なのか？」

「いっそ、取るに足らぬ人間だったなら……だが、きみは王だった。そんなきみに、ぼくは敬意を払いたい」自分自身の迷いを振り払うように、ラーフラはつづけた。「王であるきみに、迷いがあってはいけない。だから、王であるきみは、真実を知らねばならない」

「そうか……」

ヴィドゥーダバは長いこと目をつむり、懊悩した。長い沈黙が覆った。やがてヴィドゥーダバが目を開けたとき、そこには新たな決意が宿っていた。表情は別人のようだった。

それは、少年が青年へと変わる瞬間だった。

「さらばだ」と彼は言った。「友よ。真実を告げてくれたこと、感謝する」

こうして、ヴィドゥーダバはカピラ城を後にした。

二人は奇しくも同じ言葉を胸に抱いていた。ラーフラは長いこと城門に立ったまま、胸のうちでそれをつぶやいた。ヴィドゥーダバは馬を駆けながら、刹那、カピラ城を振り返り、やはり胸のうちでつぶやいたのだった。

――この次は、戦場で。


無数のいななきやかけ声とともに、低い地響きが城に迫っていた。

氷河の解け水の急流のような轟音。それはコーサラ国の象兵部隊だった。象たちは群れ、隊をなし、カピラバストゥの眼前にまで迫っていた。

いまのところ、攻め入ってくる気配はない。

あるいは、威嚇の段階なのかもしれない。だが、いずれ象たちは国境を踏み越え、蹂躙し、そして領内で殺戮をはじめることだろう。

幾度となく軍議が開かれたが、そのたび、絶望的な結論しか出なかった。

ラーフラは、温めてきた案を実行に移すことにきめた。

だが、自分が動くわけにはいかない。失敗した場合は、その後の政治生命にかかわってくる。

そこで、叔父（おじ）筋にあたるデーヴァダッダを頼ることにした。

話を持ちかけたとき、デーヴァダッダは真っ先に異を唱えた。だが幾度となく話しあい、具体的な内容を詰めていくうち、彼もまた、それ以外ないと思うようになっていった。

「ぼくは、立場上こんなことは言えない」これがラーフラの言いぶんだった。「だから、あなたから提案してくれないか。手柄はあなたが取っていいから――」

……軍議が煮つまった頃あいを見て、ラーフラは合図を送った。

デーヴァダッダがうなずき、手を挙（あ）げる。

「わたしたちの血族――いやシャカ族全体を守るため、わたしに案があります」

間を置いて、デーヴァダッダは一同を見回した。皆、虚を突かれた様子だったが、次第に、耳を傾けようという雰囲気が生まれてきた。ラーフラが彼を頼ったのも、このような話しかたを心得た人物だったからだ。

「ただ」とデーヴァダッダは念を押す。「皆さんとしては受け入れがたい話かもしれません。ですが、きわめて現実的な、具体的な案でもあるのです」

「もったいぶらず、つづけてくれ」

「コーサラが我が国を攻める理由は二つ。一つは農村地帯と水資源。もう一つは、マガダ国との戦争において、われわれがマガダの側につく可能性です」

歩き回り、一人ひとりの顔を見ながら、デーヴァダッダは先をつづけた。

「逆に言えば、この二つさえなくなれば、コーサラが我が国を侵略する理由もなくなる」

日は傾きかかっていた。

窓の向こう、澄んだ大気の向こうに、うっすらとヒマラヤの白い山嶺が見えていた。神々の座。――それは大地よりも、むしろ太陽や月に属する何かに見える。その山嶺に向けて、デーヴァダッダが指をさした。

「遷都するのです！」と彼は宣言した。「農耕民族であることを捨て、あの神々の住まう山へ――都を捨て、山岳民族になる。それが、われらが生き延びる唯一の道と存じます」

「ならん！」

即座に、高官の一人が声をあげた。それを皮切りに、ざわめきが一同を覆う。そのなかには、あからさまな非難の声も混じっていた。

――突然何を言い出すのか。

――先祖代々暮らしてきた土地を、蛮族に明け渡すというのか。

「血統です！」とデーヴァダッダは叫んだ。「われらは何を重んじるべきか。土地か、穀物か、伝統か――それを、わたしは順に並べて考えてみました。シャカ族とはなんなのか。もっとも優先すべきはなんなのか。それは血統です！　わたしたち自身が生き延びることが、第一義とされるべきなのです！」

これが、ラーフラとデーヴァダッダが考え出した突破口だった。シャカ族は純血を重んじる民である。だからこそ、庶出の女を王女と偽り送り出しさえしたのだ。だが、叫びは伝わらなかった。ますます一同はざわめき、やがて罵声が飛びはじめた。

氏族の、土地に対する思いは強い。

さらに言うならば、その場にいた人間は、山岳民族とはどういうものか、想像することもできなかった。――やはり、この国を救うのは無理なのか。こみあげる無念を、ラーフラはそっと押し殺した。誰かが叫んだ。

「敗北主義の血統などいらぬ！」

「どうか、落ちついて！」デーヴァダッダはすっかり取り乱していた。「これは王子とも何度も話しあって出した結論なのです！」

筋書きにない台詞だった。

皆が、いっせいにラーフラを向いていた。ことごとくが、詰問するような目である。選択の時だった。ラーフラは大きく息を吸うと、腹に力を入れた。

「――余は、斯様なことは考えたこともないぞ」

「嘘だ！」

激昂したデーヴァダッダを、数人が取り押さえる。ラーフラは顎を出口に向けた。

「覚えていろ！」つれ去られながら、デーヴァダッダが叫んだ。「シャカ族も、おまえたち王族も、目覚めた人ブッダとやらも――ええい、聞け！　いつか覚えていろ！」

「王子、いまのは、まことのことですか」大臣の一人がラーフラに訊いた。

「根も葉もないことだ」

大臣は一礼をしてその場をひいた。そうしておきましょう、という表情だった。ざわめきは収まりつつあった。皆、思い出しはじめていた。結局のところ、危機的な状況は何一つ変わらないのだと。その頃あいを見て、ラーフラが手を叩いた。

「皆、聞いてくれ！」

これを受けて、一同が静まり返る。

自分には王者の相はない。ラーフラはそれを強く自覚していた。だからこそ、このような間の取りかた、話術を、彼は密かに学んでいた。それを使うべきときが来たのだ。

「一ヶ月」沈黙ののち、ラーフラが口を開いた。「一ヶ月の間だけ、コーサラの軍勢を押しとどめることはできるか？」

「それくらいであれば」と一人が応える。

「ならば、活路はある」

言って、ラーフラは威勢良く両の手を叩いた。

「一ヶ月経てば、夏が来る！　氷河が解け、水はやがて集まり、川となり押し寄せてくるだろう。その間、われわれは巨大な堤防を作って、その水資源のすべてを堰き止めるのだ」

「水攻め――」

「そうだ。やがてコーサラが攻め入ってきたら、そのとき、堤防のすべてを破壊する。幸い、このカピラ城は高地にある。住民たちは、城内に避難させればいい。だが、我が国に攻め入ろうとする蛮族は――兵という兵、象という象は、洗われ、溺れ、全滅することになるだろう」ここでラーフラは精一杯、腹に力を込めた。「どうだ、できるな！」

歓声が上がった。

ラーフラは誰にも悟られないよう、深く息をついてその場に坐した。これで、いっときはしのげるかもしれない。だが、コーサラは大国の威信をかけ、第二勢、第三勢と送りこんでくるだろ

びの喜ぶ見を歩みゆくさまを見る

う。それまでに、皆がデーヴァダッダの案を思い出してくれれば良いが……。

このとき、一部始終を静観していたスッドーダナ王と視線がぶつかった。

王の目には、複雑な感情がありありと入り交じっていた。孫が決意し、歩みゆくさまを見る喜喜び。新たな王への祝福。そして——それらいっさいを上回る哀れみとが。

ラーフラの計略はうまく行った。夏が来て、氷河が解けた。ヒマラヤの山嶺に蓄えられた水は、なみなみと湖を作り——そしてそれが、いっせいにコーサラの軍勢を洗い流した。彼の予言通り、兵という兵、象という象が、洗い流されていった。

だがこのことは、カピラバストゥの民に成功体験を植えつけてしまった。

——我々は、生き延びられるかもしれない。

デーヴァダッダの言葉を思い出す人間はいなかった。

ラーフラは何度かデーヴァダッダの館を訪れた。門は固く閉ざされ、言葉を交わすことはできなかった。もう駄目だ、とラーフラは考えた。

この国は滅ぶ。

にもかかわらず、自分は何人を殺したろうか。五百か、千か。あのコーサラの軍勢はどれくらいだったか。……そうだ。ぼくは、人を殺したのだ。デーヴァダッダを陥れて、そして、千という人間を……。

何も考えたくなかった。

無意識のうちに、ラーフラは三時殿の跡地に足を向けていた。いつか植えた薔薇は、しっかりと根をはり、いまも花を咲かせていた。ふとそこに見知らぬ人影を見た。ぼろ布をまとった、壮年の男性だった。男は物珍しそうに、慈しむように薔薇に触れていた。

「気をつけてください」とラーフラが声をかけた。「棘がありますので」

「……昔、ここでは女たちが舞い、やむことのない音楽があったのだよ」

男は手をひくと、そう語り出した。

「無常――そう、諸行無常。そうは思わないかね」

「その花はわたしが植えたのです。母上――ヤショダラ妃の手を借りて」

「うむ」

男はそれきり何も言わなかった。しかし、ラーフラには何か感じ入るものがあった。ラーフラは男の前に坐すと、細い声で問いかけた。

「名も知らぬ僧よ――」と彼は言った。「いま、わたしは苦しみのなかにいます」

「そうだ」と男は応える。「人は皆、苦しみのなかにいる」

男の言葉は、まったくありふれたものだった。人は皆、苦しい。そう。当然のことだ。しかし、男の語り口のせいか、ラーフラ自身が置かれた立場のせいか、それは深く心に染み入ってくるのだった。

「僧よ」ふたたび、ラーフラは問いかけた。「わたしは、人を殺めました。数えきれない人数を、一晩で殺めたのです。それは、国を救うという目的があってのことです。しかし、それが無益な殺生であったことも、本当は奥底では知っているのです」

「うむ」

「僧よ、わたしは罪人です。わたしは、人一人を陥れ、また国を救おうと幾千を殺し――そして近い将来、この国を救いきれず、結果として、また幾千もを殺めるのです。王の器でもないのに、王であろうとし、そして……」

素性(すじょう)もわからぬ相手に、王族が本心を見せることがどれだけ危険か。

それを知っているにもかかわらず、ラーフラは言葉を止められなかった。知らず知らずのうちに、ラーフラは本心のすべてをさらけ出していた。

「僧よ――」

そこまでだった。

ラーフラは両腕で頭を抱え、子供のように泣きじゃくっていた。

「……若い王よ」

男はラーフラを王と呼んだ。

それが、ラーフラの深奥の何かを目覚めさせた。そのたった一言が、十重二十重に入り組んだ懊悩の一つを打ち消したのだった。ラーフラは顔を上げた。

「カピラバストゥの若い王よ。わたしはこれまで、数々の王者と会ってきた。たとえば、ここよりもはるかに大きい国――そう、コーサラの王とも会った。皆、きみと同じ懊悩を抱えていた。皆、さまざまなことを悔(く)やみ、悩み、そして怖れていた。千人どころではない。彼らはその十倍、二十倍と殺めてきた者たちだ」

そこまで言うと、男はまっすぐにラーフラを見据えた。

「人は皆、苦しみのなかにいる。――そう、この花は、きみが植えたのだったな。ならば、きみはこの名もない花の命を救ったことにはならないか。花は散る。だが、種は風に乗って、幾千、幾万とここにない地に根づいていくことだろう。悩めるとき、あるいは夢にうなされるとき、こう考えてみなさい。自分は、一万の花を救ったことがあるのだと」

男が触れていた薔薇の幹には、接(つ)ぎ木の跡が残されていた。一度、風でなぎ倒されたところを手当てしたのだ。——幹の折れ曲がった木は、折れ曲がったまま育つしかない。ラーフラは、この植物に自分自身を重ねあわせていた。

「その花は薔薇というのです」とラーフラが応えた。「ですが、本当のところ、それを植えたことにも、わたしは罪の意識を感じています。ここにもいずれコーサラがやってきて、花を踏み荒らし、進軍していくことでしょう。わたしはこの酷薄な世界に、罪のない薔薇たちを送り出してしまったのです。命を殺めることは罪です。しかし——生み出すということも、これもまた、なんと罪深いことなのでしょうか……」

「わたしも、かつてそう考えたことがあった」

僧のこの告白は、ラーフラにとっては思わぬものだった。

「もう十年も昔のことだ」と男がつづけた。「わたしは家を出て、沙門(さもん)になりたいと考えていた。光ある道が、自分の前に開けているのをわたしは感じていた。だが、血統が、血族がわたしを阻(はば)んだ。そんななか、わたしは一人の子をもうけた。悩み、踏みとどまるうちに、新たな苦痛を、新たな懊悩を生み出してしまったのだ。わたしは罪の意識に苛(さいな)まれた。悟道(ごどう)が太陽であるならば、その子はわたしにとって影であり、また罪そのものだった。わたしはその子に、こんな名をつけさえした——そう、〈蝕(ラーフ)〉と」

ラーフラは信じられない思いで、相手の顔を直視した。しばらく、無言のまま時が過ぎた。男はふたたび薔薇を撫でながら、話に戻った。

「だが、若い王よ――それからわたしは悟ったのだ。生きとし生けるものは、そのありようにすべて理由があり、つながっているのだと。生まれ、死にゆくその過程で、皆、なんらかの役目を授かっている。いかにもその通り――〈蝕（ラーフ）〉は苦難を乗り越え、そして民に希望をもたらしさえしてくれた！……わたしは、いまでは誇りに思ってさえいるのだよ。苦にまみれたこの衆生のうちに、それでも、一つの命を生み残したことを」

「あなたは……」

このとき、遠くからラーフラを呼ぶ声がした。

大臣の一人が走り寄ってきた。何か伝えるべきことがあったのだろう。息を切らしながら口を開きかけたが、ふと、そこに立つ僧を見出し、打たれたように立ちすくんでしまった。疲れた顔に、ゆっくりと深い歓喜がみなぎっていった。

「シッダールタ様だ！」

大臣は叫ぶと、飛び上がらんばかりに、元来た道を駆け戻っていった。

「皆の者、皆の者！――聞け！　喜べ！　シッダールタ様が、お帰りになられたぞ！」

釈尊の帰郷を、カピラバストゥの民はおおむね好意的に受け止めた。多くの人々が、彼の話を聞きたいと願っていた。いまカピラバストゥは、亡国の危機にある。しかし、シャカ族の新宗教は、コーサラ国もマガダ国も教化してしまった。

蛮族たちの宇宙観を、根底から塗り替えたのだ。

シッダールタは、祖国にとってやはり英雄なのであった。

むろん、彼をこころよく思わない人間もいた。国を棄て、世継ぎを棄て放浪している間、どれだけスッドーダナ王やラーフラ様が心を砕いてきたか。

いまごろ戻ってきて、どうするつもりなのか。自分はラーフラ派だ、と宣言する者たちさえいた。これは、ラーフラにとっては頭の痛い出来事だった。

釈尊はまず身を清め、旅の疲れを癒(いや)すと、一部の近しい王族を集め語り出した。

それは、思想の話ではなかった。

それは、宗教の話ではなかった。

このとき、釈尊が語ったのは政治であった。そしてそれは、一同の肝(きも)をつぶすのに充分な内容だった。それまで憮然(ぶぜん)と坐っていたデーヴァダッタも、これには表情を一変させた。これしかない、と思える具体的な提案を釈尊はしたのだった。

彼が皆に求めたのは、政治的亡命だった。

だが、いまのコーサラやマガダには、カピラバストゥの王族を受け入れる余地はない。そこで、出家という体裁(ていさい)を取り、スッドーダナ王以下全員が、沙門となり棄国(きこく)する。それも、王族だけではない——カピラバストゥ周辺に住まうシャカ族を出家させ、教団の庇護下に住まわせる。そうして、シャカ族を生き永らえさせようというのだ。

たとえ高官が難色を示しても、人々が出家を選んでしまえば止めようがない。

これが、血統を守るために釈尊が示した計画の全貌だった。

「あなたは……」ヤショダラは声を震わせていた。「もしや、出家したときから、そこまで思い描いていらしたのでは……」

釈尊はそれには応えず、末席に目を向けた。

「デーヴァダッダよ」

「はい――」突然声をかけられ、デーヴァダッダは上擦った声をあげる。

「きみの考えもわたしは耳にした。農耕民族から山岳民族へ――このような転換は、なかなか思いつくものではない。よくぞ熟考し、そして勇気を持って提案してくれた」

デーヴァダッダは視線を泳がせた。「それは、その、王子と一緒に……」

「申したぞ」ラーフラは目をそらした。「余は、斯様な考えは持たなかったと」

一連のやりとりに、ラーフラは半信半疑で耳を傾けていた。

三時殿跡で、この男に打たれたものがあったのは確かだった。だが、高僧とはえてしてそういうものである。何か、超自然的な力で人の心をとらえてしまうのだ。ラーフラとしては、もう後戻りのできないところまで来ている。いまや、ラーフラ派を名乗る集団さえ生まれてしまった。こうなった以上は、感情を捨てて見きわめねばならない。

――この男が、カピラバストゥの命運をまかせるに価する人物かどうか。

「いずれにせよ」釈尊はきっぱりと告げた。「まず、カピラバストゥの民に、わたしの考え、わたしの悟りを説いてみたい。わたしの信じる道が、彼らに伝わらなければ、この計画は意味を持ちえないからだ――」

かくして、シャカ族の王子による、シャカ族への説法は執り行われた。釈尊は施し、戒め、そして生天について、民に説いて回ったという。
伝説によると、このとき出家を選んだのは、デーヴァダッタやアーナンダを含む五百人ほどであった。

しかしラーフラが決断したのは、七日遅れてであったと伝えられている。

自室に籠もり、いつかの盤と駒を取り出して埃を払った。

駒を手にするだけで、少年時代の記憶が流れこんでくるようだった。自分が見ているものと、人が見ているものが、何かずれていると感じていたあのころ。棄てられたという思いや、自分の名に葛藤していたころ。……ヴィドゥーダバと過ごした束の間の蜜月。……ずいぶん遠くへ来てしまった気がする。あるいは、一歩も進んでいないのだろうか。

釈尊についていく人々は、数百人を超えたと聞く。

だが同時に、より大勢の民が、故郷に残されるのだ。自分は、ここに残り、彼らを守るべきかもしれない。しかし出家を選べば、それについてきて生き永らえる人々もいる……。

――いまぼくがなすべきは、なんなのだろうか？

――ぼくが進むべき道、ぼくが担っている役目とは？

長いこと、そればかりを考えていた。

こうして夜も更けたころ、ラーフラの部屋を訪れる影があった。

「お父さん」

思わず、ラーフラはそう言ってしまった。

「いや――〈目覚めた人〉よ」ラーフラは首を振って言い直した。「わたしはカピラバストゥの最後の王子として、あなたを試したい」

「なんでも訊き、試してみるがよい」と釈尊は応えた。「――悪魔（ラーフラ）よ」

〈蝕（ラーフ）〉は影を表わすとともに、阿修羅（あしゅら）の王である。

伝説によると、神々と戦ったラーフは月と太陽を腹に収め、世に暗闇をもたらした。そしてまた伝説によると――目覚めた人ブッダは、修行のうちに悪魔と出会い、悪魔の問いに一つひとつ応え、これを退ける。

「わたしが七歳か八歳か……いや、十歳くらいだったか。軍議のさなか、ふとわたしに宿った遊戯があるのです」

違う、と彼は思った。

こんなことを訊きたかったのではない。だがいい。一度、口にしてしまったのだ。

「それを、いまから説明させてください」

王――自分の周囲の八枡の、どこにでも進める。

象――斜め二枡先へと進むことができる。

「どうしてこのようなものが、突然わたしに宿ったのか、わたしにはわかりません。しかし、ただ一つわかっていることは――当時、誰一人、このことを理解してくれる人間はいなかった。**象は空を飛ばない**、そう言われたものでした」

将――斜め一枡先へと進むことができる。

馬――前後に二枡、横に一枡、あるいは前後に一枡、横に二枡進む。

「長いこと、わたしはこの遊戯を自分のなかに封じてきました。このようなものを考えるのは、王子に似つかわしくない、そう考えたからです。……ですが、わたしにとっては、どういうわけか、この思いつきは無上の価値があったのです」

車――前後左右に何枡でも進むことができる。

歩――前方に一枡だけ進むことができる。

「わたしは、いつかこの遊戯を理解できる人間とめぐりあい、そして闘ってみたいと考えていました。父上――いや、目覚めた人、ブッダよ。あなたならば、あるいは、わたしに宿ったこの不可解な想念を、理解できるのではないか」

「……法則に従って、駒を交互に動かす。最後に王を取った側が勝ち。そうなのだな」

「そうです！」ラーフラの目が輝いた。「そうなんです！　たったこれだけのことを、これまでいいいいいいいいいいいいい、ただの一人も、理解してはくれなかったのです！」

このときラーフラは見落としていた。

父の顔が、哀れみか愁いに近いものを帯びていることを。

「先番を取ってください」とラーフラが告げた。「この遊戯は、先番が有利ですので。わたしは、このゲームについて、すでに考えつくしているから」

うなずいて、釈尊が歩兵を一枡進める。

それを受けて、ラーフラもまた歩を進めた。

釈尊の手はおぼつかなかったが、すぐに要領が呑みこめたらしい。自然と、両軍はそれぞれに陣形をなしていた。いかに自軍の王を囲うか。いかに相手の象の足を止めるか。釈尊は、明らかにラーフラの遊戯を理解していた。

「わたしが――」

独白するように、釈尊がつぶやいた。

「わたしが自分の道を定めるときに、考えたことがある。千年の時に耐え、人を救いうる教えとは何か……」

「お聞かせください」

「まず、教えというものは、できるだけ易(やさ)しくなければならない。次に、教えは時とともに変遷しなければならない。――最後に。教えには、底知れなさがなければならない」

ラーフラは父の目に見入っていた。刹那、歓喜のようなものが内奥にこみあげた。

だがそれは、次第に虚(むな)しさに取ってかわられた。

盤上ではラーフラが有利だった。当然である。十年もの間、温めつづけていたのだ。さまざまな定跡(じょうせき)や戦略が、ラーフラのなかには組み上がっている。相手も、自陣が劣勢であることは悟っている。しかし、表情はあくまで涼しげなのだった。

ここに至り、ようやくラーフラは悟った。

ぼくと同じように、この世の向こうに別の何かを見る人物が、ここにいた。ここにない彼岸を見る人間が……しかし、ぼくとはどこか決定的に違う……これはなんなのだ？

そうか、わかってきた。

この相手は、ぼくの考えたこの遊戯に、これっぽっちも、爪の先ほども意味を感じていないのだ。だから、どんなに劣勢であろうと、表情は変わらない。この人物は、知力の向かう矛先(ほこさき)が、根本的にぼくとは違うのだ。

ラーフラは盤に向かう釈尊に目をやった。おそらくは、そろそろ投了するころであろう。相手は、半眼で盤を見下ろしている。その先は……。

そうだ。眼差しの向かう先が、異なっている。

ぼくが目を向けている先は、自分の知力そのものだった。それしかなかったと言ってもいい。ぼくには、己れの知力しか拠(よ)り所がない。だがこの人の視線は、眼差しは――

人々へ向けられているのだ。

「……まいりました」

自然と口を突いて出た言葉だった。集中して考えていた釈尊が、はっと我に返る。

「なぜだ？　この形勢では、そちらが有利なはずだ……」

「まいったのです」

それ以上を言うことは、ラーフラの自尊心が許さなかった。

しかし、この男に従うかどうかはまた別の問題である。この男に、民を率いる資格はあるのか。長(おさ)に求められるのは、人間の大きさだけではない。王としての資質――泥にまみれながら、なおかつ人を率い、民を束ねていけるかどうか。

「この遊戯については、わたしの負けです。次は問答をさせてください」

「聞こう」

「……あなたがいなかったこの十年間、わたしを支えてきた一つの考えがあります」

ラーフラはゆっくり考えながら、咀嚼(そしゃく)するように、一言一言を話しはじめた。

「まず、それを述べさせてください。わたしの考えというのは、こうなのです。人々を救うものとは、いったいなんなのか。教えや真理といったものなのか。そうではない、とわたしは思いました。教えや真理に打たれ、救いを見出す人も大勢いるでしょう。ですが、その人たちが帰った先にあるのは、生活です。人は、生活をしなければならない。それは、人の志を折ったり、あるいは真理から目を背けさせるのに充分なものです」

ここまで、ラーフラは努めて冷静に話してきたつもりだった。

だが次第に、感情が、激昂が、堰（せき）を切ってあふれだした。

「教えでは、人を救うことはできない！」我知らず、ラーフラは叫んでいた。「――ましてや、家や家族を棄てることを前提とした教えなどでは！」

自分の言葉が、自分の胸を刺した。だが、話しはじめてしまったものは止められない。

「人々を救うものは何か――それは、政治だ！」

目を曇らせ、真理という真理を忘れながら、それでもあえぐように一国を束ね、率いていく。

具体的に人を救う方法が、それ以外にあるというのか。

「何よりも――親や子供を殺された恨（うら）みが、晴れることなどない！　決して！」

どれだけありがたい説法を受けようと、振り向けばそこに現実がある。

骨にまで染みた恨みが、消えることはない。

「わたしに至っては、そうだ……この手で、幾千もを殺めたばかりです。ですがそれは、そのときは善意ですらあったのです。それは、紛（まぎ）れもない純真な心から来る行為ですらあったのです！　だからこそ、人間とは厄介なのではないですか！」

わかっている。

欺瞞だ。国のため。血族のため。そんなもの理由になりはしない。だがそれと同時に、それと同じくらい、この嘘をラーフラは心底から信じ、拠り所にさえしていたのだった。

「守りたくても守れない戒めが、人にはあるのです。わたしたちにだって、自分なりに練った考えというものはある……それを大局的な観点から退けられてしまったら、わたしたちにはもう、どうしようもないのです！」

たとえ嘘であっても、拠り所が必要となる場面がある。

嘘だとわかっていても、免罪符を人は欲するのだ。

「人はこうした嘘を足がかりに、少しずつ成熟するものではありませんか……嘘で塗り固められた、一抹のちっぽけな善性から……目覚めた人よ――あなたはそれを、根底から覆そうとしているのです！　幹が折れた人のほとんどは、折れたまま、それでも枝を伸ばしていかざるをえないのです。あなたにとって出口に見えるものは、ほとんどの人には、袋小路でしかないのです。何度でも言います――幹が折れた人のほとんどは、折れたまま、それでも枝を伸ばしていかざるをえないのです！」

釈尊はこれらの訴えに黙って耳を傾けていたが、ここで静かに口を開いた。

「その、幹の折れた人間というのが、つまり、自分だというのだね」

「――――」

一瞬の絶句ののち、ラーフラはうなずいた。

「そうです、これはわたし自身のことなのです……ああ、わたしはどうすれば！……」

「では逆に問おう。若き王——いや、息子よ。確かに、成長の過程で幹の折れた木は、どんな大木になろうとも曲がったままだ。それは、変わらない真理だろう」

釈尊はいったん相手の言いぶんを認めてから、

「だがしかし——息子よ。大樹は、自分の幹が折れていることをはたして気にするだろうか？否。しないはずだろう。それでは、その大樹は、他の木々と比べて卑しいのか？」

「まさか、断じて！　ですが……」

その幹を折ったのは、ほかでもないあなたなのだ。その言葉をラーフラは呑みこんだ。

「目覚めた人よ」と彼は言い直した。「わたしは思うのです。木に、心はありません。しかし、人に心はあります。そして人の心というものは、自分の幹を気にするものです。人に心があることは、避けられない。これもまた、自然の摂理ではないのですか」

「ふむ……」

すべてを踏まえた様子で、釈尊はうなずいた。

「わたしの教えは、まさに、その心をいかに棄てるかということなのだよ——」

ここまでだった。ラーフラは二の句を継げなかった。誰にでもわかる言葉、誰にでもわかる口調だった。正しい。ラーフラの理性は、彼にそう告げていた。だがその一方では、やるせない思い、行き場のない憤怒が、変わらずに底にわだかまっていた。ラーフラは護身用の剣を抜くと、その切っ先を釈尊に突きつけた。

一分。

二分。

釈尊は動じず、まっすぐにこちらの目を見据えていた。結局――ラーフラは微動だにできなかった。負けであった。彼は剣をひくと、その刃で頭髪を剃り落とした。

剣を置くと、ラーフラは坐して頭を下げた。

「このラーフラ――カピラバストゥの折薔薇は、あなたに帰依いたします」


このラーフラの出家に伴い、さらなる人々が出家者の群れに加わった。残された民は、この地と運命を共にすることを覚悟した者たちである。ラーフラは最後まで軍議につきあい、それまで考えてきた戦術や戦略を彼らに託した。

ヴィドゥーダバ――瑠璃王のもとへ、釈尊は説得に出向くという。

だが、おそらくはうまくいかないだろう。瑠璃王にとってこの地は、第二の祖国であると同時に、自らに流れる下婢の血の源である。彼もまた、曲がりつつ枝を伸ばした薔薇なのだ。人の心は簡単にはいかない。それは、釈尊もラーフラもよく承知していた。

釈尊はラーフラに新しい名を与えようとしたが、ラーフラはそれを断った。

「この名はわたしにとって、いまでは誇りでさえあるのです」彼は毅然と言い放ったものだった。

「大樹は、己れの幹のありさまを気にしないものでしょう？」

これは、シッダールタという名を捨てた師への皮肉でもあった。

だが、釈尊はこころよく思い、これを聞き入れた。

ラーフラは身のまわりの品を処分し、釈尊からさずかった糞掃衣を身につけたが、長年の愛着というものは、そう簡単には捨てられない。彼は、最後まであの盤と駒を手放すことができなかった。毎晩のように、ラーフラは自分の盤と駒を眺めていた。

捨てなさい、と釈尊は言う。だが結局、旅立ちの日になっても、彼はそれを捨てなかった。そのかわりに、こう申し出たのだった。

「師よ」とラーフラは切り出した。「わたしの願いを、一つ聞き届けてほしいのです」

「言ってみなさい」

「あなたは、コーサラ王ともマガダ王とも懇意です。そこでお願いなのですが――わたしの考えたあの遊戯を、彼らに献上（けんじょう）してはいただけませんか」

「おまえは、まだそんなことを……」

「考えがあるのです。師よ――この衆生には、賢王（けんおう）もいれば、同じかそれ以上の数の愚王（ぐおう）もいます。真（しん）に民のことを考える王もいれば、逆に戦争好きの王もいます。彼らにこの遊戯を教えることで、少しでも戦を減らすことはできないでしょうか」

「うむ……」

その後の教団の隆盛や、デーヴァダッタによる教団への謀反（むほん）――そして、クシナガルにおける釈尊の入滅（にゅうめつ）。仏伝には、こうした逸話（いつわ）もつづられている。ラーフラはのちの十大弟子に名をつらね、羅睺羅（らごら）としてその名を残している。誰よりも学び、その生涯を学習に費やしたということだ。

だが、それらはまた別の物語である。

――チャトランガ。

古代インドの盤上遊戯の一つ。

将棋やチェスの起源と考えられており、一説には、戦争好きの王に戦争をやめさせるため、高僧が王に献上したのが始まりとされている。

主要参考文献

『世界の歴史3　古代インドの文明と社会』山崎元一、中央公論社（1997）
『古代インド』中村元、講談社学術文庫（2004）
『ゴータマ・ブッダ』中村元、春秋社（1969）
『釈尊の生涯』水野弘元、春秋社（1960）
『この人を見よ ゴータマ・ブッダの生涯』増谷文雄、講談社（1968）
『新釈尊伝』渡辺照宏、大法輪閣（1966）
『インド医学概論 チャラカ・サンヒター』矢野道雄編訳、朝日出版社（1988）
『古代インドの科学と社会 古典医学を中心に』デービプラサド・チャットーパーディヤーヤ著、佐藤任訳、同朋舎（1985）
『ネパール・インドの聖なる植物』トリローク・チャンドラ マジュプリア著、西岡直樹訳、八坂書房（1989）
『疫病と世界史』ウィリアム・H・マクニール著、佐々木昭夫訳、中公文庫（1985）
『ペストからエイズまで 人間史における疫病』ジャック・リュフィエ、ジャン＝シャルル・スールニア著、仲澤紀雄訳、国文社（1988）
『ウィルスの生物学』永田恭介、羊土社（1996）
Musical Instruments（B.C.Deva, 1977, National Book Trust India）

千年の虚空　Pygmalion's Millenium

将棋——二人で行う盤上遊戯。縦横九枡（ます）に区切られた盤を用い、敵方の王を詰めることを目的とする。チェスなどと同様に、古代インドのチャトランガが起源と考えられているが、取った駒（こま）を使える「持ち駒」という概念は将棋特有のものである。日本将棋、本将棋ともいう。

葦原（あしはら）兄弟——正確には織部綾（おりべあや）を入れた三人が暮らしたという落合（おちあい）の一戸（いっこ）建ては、そのうち唯一の生き残りである葦原一郎（いちろう）が保存管理している。北海道の孤児院から織部家に引き取られた兄弟は、その家の長女の綾とともに、ここで青春期を過ごしたということだ。

はじめこそ一郎はわたしの取材を拒（こば）んだが、話すうちに、わたしの関心が葦原兄弟ではなくむしろ織部綾にあるとわかり、それからは積極的に取材に応じ、最後には、この落合の家の鍵をわたしに渡すようにと管理人に言（こと）づけるまでになった。

あくまでわたしの印象だが一郎は初老にさしかかり野心も失い、いまさら隠すものもないという様子で、また記憶の多くは砂粒のように散り、失われていたが、こと綾については、彼にとってもいまだ整理のつかない謎らしく、ときには明瞭に細部まで語り、こちらが驚く場面もあった。

織部家は資産家なのでわたしは豪邸を想像していたのだが、落合の家は小さい平屋（ひらや）で、塀と家屋の間の五十センチほどの隙間（すきま）に梅の実がいくつかなっており、空（あ）き家となって久しいものの掃除は行き届いていた。生活の残滓（ざんし）だけがなく、あるいは、棋士（きし）といった人種の脳とはこのようなものなのだろうかとわたしに思わせた。

葦原の弟である恭二（きょうじ）は将棋棋士である。

一郎が政治家、それも一国の政治哲学そのものを改革しようとした人物であることを考えると、両者は対照的なようでもある。実際に兄は弟のことを「将棋などにうつつを抜かし」と罵り、弟も弟で公然と、政治家である兄を負け犬と呼んでいたものだが、それが怨恨や遺恨の類いであったのか、あるいはこれも絆というものの形象であったのか、その点はついにわからなかった。

ただ間違いのない事実として、この兄弟はそれぞれのやり方で、世界の成り立ちそのものを変えようとし、敗れ、それもこれ以上ないような破滅的な道を辿り——そしてその陰には、いつも寄り添うように織部綾という女性の姿があったのだ。

平屋の屋根瓦はたっぷりと陽光を蓄え、室内には熱気がこもっていた。

わたしは持参したタオルで汗を拭いながら部屋をめぐり、ダブルベッドの置かれた西側の寝室を見た。この家の唯一の寝具である。

かつての若い兄弟と綾の身体から立ち上る、夏の雨水にも似た匂いをわたしは嗅いだ気がした。彼らは学校にも通わず、ここで毎夜のように交わり、眠り、あるときは薬を服んでは騒ぎ、ガラス片で身体を傷つけ、吐き、戯れにコールガールを呼び、またあるときは、こうした騒ぎの一部始終を動画に収めた。

行き場のない衝動のいっさいが内に向けられたのだろうか。倦み、柔らかい壁に押し潰されるように、三者は互いに三者を求め、交わり、傷つけあった。この時期の彼らの暮らしについては、恭二の回顧録に詳しい。いや、暴露記事と言った方が通りが早いだろうか。

「血管を汚水が流れるようだった」

と恭二は書き残している。この一文がわたしには印象深かった。

彼らは逃げだしたかったのか、あるいは引き籠(こ)もりたかったのか。確かなのは、刃物の切っ先のようであった三人を、織部家がこの家に隔離したことだ。

綾が自死したバスルームをわたしは見てみた。

綺麗に清掃されたのか、あるいはタイルそのものを張り替えたのか、痕跡は残されていない。証言によると、彼女はここで左手首を縦に切り自死したということだ。彼女はあらゆる方法で二人を操(あやつ)り、弄(もてあそ)び、そして最後には解けない謎をそっと手渡したのだ。

これを機に兄弟は織部姓から葦原姓に戻り織部との縁も切れたが、議員であった一郎が家は買い取り、恭二は間もなく入院し、そのまま帰ることはなかった。他の誰よりも頑(かたく)なで、緊密で、それでいて他の誰よりも憎しみあっていた三人は、こうして一軒の空き家のみを残し、落水した角砂糖のようにほどけ散った。

恭二の回顧によると、最初に綾が恭二を誘ったのは彼が九歳、綾が十二、恭二の精通前のことだという。これに当時十一だった一郎が加わり、たちまち三人は依存しあい、はじめこそ家人(かじん)の不在時の秘め事であったそれはやがて習慣となり、おのずと過激化し、しまいには昼夜問わず嬌声(きょうせい)が響くに至り、近隣住民も薄々ながら事の次第を知ることとなった。

事が知れ、また発端が綾にあったとわかると、織部夫妻は三人を引き離そうとしたが、彼らが拒み、加えて綾が狂言自殺を繰り返したことでついには折れ、綾ともども、なかば勘当のような形で、落合の一角に三人を隔離することとなった。織部家は鉄道や百貨店を含む企業グループを擁しており、こうした親族内の醜聞(しゅうぶん)はできるだけ内々で処理したかったようだ。

夫妻は実子の綾よりも一郎を頼った。

もとより情緒不安定だった綾は叫んでは髪を振り乱し、そんな綾に恭二は片時も離れずひたとくっついている。一郎のみが罪悪感や葛藤を顔に滲ませており、夫妻はそんな一郎になおのこと恨みを募らせながらも、一枚のクレジットカードを渡し、綾とその後のことを彼に託した。

こうして少年たちは落合の平屋に封じられ、以来学校にも通わず、誰の目も憚ることなく若い未成熟な性を交わらせては眠り、綾がどこからか仕入れてくる薬の類いをあるときは服み、あるときは吸い、デリバリーの食事を求めては食べ、眠り――目が覚めた二人が交わり、それはあるときは恭二と綾であったし、あるときは一郎と恭二でさえあったが、そこにもう一人が加わり、またいつしか誰かが眠り、あるいは何かを食べている。

「そのころ食べたものの味や、夜見た夢を覚えていない」と恭二は言う。

ただ、三つの胃袋と性器があるばかりだった。

この短い蜜月が破綻へ傾いた直接のきっかけは恭二である。恭二の反抗期の訪れと自立心の芽生えが、かろうじて保たれていた三者の均衡を破った。恭二は次第に綾と距離を置くようになり、一郎が通っていた将棋の奨励会に自らも通い出したのだ。

あまり知られてはいないが、葦原一郎も将棋は指す。

そればかりか、将棋をはじめたのは彼が先なのだ。一郎が将棋を覚えたのは、北海道の孤児院でのことである。子供らがわずかな菓子や砂糖を賭けて将棋を指すのを見て一郎はルールを覚え、たちまち負け知らずとなり、最後には指す相手もいなくなった。

一郎は本能的に、いずれ三者の均衡が崩れることを予見していた。織部家からの援助にしても、いつまで期待できるかわからない。学校にも通っていない状態で、自力で切り開ける道とは何か。こうした考えから一郎は棋士を志（こころざ）し、十五を迎えたころ奨励会に入った。

それを、弟の恭二が追ったのである。

綾は恭二の保護者のように振る舞いながらも、その実とりわけ恭二に甘えていたため、弟が自分の手から離れていくようでますます不安定になり、最初は泣き叫んだり引き籠もったりしていたのが、次第に二人に対し暴力を振るい出し、勢い彼らも暴力で応（こた）えたが、こうした諍（いさか）いが終わるや恭二は泣いて綾に謝り、綾もまた泣き、翌日奨励会から戻るとまた同じことが待っている。こうした生活が一、二年とつづいた。

この時期、一郎は弟にこう漏らしている。

「ここから抜け出すには、もう将棋しかないんだ――」

青痣（あおあざ）とともに将棋を指す兄弟を世間は訝（いぶか）しみ、相談所が介入したこともあったが、織部家が財力に物を言わせ揉み消した。

そんななか、綾は一人置いてけぼりを食った格好だったが、兄弟の後ろ姿を見たからか、あるいは単に思春期を過ぎ落ちついたのか、二十歳を過ぎたころには激情は影を潜め、ある日、一念発起して一般事務の職を見つけてきた。

綾はそれまでの生活が嘘のように真面目に働いた。

「肺に朝の空気がある」と綾は恭二に語った。これがよほど嬉しかったのか、恭二は繰り返しこの台詞（せりふ）を思い出しては引用している。

だが綾のこの決断が、後の悲劇の決定的な引き金となった。

このことを綾は晩年近くまで隠し通していたのだが、最初の給料を手にした彼女は、迷惑をかけ通しだった織部夫妻を食事につれていこうと考えた。ちょうど、見つけたばかりのイタリアンの店があった。値段も手頃で、これなら相手も気楽だろうと綾は思った。彼女なりに恩返しをして、新しいスタートラインに立とうとしたのである。

結果は門前払いだった。

夫妻は綾が真面目に働くなどとは夢にも思わず、むしろ長年の辛苦(しんく)から、葦原兄弟にも実子の綾にも憎しみを募らせていた。距離を置いていたぶん、負の感情が蓄積されていたのである。電話口の父親は、すぐにも切り上げたい様子で「汚い金はいらんよ」と言い放ってきた。綾は最初何を言われたのかわからず、気がつけば泣き喚(わめ)いていた。

「違う！」

綾は繰り返し訴えたが、そうした態度はまさに昔の彼女そのままで、誤解は深まるばかりなのである。このことに綾は気づけず、また父親はあくまで冷淡だった。

「食事の相手なら、野良犬が二匹いるだろう」

「一郎を、恭二を、馬鹿にするな！　二人とも頑張ってるんだ！」

「学校にも行かず、食事も店屋物で済ませ、ただ快楽に溺れることがか？」

「二人を……」

泣いているのか怒っているのか、ほとんど声にならない声で綾はつづけた。

「二人を見ていないから言えるんだ！　じゃあ、賭けだ！　二人が突破して這い上がってくるかどうか——いや、あたしが一郎と恭二の夢を実現してみせる！」

「何を賭けるというんだ」

口籠もる綾に、父親は畳みかけた。

「もういいか？　おまえたちには、何一つ賭けるものすら——」

「ある！」綾は相手を遮り叫んだ。「命だ！　野良犬にだって、命はあるんだ！」

このときからすべてがはじまった。

奔放（ほんぽう）な激情家だった綾はいつしか妖艶（ようえん）な悪女に変貌し、兄弟の運命を手中で操るようになる。

そして最後には、文字通りの代償を自ら支払ったのである。

父親は「もしおまえが勝ったら？」と訊ねたので、綾はこう応えた。

「——あたしたちを、人間として認めてほしい」

嘘だった。それは紛（まぎ）れもない本音ではあったが、本当は別に答えがあった。しかし、とうに輝きも魅力も失（う）せていた。それはもう、口に出せるものではなくなっていた。

たった一つの、誰にでもあるような欲求。

最初の給料で両親と食事がしたい——本当に、ただそれだけだったのだ。

*

「恭二さんのご病気は、綾さんのせいだとお考えですか」

わたしの問いを受け、一郎はしばらく無言で視線を泳がせた。

狭い部屋だった。

一郎は荻窪のマンションに一人住まいをしており、そこでわたしの取材を受け入れたのだが、それは古い質素な１ＤＫで、もう少し良い暮らしを想像していたわたしを驚かせた。聞けば、大学を出てからずっと住んでいるのだという。

「……統合失調症は、器質的なものだと理解しています」

考えが定まったのか、一郎はゆっくりと語り出した。

「ですから、綾が原因とは言えないはずです。発病のきっかけが綾であった可能性は否めませんが、元々、恭二の方が因子を抱えていたのでしょう。しかし……」

抑制された口調の裏に、ふと何かが燃え上がるのをわたしは感じた。

このとき、断片的ながらもわたしは体感できたような気がした。落合の家での暴力の日々。それが、彼らをどう蝕んでいったのか。

「綾は意図してそれをやったとわたしは確信しています。わたしを追っていただけだったはずの恭二を、将棋の深淵に向け、綾はそっと後ろから背を押した。綾が、恭二を殺した。これだけは、誰がなんと言おうと変わらない実感としてあるのです」

――かつての恭二は奨励会に入れたこと自体が嘘のような、取るに足らない指し手だった。

だが本人はそれでいっこうに構わなかった。兄を慕い、後ろを歩くのが恭二の喜びだったのである。そんななか、綾がどこからかＤＭＴを仕入れてきた。ＤＭＴは当時は合法であったが、作用においてはＬＳＤより強い幻覚剤である。綾は白い十ミリグラムほどのわずかな結晶をハーブシガレットに揉み込むと、それを三人で回そうと言い出した。

このときのことは、恭二の回顧録に詳しい。

「トランスミュージックが流れていた。それにあわせて虹が躍り、曲がりくねって、さまざまにモチーフを描いては消え、水が湧き出すように光は輝いて、弾(はじ)け、交叉(こうさ)し、渦巻いては万華鏡(まんげきょう)のような模様を描いて消える……気がつけばぼくたちは寄り添って、まるで境界という境界が消えたみたいに一体となり交わっていた……」

最初に目を覚ましたのは一郎だった。

いち早く目覚めた一郎は我を失ったことを恥じ、一人籠もってシャワーを浴びた。

「兄が離れたそのとき、渾然(こんぜん)一体となった身体の一部がちぎれるようだった……」

一郎が去った後も、恭二はかつてない恍惚(こうこつ)とともに綾と交わりつづけた。

その翌日のことである。

恭二の将棋が変質した。

それと同時に、以来生涯にわたって彼を苦しめる統合失調症を発症させたのである。

わたしは診断書のコピーを一郎からもらったのだが、それには破瓜(はか)型の統合失調症とある。一郎の話では、恭二は晩年に近づくほど、強い幻聴や被害妄想に苦しんだという。だが若い日の恭二がまず見たのは兵士たちであった。金将に、銀将に、香車(きょうしゃ)に、飛車に、角行(かくぎょう)に、歩兵に、王将に——彼は人とも精霊ともつかない古代の軍勢を見るようになった。

恭二は、文字通り将棋の駒(こま)と話すようになった。

少なくとも、それが恭二にとっての現実なのだった。

駒に従って指すうち、白星も増えていった。

だが困難な病気である。調子の悪い日は、極端な被害妄想が四方から彼を追いつめた。医師は抗精神病薬を処方し、恭二も最初は期待したのだが、結局は服むことを拒んだ。

メジャートランキライザーは統合失調症を緩和する。だがそれは、幻覚や妄想が打ち消されることを意味する。駒の声が聞こえなくなることを恭二は何より怖れた。

病を治すことより、将棋で強くあること。それが恭二の選んだ道だったのである。

闇雲に兄を追っていた弟の姿は、もうなかった。

だが、ふとした拍子に声なき声に囲まれる。何気なく開いた新聞の文字という文字が、恭二を責め苛む。そんなとき彼は対局を休んだ。両耳を塞ぎ、病んだ動物のようにベッドで丸くなる恭二を、綾が庇うように抱き止め、じっと発作が治まるのを待った。

恭二の世界は逆転した。

性と暴力が支配する落合の狭い平屋から、この世ならぬ声に満ち満ちた神話の世界へ。

綾にとっては、あるいはこのころがもっとも平穏で安らかな日々だったかもしれない。しかし一郎だけは、このことを苦に思い、自責の念に苛まれた。

ごく普通の兄として、恭二の幸福を願っていたのである。

「忸怩たる思いでした」

当時を振り返る一郎の表情には、苦渋が滲んでいた。

「あの夜を経て、いつの間にか恭二は修羅の道を歩まされていた。それまで以上に綾と依存しあい、棋力においては、すでにわたしのはるか先を行っていました。しかも……」

ここで一郎は言い淀んだ。

だがこれ以上隠すこともないと判断したのか、首を振ってつづきを話した。

「綾はわたしを拒むようになったのです」

これを信じるなら、一郎は将棋で弟に負け、さらには綾を取られたことになる。

以来、一郎はリビングのソファで眠るようになった。頭打ちになったように上がらない棋力。そこに毎晩のように、寝室からベッドの軋（きし）みが聞こえてくる。取り巻くもののすべてが、彼を蝕みつつあった。

ある夜、ソファで横になった一郎の脇に綾が立っていた。

綾は単刀直入に訊いた。「わたしが欲しい？」

一郎は答えられなかった。

「どうすればいいか、自分で考えることね」

そう言われても、わかるはずもない。

将棋は諦（あきら）めた。しかし、これからどうするのか。

漠然と答えは出かかっていた。それは、熱病の妄想のようなものだったのかもしれない。だがソファで毎晩横になりながら、少しずつ細部を練り、自分自身の力で醸成した考えでもあった。

行き過ぎかもしれないが、わたしはポルポトの思想を育（はぐく）んだ密林時代や、ヒトラーの画家志望時代を連想した。政治家としての一郎にとっては、落合の家のこの時期が、それにあたるものだったのではないか。……わたしは意地の悪い質問をした。

「綾さんを憎いとお考えですか」

一郎は長いこと逡巡（しゅんじゅん）した。

彼は両掌を上に向けると、まるで正面の虚空に何かがあるように、幾度か指を開いては閉じ、それからわたしの目を見ずにぽつりと言った。

「――愛おしい」


奨励会時代に兄弟と争った佐々宏介九段は、一郎の印象の方が強かったという。

「定刻のきっかり三十分前には顔を出し、対局時は、ぴんと背筋を伸ばし正坐していました。――大成するかしないかは、案外、こういう部分にも表われてくるのです」

佐々は棋界では人一倍温和で、面倒見がいいことでも知られている。はじめて対局した者は、微笑を浮かべながら将棋を指す佐々に面喰らい、ときには怒り出すこともある。別段悪意があるわけではなく、それが佐々の平常運転なのだが、一郎や恭二の話をするときばかりは、さすがの彼も神妙な表情で当時を振り返るのだった。

「わたしは一郎さんが将来のライバルになるだろうと踏んでいました。勉強も絶やさず、棋力も日々向上していましたから……。恭二さんについてはむしろ、言葉は悪いのですが、兄の金魚の糞のようなものだと思い、マークしていませんでした」

この証言は、一郎の自己評価とは食い違っている。

一郎は年齢制限までに規定の昇段は果たせないだろうと早々に見切りをつけ、棋士への道を自ら断ち切った。当時の規定では、二十六までに四段になればプロ入りは可能である。だが一郎は自らを見切り、すでに政治に志していた。

そして実際、将棋の才があったのは弟の恭二だった。

「わたしたち棋士には、一皮剝ける瞬間というのがあります。しかしそうは言っても、将棋の棋力というのは、絶え間ない勉強と実践のなか、徐々に向上していくものです」

ところが、と佐々は語る。

「恭二さんのそれは、まったく突然としか言いようがありませんでした」

元々落ちつきのない恭二が、その日は特にそわそわしていたという。

彼の視線は対局者でも盤上でもなく、この世ならぬものへ向けられていた。ときには駒に語りかけ、まるで指揮者が棒を振るように揺れ、震え、手を上下させる。簡単な局面で長考したかと思えば、難解な局面をノータイムで指してくる。だが、明らかに強くなっていた。そればかりか、その場の誰もが思いつかないような手を指しさえする。

まもなく恭二はプロ入りし、落合の家ではささやかなパーティが開かれた。

綾はクリスマスのようにフライドチキンを買い込むと、誕生日を知らない兄弟のために、それならこの日を誕生日にしようと突如言い出し、二人に本を一冊ずつプレゼントした。あるいはこれが、三人にとっての最後の楽しい思い出かもしれない。一郎が二十一、恭二が十九、そして綾が二十二のときである。

兄弟の公式プロフィールを見ると、いまもこの日が誕生日だとされている。

そして恭二がプロ入り後も実績を重ねるのに対し、一郎の目は暗く淀み、譫言のようなボヤキが重なるようになった。黒星がたまり、昇段どころか降段の可能性さえ見えてきた。

決断は早い方がいいと彼は結論した。

佐々は引き留めるべく説得を試みたが、一郎の決意は固かった。

「あの日のことは忘れようもありません」

奨励会を去るその日、一郎は佐々と恭二に向け、こんな宣言をしたという。

——この世はゲームである、と。

「それも恐ろしいくらい難解で、底意地の悪いものときた……」

恭二は兄の言葉を理解できなかったのか、このときのことは書き残していない。だが、佐々は一郎が何を言ったのか覚えていた。

それだけ一郎は印象的な言葉を残したのである。

「おれはな——いいか、ゲームを殺すゲームを作るんだ」

*

観戦ライターの一人は、異能、と恭二を評している。

彼の将棋には、確かにそうとしか言えない部分があった。どう見ても劣勢の局面から、誰も思いつかないような、細い一本の勝利への道筋を見つけることがある。そうかと思えば、大ポカをやって負けることもある。三回連続で対局を休み、不戦敗を喫したかと思えば、その後に三連勝する。対局中は盤を抱え込むような極端な猫背で、対局相手を無視して駒に語りかけさえする。

これが、対局相手としては非常にやりにくい。

夭折した村山聖プロに喩える記者もいた。村山の実績を考えると破格の評価と言えるが、恭二のその後を知るわたしたちの目からすると、皮肉な符合というよりない。

彼が竜王位についたのはプロ五年目のことだった。これは恭二の才を考えるなら妥当な年数という向きもあるが、不戦敗の数を考慮に入れるなら、驚異的な記録でもある。

恭二はトーナメントを勝ち抜き竜王位の挑戦者となり、二勝一敗としてから、その後二度連続で対局を休み、不戦敗を喫した。

棋士としての人生のかかったタイトル戦を休むこと自体、まず前代未聞である。せっかくの七番勝負で不戦敗とあっては、主催側の顔も立たない。実際に棋界は揉めに揉めたのだが、結果として恭二はその後を連勝、竜王の座についたのだった。

ところで、物事を理性的に捉え、深く思い悩む傾向のある一郎と比べ、弟である恭二には天真爛漫な面があったようだ。彼は竜王戦を前に、こんなことを記者に語っている。

「いつも訊かれるんですよ。おまえは、本当に駒と話しているのかって」

駒との会話。

インタビューや雑誌記事の類いで、必ずと言っていいほど触れられることだった。

「もちろん、本当にぼくは駒と話していますよ。駒というよりは、その、彼らの本当の姿とですね。それに、あと少し……あと少しで、辿り着きそうなんです」

——辿り着くとは、どこへでしょうか。

「将棋には千年の歴史があります。それは絶え間なく血が流れ、数え切れない人が死んでいった千年です。ぼくはその戦いのすべてを、圧縮し、凝集し、盤上に再現したいのです」

——すると、何が起こるのですか。

「暴力の終焉(しゅうえん)が見られるのです。うまく言えないのですが……それはぼく一人だけでなく、ぼくたち全員にとっての、戦いの終わりを意味するのです。ぼくはですね——将棋というゲームを通して、神を再発明したいんです」

この恭二の言（げん）には飛躍があり、真意は読み取れない。しかし確かなのは、恭二が、将棋が外世界に干渉しうると主張していることだ。

似ている、とわたしは思う。

落合の織部家という密林のなかで、彼もまた兄と同じように、しかし兄とはまったく別の切り口から、世の成り立ちそのものを変えようとしていたのだ。

――しかし、変ではないですか。

「何がでしょう？」

――将棋とは、まさに戦争そのものではないですか。

もっともな指摘である。これには恭二も笑ってしまった。

「言われてみればそうですね。変です。まったくその通りなんです」

あと少し、とこのとき恭二は語っている。

だが、彼がわずかながらもそれらしい境地に達するのには、さらに十年以上を待たねばならなかった。翌年には恭二はタイトルを失い、それから長いスランプと低迷、病状の悪化に悩まされることになる。それは不測の事態によるものだった。

弟の活躍の陰で、誰からも忘れられていた存在。

一郎が動き出したのである。

蟬（せみ）が地下深くで羽化（うか）を待つように一郎は勉強を重ね、アルバイトをし、大検（だいけん）を経て政治学科へ進学した。それから如才（じょさい）なく織部家のつてを辿ると、卒業と同時に大崎了衛（おおさきりょうえ）議員の秘書になった。

彼はようやく落合を離れ、荻窪の一室へ移り住んだ。

これを受けて綾も動いた。

彼女もまた、議員秘書として大崎の下についたのだった。それと同時に、転がり込むように一郎のアパートに住みついた。一郎が二十八、綾が二十九のときである。

恭二は、暗闇に一人放り出されたのであった。

綾とはどのような人物だったのか。

少女時代からのエピソードを考えると、性嗜好異常（パラフィリア）であったことは間違いないだろう。パーソナリティ障害の診断も下せるはずだ。大量の抗鬱剤（こううつざい）に頼っていたという話もある。しかし確かなのは、彼女の並はずれた知能である。

議員秘書として有能であったのは、一郎よりも綾であったようだ。

事務手続きから後援者へのフォロー、圧力団体への対応、街頭活動やスピーチ原稿の作成、そして何よりも党内の力関係の把握と分析——こうした部分の多くを、大崎は綾に頼った。気がつけば、大崎は綾なしには何もできなくなっていた。

大崎に離党と新党結成をうながしたのも綾である。

与野党がめまぐるしく入れかわる混乱期にあって、大崎の選挙での不利が明らかになってきた。そこで綾は、同じ立場にいた議員たちを唆（そそのか）し、党首として大崎を担（かつ）ぐと、立ち振る舞いから話し方に至るまで、大崎を一流のアジテーターに仕込んだ。

新党の政策は、綾が打ち出したものだ。

それは一見すると経済左派的な、それでいて新自由主義をも匂わせる奇妙な代物（しろもの）だったが、この路線が当時の国内情勢の間隙（かんげき）を突いた。巨大政党が牽制（けんせい）しあい、他の少数政党らが批判のための批判に明け暮れる傍らで、新党は予想を上回る十七議席を獲得した。

そのなかには一郎の名もあった。

奨励会を去ってから、実に十年が過ぎていた。

どの政党も過半数に至らず、新党との連立を迫られた。新党はすぐさま旧与党と連立し、大崎が文部科学大臣の座についた。

一郎は大崎を補佐する形で、官僚とのつながりを深めていった。

このころから、一郎は超党的に各地の右派グループに顔を出し、南京（なんきん）事件の検証を求める会合などにも出席するようになった。これを見て一部の支持層は呆（あき）れたが、これこそが、一郎にとって出発点となるのだった。

彼が求めるもの。

この世の成り立ちを変えるための方法論。そのために必要だったのが、官僚や議員たちとのパイプだった。

時間が迫っていた。

敵対勢力や記者たちが彼らの青春時代を嗅ぎ回っていたのだ。いずれは、若い日の出来事が彼を失脚させるだろう。猶予は短いと一郎は見ていた。それまでに野心を達成するか、あるいは敗れ、消えてゆくのか。……ところで、このころ「彼」はどうしていたのか。

兄弟の片割れ。

暗闇に一人置き去りにされた、あの弟は。

一人で暮らすには広すぎる家だった。一郎も、綾も、もういない。そんななか恭二が思い出すのは、雪に閉ざされた北海道の孤児院だった。

貧しい施設だった。外には壊れた自動車やポリタンク、錆びたベンチの類いがうずたかく積み上げられている。割れた窓ガラスはガムテープで補修され、どこからか隙間風が吹いている。朝早く外に出て、水道管に湯をかけて戻ってくると、もう骨の髄まで冷えきっている。

風が吹き荒ぶノイズは、耳を澄ませば音楽にも人の声にも聞こえてきた。

石油ストーブの周辺は子供たちの取りあいとなった。力の弱い子供は部屋の隅へ追いやられ、そこで寒さと闘わなければならない。だが、いつも一郎が場所を取り、そこを恭二に譲ると、自分は部屋の隅で本を読んでいた。

夏が来ると、今度は牧場の手伝いが待っている。一郎と恭二は牛糞にまみれながら作業に明け暮れた。長い一本の舗装道路が地平線の向こうまで走っていた。ときおり兄弟は道路に立つとその先を指さすのだった。あの向こうに行くんだ、と一郎は繰り返した。

幾度も二人は脱走を企てた。

そのたび村人に捕らえられ、二人は孤児院につれ戻された。村人たちは施設の子供らを敵視していた。畑を荒らしたり、作物を盗んだりするというのが言いぶんであった。だから彼らは二人を見つけると容赦なく殴り、蹴り、半死半生の状態にしてから車に乗せ、孤児院の前に置き去りにした。翌日には、また作業がある。

そのころ旅行で北海道を訪ねていた織部夫妻の目に一郎が止まった。彼らには娘がいたが、当時から情緒不安定で、押し入れで一人ロープで自縄自縛したり、かと思えば全裸で通行人の前に姿を晒したりと奇行が目立ち、夫妻は綾に期待していなかった。

高齢ということもあり、彼らは跡取りを欲していた。そんな夫妻が目にしたのが、弟にストーブを譲り、自分は部屋の隅で本を読む一郎の姿だった。

夫妻は一郎を引き取ることを望んだが、これに一郎の側が条件をつけた。それは、弟の恭二を一緒に引き取るというものだった。夫妻は金銭面には困らず、またそれが一郎のためになるならと思い、条件を呑んだ。

なお一郎は議員になってからは欠かさず仕送りをつづけていた。

夫妻からすれば微々たる額だったろうが、一郎は自分の願いを聞き入れ、東京につれ出してくれた夫妻に恩義を感じていたようだ。

恭二は綾が離れてからというもの、すっかり生気を欠き、竜王位も失い、また不戦敗の数も日増しに増えてきた。対局に出れば勝つのだから降級することもないのだが、連盟にとってみれば、こうした棋士の存在が好ましいはずがない。解雇の案も出た。恭二の病は誰もが知っていたが、治療を拒否しつづけている以上、勤怠を改める気がないというのが連盟の言いぶんである。

このとき恭二を庇ったのが佐々であった。

佐々は一度の離婚を経て調子が危ぶまれたこともあったが、本人はどこ吹く風で、すでに複数のタイトルを手にし、羽生の再来とささえ囁かれていた。彼はその実績を盾に、恭二を擁護したのである。もっとも佐々としては恭二に対する義理はなく、あえて比較するならば一郎を好いていたようだが、その一方で、トッププロのみがわかることとして、恭二の将棋に惚(ほ)れ抜いていた。

恭二の将棋。

その手から放たれる妙手や奇想を守りたい一心で、佐々は彼を庇い抜き、ときには落合に通っては食事を取らせ、ときには自ら精神科医を訪ねてアドバイスを聞き、あまりにも症状がひどい際は、ジュースに薬を混ぜるなどした。

だが、こうした献身はなかなか恭二に届かなかった。

兄は去り、綾は裏切った。こうした現実に、強い幻聴や被害妄想が覆い被さった。

恭二が回顧録を記しはじめたのはこの時期のことである。対局もなく、症状も和(やわ)らいでいる日を選び、彼は手記を書き継いだ。

このころ珍しく恭二は精神科医を訪ね、驚くべき要求をしている。

「プラシーボを処方してもらいたい」

と恭二は申し出たのだ。

かつてそんな要求をした患者はなく、医師は困惑したが、恭二の言によれば、幻覚や妄想が消えてしまっては困る。しかしどうしようもなく不安なとき、処方薬を服むと落ちつくのも確かである。そこで、いっそ偽薬(プラシーボ)を処方してくれ、ということだった。

医師は恭二が本気だと知り、真面目に対応することにした。

「日本ではプラシーボは処方されないのです」と医師は応えた。「使われるのは新薬の臨床試験のときくらいで、たとえば抗精神病薬と偽(いつわ)って処方を書くことはできないのです。それに、患者さん自身がプラシーボだとわかっていれば効果もないでしょう」

結果として、このとき恭二は薬を一つ処方されている。

わたしはこのエピソードが気になり、恭二が訪ねたというクリニックを探し出し門を叩いてみた。そこで恭二について質問をしたところ、守秘義務に抵触するためお答えすることはできないので、どうしてもというなら患者さんと一緒に診察に来てほしい、という通り一遍の返答があった。そうは言っても、恭二は故人なのである。

「それでは、一般論として教えてください」とわたしは訊いた。「もしあの時代、患者からプラシーボの処方を要求されたら、先生はどうされましたか」

「患者さんによります」

わたしはつづきを待ったが、どうもそれが返答であるようだった。

「……たとえば、どのように区別するのでしょう？」

「病状や性格によってですね。軽い症状の患者さんであれば、説明をしてお帰りいただくか、どうしてもとあればビタミン剤を出します。双極性障害……いわゆる躁鬱（そううつ）の方は、そういう申し出自体をしないと思います。しかし、たとえば特別なご職業、占い師やヒーラーといった職で、幻覚や妄想を打ち消したくない方がいたとしましょう」

わたしの名前は出さないでください、と医師は念を押した。

「病状次第ですが、わたしでしたら弱い抗鬱剤を処方します」

むろん確証にはならない。だがおそらくは、恭二は抗鬱剤を処方されたのだろう。

加えて、手記を書きはじめるようになってからは、一種の作業療法的な効果があったのか、恭二の戦績は次第に復調した。不戦敗の数は徐々に減り、やがてタイトル戦にもふたたび名が挙（あ）がるようになった。

将棋の内容も、それまでとは幾分か違ったものになっていた。

相変わらずの猫背で、対局者には見向きもせず駒と語りあう。だが不自然な長考や、大きなミスはなくなっていた。といって、奇想、妙手の類いが失われたわけでもない。

将棋が練れてきたのである。

彼独自の幻覚世界と、現実世界との調和が取られはじめたのだ。それは、「あと少し」と彼が発言してから、実に十年後のことであった。恭二は波に乗り、棋王、王位と二つのタイトルを獲得した。またこの時期にようやく八段に達している。

「このころから、盤上のビジョンが変わってきた」

と恭二は書き残している。

「進軍する兵士だったものは、あるときは狼や狐であったり、花や樹木であったり……理由はわからない。けれども、これとともに、ぼくの成績はふたたび上がりはじめた……」

しかし棋界において、恭二は変わらず問題児のままだった。

王位戦の挑戦者決定リーグで、彼は小此木九段と対戦している。小此木はかつてのトッププロで理事職にもついていたが、旬を過ぎ、成績は芳しくなかった。

毎週のように賭けゴルフに興じる小此木を、それまで恭二は公然と罵っていた。

だがその日、恭二の正面に坐ったのは一匹の獣だった。

リーグ入りしたことで気が入ったのであろう、中盤まで小此木は恭二と五分に渡りあい、盤上では激しいねじりあいが繰り返された。

タイトルが視野に入ったときの、トッププロの粘り。

この対局を、恭二は明らかに楽しんでいた。昂揚し、瞳孔は開きかかっていた。ときには満面の笑みを浮かべ、盤面を見下ろす。

だが将棋は崩れた。小此木が読み間違え、攻めの要（かなめ）を両取りで失った。

「ふざけるな！」

角を打つと同時に、恭二は立ち上がり叫んでいた。

「将棋は――駒の流れは、切ったら血が流れるものではないのか！」

そして、投了する旨（むね）を告げたのである。こうなると小此木にも意地がある。勝着手（しょうちゃくしゅ）を打たれながら投了を告げられるなど、恥辱（ちじょく）もいいところである。小此木もまた投了を告げ、互いに自分の負けだと言い、どちらも頑（がん）として譲らなかった。

両者投了という前代未聞の事態を収拾したのは、またしても佐々だった。早々にその日の対局を終えていた佐々は盤面を一瞥（いちべつ）すると、「なるほど、譲れないわけだ」とつぶやき、恭二の肩を叩いた。

「恭二。こういうときは、年長者の顔を立てるものだ」

「でもな――」

「それに、いまの手番（てばん）は小此木さんじゃないか。どうしても投了したいなら、あの角を打つ前でなければならなかった。角を打った時点で、意地の張りあいはおまえの負けなんだ」

それから佐々は小此木を向くと、「いいですよね」と了承を得た。

「そうだ。この間、新しいウッドを買ったんですよ。週末、おつきあい願えませんか」

「もちろんだ」小此木がにやりと笑った。「ゴルフなら負けない」

穏やかな笑いが細波のように棋士たちの間に広がった。恭二のみが、憮然としたまま突っ立っていた。

かくして恭二はタイトルの挑戦権を得ると、四勝のストレートで王位を奪取したのである。

そして、真に欲していたものを恭二はやっと手にした。それはタイトルでも段位でもなかった。彼に取り憑いていたのは、いつでもたった一つのことだった。

綾が、一郎のもとから戻ってきたのである。恭二はすでに三十六歳、綾は三十九になっていた。

綾と佐々は相談を重ねた。病状と将棋の調子を連絡しあい、また綾に用事ができた日には代わりに見舞いに訪ねるなど、連携して恭二をケアすることとなった。佐々と密に連絡を取りあう綾に、恭二は心穏やかならぬものを感じたが、それを口には出さなかった。

さすがの恭二も、ここに至るまでの佐々の献身に気がついていた。しかし、それに応えるすべがない。恭二には、とことんまでに将棋しかなかった。それこそが唯一の支えであり、同時に最大の劣等感でもあった。結果、恭二はますます将棋にのめり込んだ。

佐々が兄弟の秘密を知ったのは、この時期のことだった。

恭二が書き綴っていたノートパッドを目に止め、読んでしまったのである。書かれた内容、とりわけ落合での三人の暮らしは、倫理感の強い佐々にとって見過ごしにできるものではなかった。しかしこの手記の存在が、兄弟を破滅に導きかねないこともわかっていた。困惑した佐々は判断を保留し、データを自らのオンラインストレージに転送した。

あるとき佐々は綾に訊ねた。

――なぜ、あなたは兄弟の運命を弄ぶのか。そんな権利が、あなたにあるのか。

このときはじめて、綾は父親との賭けの経緯を語ったのである。

「二人には黙っていて」

佐々は答えられなかった。決められなかったのである。彼は何が正しいかを見失いつつあった。視線を泳がせる佐々を、すかさず綾が抱き寄せた。

「――あなたが見舞いに来てくれるのは、恭二のためだけではないのでしょう?」

*

一郎はふたたび綾を失ったが、もう動じるような歳でもなかった。

いつか恭二は復活し、そのとき綾は弟の元に戻るだろう。そのような予感があった。それよりも、いま進めているプロジェクトが彼には大事だった。

一郎の野心。

彼は官僚や右派議員とのパイプを使い、当時実用化されはじめた量子コンピュータを使い、量子歴史学という理科系の一分野を立ち上げさせた。

「ゲームを殺すゲーム」と彼が呼ぶものの出発点だった。

従来の歴史学は、大量の文献を学者が漁り、それを一次史料、二次史料といった基準で振り分け、相反する記述を整理し、なかば直感を頼りに、人力で一本の歴史を組み上げるものだった。

しかし、何が一次史料で何が二次史料かなど言えないのだ。たとえオリジナルの史料でも虚偽は含まれる。それが書かれた文化的背景もある。史料にバイアスをかける人の心理はブラックボックスだ。さらに一次史料は二次史料を内包しうるし、逆に二次史料は一次史料を内包しうる。

一郎はメンデルの例を引いた。彼のエンドウマメの遺伝をめぐる実験――皺のある豆とそうでない豆が、実は直感に頼って振り分けられていたというのは有名な話である。

ならば、同じく直感に頼る歴史学ほど非科学的な分野はない。

一郎はそう主張し、歴史学という分野を簒奪(さんだつ)したのである。

これには背景があった。

周辺国家との歴史の修正合戦。天皇は戦争犯罪者か、南京事件はあったかなかったか……こうした問題に、いまだ政治家は頭を悩ませていた。

これらいっさいを整理するには、歴史学を文系の学者ではなく、理系の学者に委(ゆだ)ねなければならない。一郎はそう触れて回り、徐々に外堀を埋めていった。

量子歴史学の骨子は、こういうものである。

まず、一次史料、二次史料といった基準は撤廃し、すべての文献をフラットに扱う。その上で、史料の全文章を一文ごとにノード化してネットワークを築き、ノード間の依存関係をすべて網羅し、文章単位で信頼性を評価する。こうして、偽史(ぎし)のなかの正史が、正史のなかの偽史が炙(あぶ)り出される。

とはいえ、いかにそこから一本の歴史を探し出すかは、計算機の苦手とするＮＰ困難である。

だから、すべての文献を量子コンピュータにかけ、重なりあった無数の過去を生み出す。そこに量子蜜蜂(クオンタム・ビー)と名づけられた探索エンジンを走らせ、決められた評価基準を満たす歴史を選び出す。

こうして、一本の歴史を生み出そうというのである。

一郎は訴えた。――そのときこそ、暴力の終焉が見られるのだと。
恭二は、盤上の内面世界に千年を圧縮することで。一郎は、歴史そのものに手をかけることで。兄弟はアプローチこそ真逆（まぎゃく）だが、同じ地点を目指していたのである。

　これで外交もやりやすくなる。そう言って一郎は超党的に勢力を築き、事業に取り組んだ。ウェブアーカイブには当時の一郎の演説が残っている。次なる世代へ、と題されたものである。

「わたしたちは、次なる世代に謝らねばなりません」

　壇上の一郎はまずそう切り出した。

「歴史問題、領土問題……わたしたちは実に一世紀ものあいだ、こうしたいっさいを解決できずにきました。わたしたちは歴史を簒奪しあい、塗り替えあい、それがまた新しい流血を生んできた。そうです、わたしたちは、次なる世代に謝らねばなりません――」

　聴衆のざわめきをマイクが拾い、ここで一度音声が切れている。

「……ですが、想像してください。隣国と一本の歴史を、一つの公益を共有する……夢物語だと皆さんは思うでしょうか。こんなことは、想像のなかのみの出来事でしょうか」

　いいえ、と一郎が宣言する。

　背景のスクリーンに資料が映し出される。ウェブの映像では解像度や圧縮ノイズのため文面は読み取れないが、その概要は一郎が語っている。彼はこう締めくくった。

「量子歴史学とは、単なる学問の一分野ではありません。これは言うなれば憎しみの連鎖を止める楔（くさび）です。流血の連鎖を止める楔なのです！　想像してみてください、隣国と一本の歴史を共有するさまを……わたしたちは、次なる世代に謝らねばなりません。もし、この量子歴史学という一事業が発展しなかった場合ですが――」

このとき一人の男が制止を振り切って壇上に登った。

この男は有田勇（ありたいさむ）という郷土史家であったことが後に判明している。有田はナイフを手に壇上の一郎に襲いかかった。揉みあい、一郎が手を二箇所切られたところで、有田は取り押さえられた。

一郎は看護を拒否し、傷ついた手を頭上に掲げた。

「これを最後の流血としましょう！」と一郎は叫んだのだった。「わたしたちの歴史における最後の流血を、これきりとしようじゃありませんか！」

この発言が聴衆を動かした。一郎は多額の研究予算を獲得し、それをもって量子歴史学の拡充にあたった。

この一連の研究が、思わぬ副産物を生んだ。

学者の一人が、研究開発の過程で将棋の完全解を発見したと発表したのである。

発表は吉沢海里（よしざわかいり）という計算機科学者によるもので、彼はアルゴリズムの一部を公開した上で、ついてはトッププロである恭二と対局したいと連盟に申し入れた。

一郎の心境は複雑だった。

吉沢の言うことが本当であれば、恭二はおろか、どんなトッププロであれ絶対に勝つことはできない。せっかく復調した弟に、引導を渡したくはなかった。だが、ふたたび去っていった綾の姿が頭をかすめもした。また一郎はこうも考えた。もしコンピュータがトッププロに勝つようであれば、量子歴史学にとっては格好のプレゼンテーションになる。

「将棋など、王を取ったらそれで終わりだ。だが現実はそうではない」

一郎は吉沢と将棋連盟に向け、このような声明を出した。

「将棋などにうつつを抜かしている恭二の、目を覚ましてやってほしい」

連盟にとっては、まさに寝耳に水である。

もとよりコンピュータ将棋は人間に肉迫し、勝ったり負けたりを繰り返していた。以来棋士たちは無視を決め込み、コンピュータとは対局せず業界内で細々と手合をつづけていたのであるが、完全解が発見されたとあっては話も変わってくる。

連盟はただちに対局をやめさせるべく、機械と対局した棋士を解雇すると発表した。

こうなってしまうと、現実的にコンピュータと対局できる棋士などいなくなる。彼らの多くは、幼少から将棋ばかり指してきた者たちである。彼らには、将棋しか生きる道はないのだ。それを見越した連盟の発表であった。

だがそれも、兄弟の三十年近い愛憎の錘子には及ばなかった。

恭二も、兄と決着をつけたいと思いはじめていたのだ。

将棋の完全解が先手必勝なのか引き分けなのか、吉沢はその事実を伏せていた。だが、おそらくは先手必勝であろうと恭二は考えた。相手が完全な将棋を指すというなら、こちらも完全な将棋を指すのみだ——いや、あるいはこのときこそ、辿り着けるのかもしれなかった。恭二の抱えるビジョンの最終的な姿。神の再発明。その境地へと。

「兄は負け犬だ」

恭二は決意を固めると、観戦記者たちに発表した。

「昔、ぼくに後れを取ったことを、いまだに根に持ってるんだ。受けて立つよ」

これにより恭二は連盟から解雇処分を受け、二つのタイトルは宙に浮くこととなった。

このときばかりは佐々も庇いようがなかったが、彼は立会人として恭二の対局を見守ることを願い出て、連盟もこれを承諾した。

もっとも、これには裏があった。佐々は小此木をはじめとする理事たちに呼び出され、こう命じられたのである。

「恭二が負けそうだとなったら、対局を中止させろ。方法は問わない。難癖をつけるでもいい、ブレーカーを落とすでもいい、茶に睡眠薬を混ぜるでもいい」

しかし、と佐々は反駁した。

「この対局を心待ちにしているのは、何よりも恭二自身なのです」

「彼一人の問題ではない」小此木は取りあわなかった。「将棋には千年の歴史がある——それを守ってきたのは計算機科学者か。政治家か。そうではない。我々、棋士たちだ。棋士こそが、研鑽し、血道を上げ、将棋という世界を守ってきたのではないか」

「学者がやってきたことも、それと同じことです」

「恭二が背負っているのは何か。棋士としてのプライドか。機械への人間の意地か。そうではない。恭二は、過去未来のあらゆる竜王を、名人を、王位を背負っている。力及ばず敗れ去った棋士たちのあらゆる失意を、苦痛を、懊悩を背負っている。恭二が背負っているものは、棋界を生きる他ならぬ我々すべての意志なのだ」

佐々は言葉に窮した。

小此木が言うことにも、一理あるのである。それに、連盟の棋士である佐々は、理事の意向には逆らえない。すでに、結論は出ているのだ。

「……やるだけのことはやってみます」

「必ず成し遂げるのだ」

この間も恭二の病状は悪化しており、対局中の綾の付き添いが認められた。恭二の希望から、対局は七番勝負や五番勝負ではなく、四番勝負で行うこととなった。互いに先番を取っての勝負である。

連盟が対局場を提供しなかったため、対局は都内の旅館で行われることとなった。

八寸という比較的背の高い榧(かや)製の盤と、四台のコンピュータ、そして空冷機が運び込まれた。コンピュータにかわり、駒を持つのは一郎である。彼は自ら、弟に引導を渡す役目を買って出たのだった。ゲームを殺すゲーム——その前哨(ぜんしょう)戦として。

かくして、対決がはじまった。

何よりも純粋で、何よりもいびつな兄弟対決が。


それにしても、ゲームを殺すゲームとはなんなのか。

わたしは、ここの部分がずっとわからなかった。

これを改めて訊いてみたところ、それはもうお話ししました、と一郎は静かに応えた。彼の計画の全貌——それは結局実現することがなかったのだが、その細部について、確かにわたしは説明を受けていた。だが、どうしても腹に落ちなかったのだ。

「その意図するところといいますか……」

わたしは口籠もりつつ質問をつづけた。

「あなたのおっしゃることの背景の、意味性のようなものを知りたいと思ったのです」

一郎は長いこと考えていたが、やがて口を開いた。

「恭二の回顧録はお読みになりましたか」

「はい」

「そこに、孤児院時代の話が出てきたと思います。当時、わたしたちには、ストーブに当たれるかどうかが死活問題でした。いかにして場所を奪い、暖（だん）を取るか——しかし、わたしたちはなかなか場所を取ることができませんでした」

「なぜですか」

「恭二は理解していませんでしたが、あのとき、子供たちの間ではパワーゲームが発生していたのです。ボスが一人いて、いっせいに場所を取ってから、持ち回りで暖を取る。これが、子供たちの間で自然発生したシステムでした」

グループのボスは、必ず一番暖かい場所を取る。

それ以外のメンバーは順番で席を取るが、地位が低いほどその機会は減っていく。

最初、一郎はグループに入ろうと考えたようである。だが、新入りのこと。身体の弱い恭二はなかなか暖を取れない。そこで一郎はグループの分断工作に走った。

「ボスは強権的で、皆から嫌われていました。それに対して、二番目に位置していたメンバーは人柄もよく、人望があった。そのナンバー2をわたしは唆したのです」

孤児院内のグループを二つに割った一郎は、しかしそのどちらにも属さなかった。グループ同士が争う間隙を突き、恭二のための場所を確保したのである。

「わたしは最初、このストーブをめぐるゲームに憎しみを抱いていました。席の奪いあいなどやらず、身体の弱い人間に譲ればいいのに。ボスが率先して、恭二に場所を取ってくれればいいのに。ですが、決してそうはなりませんでした。そうしたいなら、ルールを壊すしかない。このときわたしは学んだのです。ゲームを殺しうるものは、ゲームをおいてないのだと」

このことは、ずっと一郎の記憶の底にあるのみだった。

だが、将棋で弟に敗れ、綾にも拒絶された日。一郎はこの少年時代の発見を思い出すと、たちまちそれに取り憑かれ、いつしか社会レベルに拡張して考えるようになっていった。

「あの仄暗い湿った落合の家で、わたしはずっとそのことを考えていたのです。最初に考えたのは、システムそのものが自壊の要素を含むような仕組みでした」

「待ってください」

わたしは思わず遮っていた。

「システムが壊れてしまえば、別のゲームに取って替わられるだけです」

「その通りです」と一郎は認めた。「だからこそ、ゲームを殺すゲームとは、まず無限に自壊しつづける性質がなくてはならない」

そんなものがありえるのか。

だが、わたしはそのまま黙し、一郎が話をつづけるのを待った。

「その上で、わたしは考えました。ルールに則って動くほど、結果として非ゲーム的な動きをプレイヤーが取らざるをえないような、そのようなゲームは考えられないか」

「それはつまり……〈囚人のジレンマ〉の一つの形としてでしょうか」

「そう考えてもらって結構です」

囚人のジレンマ。一九五〇年に考えられた、有名なゲーム理論の問題だ。隔離した二人の囚人に、警官は自白か黙秘かを選ばせる。二人が協調して黙秘すれば罪は軽く済むが、それぞれが自分の利益を優先すると、互いに相手を裏切り、双方が重い罪を受ける。

「不可能に思えます」わたしは正直に言った。

「いいえ、ありえるのです」一郎は首を振った。「いわば、ゲームを拒否することがプレイヤーにとって最善解となるような……いやむしろ、参加するほどに正気の世界から切り離され、神話世界を生きることを余儀なくされるような代物……いつしかわたしの脳には、そのような政治哲学が宿っていたのです」

待ってください、とふたたびわたしは言いかけた。だが、言葉が出なかった。

わからなかったのだ。

「……その装置が、あなたにとって量子歴史学だった」

「そうです」

何か、手掛かりが欲しい。わたしは質問の角度を変えてみた。

「その帰結に至った経緯を教えてください。たとえば、参考にされた歴史上の人物ですとか」

「参考というほどではないのですが……」

一郎が持ち出してきたのは、ピーター・ビアードの写真集であった。

大きく、THE END OF THE GAMEと題名が書かれている。

手に取りめくってみると、いきなり死体の群れが目に入ってきた。人間の死体ではない。象の死骸である。それは、アフリカにおける象狩りの記録だった。

ニューヨークに生まれたビアードは、その後ケニアへ移住し、当時乱獲されていた象の骸を撮りつづけた。それを軸にして、ビアードはアフリカの植民の歴史を一冊に圧縮しようと試みた。

「なぜこの写真集がわたしの心を捉えたのか、かつてはわかりませんでした」

一郎はページに目を落としながら低い声で語った。

「ですが、困難を前にしたとき、わたしは決まってこの本を手に取って眺めていたものでした。そうしながら、わたしは量子歴史学という分野について考えを深めていったのです」

このときふと、わたしは背筋にぞくりとしたものを感じた。

——二人に本を一冊ずつプレゼントしたのだった。

——あるいはこれが、三人にとっての最後の楽しい思い出かもしれない。

「それは、もしかしたら……」

「ええ」

一郎はわたしが言い終えるのを待たなかった。

「クリスマスのようなあの日、綾がわたしたちにプレゼントしたうちの一冊です」

＊

決戦の日が近づいていた。

恭二は完全解を先手必勝と見なし、二勝二敗の引き分けに持ち込む旨を宣言していたが、体調は悪くなる一方だった。自ら決めたこととはいえ、解雇処分という結果は予想以上に彼の柔い精神を蝕んだ。ケアしようとする綾と佐々に、「これでいいんだ」と恭二は語った。

「今度ばかりは、病気が悪ければ悪いほどいい……わからないって顔だな……なぜといって、ぼくの病気の行き着く先のその最果てに、ぼくの求める地点があるのだから……」

恭二の処分を受けて、佐々は棋士たちの署名を集めるとともに、不当解雇だとして訴えようとした。だがそれを恭二は止めた。元より、覚悟の上なのである。

「それに、佐々さんの立場も危うくなってしまう……」

一戦目は恭二の先番となった。

歩を突く彼の右手には、火傷の痕が残されている。少年のころ、綾との性交のさなかに煙草の火を押しあてられたのだ。かつて、初のタイトル戦を前に、テレビ局はこの傷跡をコンシーラーで隠そうとした。棋士は他の職業と比べ、手を映される割合が多い。だがそのとき恭二は気がふれたように叫び、スタイリストを払いのけると、手を洗いファンデーションを洗い落とした。

――コンピュータとの対戦は、中盤にミスがあり先番の優位を失った。

局面が進むにつれ、恭二の額には玉のように汗が浮かび顔面は蒼白になっていった。八時間に及ぶ戦いの末、双方の王が敵陣に入るに至り、やがて局面は引き分けとなった。

先番を勝ちに持ち込めなかったことで、大勢がコンピュータの勝利を予感した。しかし恭二はいっこうに構わない様子で、「あと少しだ」といつかの台詞を繰り返すのだった。

「あと少しで、見ることができるんだ……」

二戦目は二週間後に行われることとなった。

この間にも、一郎の立ち上げた量子歴史学は徐々に成果を出しはじめていた。

コンピュータ内に重なりあった無数の過去は、量子蜜蜂（クオンタム・ビー）の評価関数を通じ、その整合性をチェックされる。このうち一定の基準を満たした歴史を選び出し、最終的にはテキスト自動要約にかけ、これをもって正史とする。これが量子歴史学の最終段階である。

だが結果は、賛同者たちが望んだものとは正反対のものだった。彼らは皆、量子歴史学という一分野が、蓋然（がいぜん）性の高い一つの正史を生み出してくれると信じていた。

現に、量子歴史学はそれまで一定の成果を上げていた。ところが情報量がある一線を超えたところで、探索結果は収束から発散に転じた。

コンピュータがはじき出した結論は、一定の評価基準を満たす歴史は無数にあるというものだった。それによると、南京事件は、あると同時になかった。北方領土は誰のものとも言えなかった。そればかりか太平洋戦争さえ、あると同時にないらしかった。

それが、量子歴史学という分野の結論であり、一郎のしかけた罠（わな）だった。

一郎は、皆が大地だと思っていたものが、まったくの虚空であることを示したのである。

これにより、歴史を塗り替えあっていた勢力はいっそう勢いづいた。量子歴史学は、彼らの双方が正しいことを証明してしまったのだった。より正確には、彼らの双方が、正しいと同時に間違っているということを。

量子歴史学が立ち上がってからというもの、コンピュータを狂わせるべく無数の偽史が生産された。アルゴリズム上のセキュリティホールもあり、さまざまな勢力がそれを見つけたり塞（ふさ）いだりを繰り返した。政治と歴史学の、不毛ないたちごっこがはじまっていた。

このいっさいが、一郎の望んだことであった。

個々人が、好きな歴史を選択できる時代。千人いれば、千通りの歴史がある。

この時期に、一郎の言った文句がある。このことは彼の失脚後、秘書によって公（おおやけ）にされた。彼はヒンドゥーの詩編、バガヴァッド・ギーターを引用したのだ。正確には、原爆製造に携（たずさ）わったオッペンハイマーからの孫引きだった。

「我は死なり」と一郎は言ったのである。「――世界の破壊者なり」

一郎のその後のプランは、この新しい歴史観を投票に適用しようというものだった。すなわち、個々人がどのような歴史を選ぶかによって、各政党の比例数が決定する。

だが、人々が選ぶ歴史は、もはやそのどれもが正史ではない。

というより、正史であると同時にないのである。

この結果を知った社会学者の一人が、量子歴史学は共同体の崩壊をもたらすだろうと警告した。だが一郎の考えは違った。歴史が完全に発散することはなく、それはやがて葡萄（ぶどう）の房（ふさ）のようなゆるやかな塊（かたまり）――彼の言葉によるとフリンジ――を描き、そのどのフリンジに属しているかが、人々の考えや政治信条を示すこととなるだろう。

それはいわば、新しい神話体系の出現だった。

正史の時代から幾千年をさかのぼり、神話の時代まで押し戻してしまうこと。

これがゲームを殺すゲームの全貌なのだった。

対戦は二局目に入った。

先番はコンピュータで、始終優勢にゲームを進めていた。恭二は相変わらず顔面蒼白で、汗はとめどなく流れている。それを心配そうに見つめる綾が、盤を挟む一郎の視界の片隅に入った。

このとき、恭二が音を立て仰向けに倒れた。

恭二はすぐに別室に運ばれ横になったが、この間に持ち時間を使い切り、敗北が決定した。

横になりながら、譫言のように恭二は繰り返した。あと少し。もう、あと少しなんだ。……だが、そのあと少しが訪れることはついになかった。

恭二を見ていられなくなった佐々が動いたのである。

理事たちからの命令もある。勝負を止めるなら、恭二が一敗を喫したいましかない。

佐々はこうも思った。こうなった以上は、最後まで指させてやりたい。たとえ、それがどんな結果になろうとも。

うなされる恭二を、綾が胸に抱き介抱していた。佐々は我知らず目をそらしていた。あたしにできることは？　と綾は繰り返し問いかけた。

「あたしの人生は、あなたたち兄弟のためにあるのだから――」

この一言が佐々を踏み切らせた。

綾と兄弟の共依存を断つべく、佐々はもっとも手っ取り早い手段を選んだ。佐々は恭二のノートパッドの全文をウェブに公開し、彼ら兄弟の過去のすべてを暴露したのである。この前代未聞のスキャンダルはたちまち話題を呼び、瞬く間に拡散し、付随していくつもの記事が書かれた。

もはや対局どころではなかった。一週間も経たずして一郎は失脚し、後ろだてを失った量子歴史学もまた闇に葬(ほうむ)られた。

一郎のゲームは、本人が覚悟していたよりはるか早くに潰(つい)えたのだった。

恭二の体調も見る間に悪化し、ついには入院するに至った。

野望の終焉(しゅうえん)を自覚した一郎は、政治家として幕を引くべく、八方を駆け巡った。このとき、一郎は世話になった織部家を訪ねることにした。織部の妻はすでに他界しており、綾の父親のみが使用人と暮らしていた。父親は一郎を見ると、何よりも先にこう宣言した。

「賭けはわたしの勝ちだな」

困惑するばかりの一郎に、父親は二十三年前、娘と交わした賭けのことを語った。

賭けの経緯や、綾が何を賭けたのかを父親は語らなかった。恩義を感じていた相手の父親は、かわりに、これ以上ない悪意の籠もった口調でこう言ったのである。

「おまえたちは、綾の盤上の駒だったんだよ」

耳を疑う台詞だった。しかし、それと同時に、それまでの出来事のいっさいが腑(ふ)に落ちるのも確かなのだった。

一郎は落合の家で綾を問いつめた。

「おまえは、おれたちを賭けの対象にしていたのか……」

「違う……」

釈明を試みる綾の声は細く、いまにも崩れそうだった。悪の信念のようなものは失せ、綾はただ狼狽(うろた)えるのみなのだった。

そこには一人の人間の素顔のみが残されていた。

「あたしはただ……」

一郎の携帯電話が鳴った。政治家としての幕引きを迫る、党からの呼び出しであった。一郎はすぐに応じ、落合の平屋には綾が一人残された。直後、綾は左手首を縦に切りバスルームで自死したのである。

*

「綾の死後、わたしたち兄弟に届いた手紙があります」

緑がかった封筒に、綾の自筆で宛名が記されている。一郎がうなずいたので、わたしは中身を取り出した。まず目に入ったのは、医師の診断書のコピーだった。そして、便箋の書き出しはこうだった。自分は、境界性人格障害である。それゆえに、兄弟を傷つけてしまった。

境界例——境界性パーソナリティ障害は、先天的とも後天的とも言われている。症例は幅広いが、不安定な激しい対人関係などがよく見られる。あるいは浪費や性行為、無謀な運転といった自傷的行為。感情の不安定。怒りの制御の困難。

綾は書いている。

——あなたたちは、人類の暴力を終わらせようとしました。

——ですが、その背後には、暴力が内に向くのを止められなかった現実があります。

わたしは目を上げた。一郎が先をうながす仕草をした。

——しかしそれは、あなたたち兄弟の欠落ではないのです。

——他ならない、このわたしの病によるものなのです。

「恭二にあてられた手紙も、まったく同じ文面だった」

――どうか、当たり前の家庭を持ち、当たり前の暮らしを取り戻してください。

――それがわたしの願いです。大切な弟たちを傷つけてしまい、心苦しく思います。

「わたしが知りたかったのは――」一郎はうめくように言った。「わたしが知りたかったのは、こんなことではなかった。なぜ綾は死んだのか。違う、そうではない……あのときのわたしの追及が綾を殺したのかどうか。しかし、そういうことに綾はまったく無頓着なんだ！　いや、それこそが、綾の病なのだと理性ではわかる……」

一郎の声は震えていた。

「――しかし、すべてが病のせいならば、いったいわたしたちは何と闘ってきたんだ！」

手紙に、両親との賭けの経緯は記されていなかった。いまとなっては、佐々とわたしのみが知ることかもしれない。わたしはそれを一郎に伝えるべきかどうか迷った。だがそれは、死者が伝えないと選んだ事実なのである。一郎はつづけた。

「綾は綺麗な言葉を並べながら、その実、最後まで我々を掌上(しょうじょう)に置いていたんだ！」

ここまで喋(しゃべ)りようやく落ちついたのか、一郎は静かに頭(こうべ)を垂れた。

部屋が急に寒々しく感じられた。一郎は咳払いをした。

「わたしは思うのです。結局、ゲームを殺すゲームとは、綾そのものだったのだと」

返答に窮し、わたしは綾の手紙を何度か読み返した。

一郎もまた、ここでこの手紙を幾度となく読んできたのだろう。

「……弟さんは、これを読んでなんと」

「喜んでいました。恭二は、あのような性格ですから」

「あなたは」

「いまお話しした通りです。この手紙は……」

一郎は手紙を丁寧にたたむと、棚の最上段にしまった。それから感情を殺した声で、

「――まったくの自己満足です」

恭二の晩年、枕元にはいつも一冊の画集が置かれていた。Zeichnungen 1947-1959と題された、ヨーゼフ・ボイスの画集だった。社会彫刻という概念を打ち出し、現代美術の枠を越え、社会変革を目指した人物として知られている。ヒトラー・ユーゲントにはじまり緑の党へ。終生、ボイスは政治にかかわった。好んで使った素材は動物の脂肪や動物そのもの――野兎の骸などだった。

綾が兄弟に贈った本の、もう一冊の片割れである。


すべてを失った兄弟は、一度だけ閉鎖病棟で面会し将棋の対局をしている。恭二は綾の後を追うように急逝(きゅうせい)したため、これが一郎と恭二が会った最後の日となった。

このときの様子を、患者の保護を目的としたカメラと集音器が捉えている。

一郎はそのデータを入手し大事に取っていたが、最後の別れ際、わたしにメディアを手渡した。

「バックアップはない」と彼は言った。「手放すときが来たのだ」

映像のなかで、面会室の二人は互いの薄くなった髪の話をしたり、孤児院の思い出話をしたりした。一郎は異常気象や新しいランドマークについて恭二に語った。

話は幾度か途切れては再開した。

——結局、おれたちは何に取り憑かれていたのだ？

神の再発明か。ゲームを殺すゲームか。兄弟の結論は一致していた。二人に取り憑いていたのは、最初から最後まで綾という存在なのだった。だがその綾は、もういない。

「決着がついていなかったな」

一郎がぽつりと言って、バッグから携帯用のマグネットの盤を取り出した。

「コンピュータの助けはなしだ。おれとおまえ、二人の勝負だ」

病室の窓は五センチほど開く仕組みになっており、そこから初夏の温い風と雀の声が入り込んでいた。恭二はしばらく興味なさそうに盤を眺めていたが、それから「飛車落ちで」と一郎へのハンデを指定した。一郎はうなずくと、恭二の側の飛車をそっと取り除いた。

恭二はわずかに微笑むと、歩の一つを突いた。

——このとき一郎は見た。ありうべくもない、しかし確かに眼前に広がる光景を。

恭二が突いた歩は跳ね、躍りながら、その軌跡に草木を生やしていた。いや、歩だけではなかった。それぞれの駒は立ち上がり、何事かを囁きあい、足下には草が生え、やがて局面が進むとともに植生は広がり、安物のプラスチックの盤一面を廃墟化した都市のように緑が覆っていた。

「……この光景を佐々も見たのか？」

一郎は訊いたが、恭二は微笑を浮かべたまま応えなかった。

「佐々は、これを守ろうとしたのか？」

恭二はなおも応えない。

「これを——おれは打ち砕こうとしていたのか？」

「これからだよ」と恭二が応えた。「これから精霊たちが集まり、一つになって、そしてより大きな力を持ちはじめる……でも兄さんが相手じゃ駄目だ。佐々さんが相手でもね。もっと先、局面が限りなく煮つまったところに、互いが最善を尽くして闘い、ねじりあい、どこまでも戦局が複雑化したその最果てに……それはきっと生まれてくるんだ」

ビデオの様子からでは、二人が何を見て話しているのかは伝わってこない。

だが一郎は、確かにそれを見たのだとわたしに語った。

一郎が恭二に訊いた。

「将棋が現実を変えられるなどと、本当にいまも思っているのか」

「兄さんこそ、まだ、将棋なんか王を取ったら終わりだと思ってるの？」

それが最後の会話だった。一郎は将棋盤を恭二の元に置いて帰った。

恭二はしばらくその盤と駒を使っていたが、やがてコンピュータを取り寄せると、毎日のように対局しながら、やはり譫言のように駒に語りかけていたという。

いま一郎は体調を崩し入院している。奇(く)しくも、弟がいたのと同じ病室に。

原爆の局　White Sands, Black Rain

囲碁(いご)――二人で行う盤上遊戯。交互に黒白の石を置いていき、囲んだ領域の広さを競う。ルールはきわめて単純で制約も少ないが、その一方、チェスや将棋といった盤上遊戯と比べ解析は困難である。偶然の要素はなく、二人零和(ぜろわ)有限確定完全情報ゲームとして考えられる。

1

由宇や相田の引退後も八方社は抜け目なく二人の名前を使って商売をしており、たとえば以前由宇の名義で発刊された新定石の叢書などは、いまだから明かしてしまうと、ライティングをわたしが担当している。もちろん名を使うのだから、企画段階で読み合わせる手筈になっていたが、進行に行き違いがあったらしく、あるとき八方社のスタッフから問いあわせを受けた。由宇、相田ともに連絡がつかないのだが、何か知らないかという。

とはいえ、由宇が行方を晦ますのも一度ならずのことである。

まして今回は相田も一緒なので、二人の身を案じてはいなかった。企画の成立を思うと頭が痛いが、問いあわせに対しては、確証など何もなかったが、いずれ犬猫のようにひょっこり戻るでしょうなどと応えた。

二人の居場所を知ったのは、まったくの偶然からである。

わたしは別件で八方社の資料室を訪ねており、その際に久々に井上隆太と居合わせた。

由宇のプロ試験の相手をしたとき、井上はまだ五段であったが、すでに二十歳も過ぎ早々に九段となり、いくつかのタイトルを獲得し一躍時の人となっていた。しかし負けん気や志はかつてと変わらず、そんな彼をわたしは日頃から憎からず思っていた。

　おのずと由宇や相田の思い出話になったところで、

「相田さんならシアトルに行ったそうですよ」

と井上は何事もないかのように言う。編集スタッフの話では、理事に呼び出され著作者の管理がなっていないと絞られたそうだが、八方社はこの件を問題視しながらも身内の棋士には隠しており、結果、あっさり解決できるはずの問題がそうはならなかったらしい。

「そうか、由宇さんも一緒だったのですか……」

「いまもそこに？」

「さあ……。宿は聞かされましたが、ほかにも目的地があるようでしたので」

――碁打ちとは、とかく理由をつけては海を越えたがる。

坊門最後の名人である本因坊秀哉も、十八のころにはアメリカで一旗上げる計画を立てていたし、昭和の碁聖と呼ばれた呉清源にしても、元をたどれば上海の名家から碁を打つために来日帰化した人物だ。戦前に日独友好のため渡独した福田正義などは、これはさすがに眉唾にも思えるが、十万というヒトラー・ユーゲントに碁を教えたと伝えられる。

古くは幻庵因碩である。因碩は本因坊丈和と名人碁所の地位を争うも果たせず、夢破れ、八段準名人でありながら、嘉永六年、清国への密航を計画する。

　海外渡航が御法度の時代である。

因碩は腕っぷしが自慢の門弟を連れ、長崎の港祭りに夜釣りと称して舟を借り、闇に紛れて渡航を試みた。ところが暴風に見舞われ、荷物も失い九州に舞い戻ることとなった。いわく、「ああ天の無情たる、わが芸を惜しんで海外に出さざるか」

一徹に盤上の抽象を凝視し煮詰めると、反動のように眼差しが極遠（きょくえん）を向くのであろうか。

「――そうだ」

井上がつぶやいて、棚から棋譜（きふ）の写しを探し出した。渡航前の相田に頼まれ、コピーを渡したのだという。手順は頭に入っているが、念のため資料室のものと照合したいと。

戦中の棋譜であった。正確な記録がなかったのか、消費時間が〇分とある。

黒番が岩本薫（いわもとかおる）、白番が、本因坊昭宇（しょうう）こと橋本宇太郎（はしもとうたろう）。第三期本因坊戦の二局目だった。

――囲碁の世界にはときおり、後世まで棋譜の読み継がれる名局が生まれる。たとえば、弘化（こうか）三年に本因坊跡目（あとめ）の秀策（しゅうさく）が打った「耳赤（みみあか）の局」がそうだ。相手はかの幻庵因碩。中盤に秀策は八方睨（にら）みの妙手（みょうしゅ）を放ち、打たれた因碩は、見る間に耳の先まで紅潮させたという。あるいは天保（てんぽう）六年の、名人碁所の地位をめぐる争碁（あらそいご）。因碩の愛弟子（まなでし）である赤星因徹（あかぼしいんてつ）は序盤で優勢を築くも、相手の丈和が「三妙手」として知られる手を放ち、形勢は逆転。局中、因徹は血を吐き、まもなく夭逝（ようせつ）する。世に言う「吐血の局」である。

しかし井上の示した棋譜は、そうした名局とは匂いが異なった。

むろん玄人（くろうと）同士の争いだから、趣向が凝（こ）らされ石はぴんと張っている。ただ、見る限りでは普通の昭和の碁にも思えた。少なくとも、渡航前の相田がわざわざ照合に来たのは不可解である。

井上は複雑な表情で棋譜を見下ろしていたが、やがてわたしの疑問を察した。

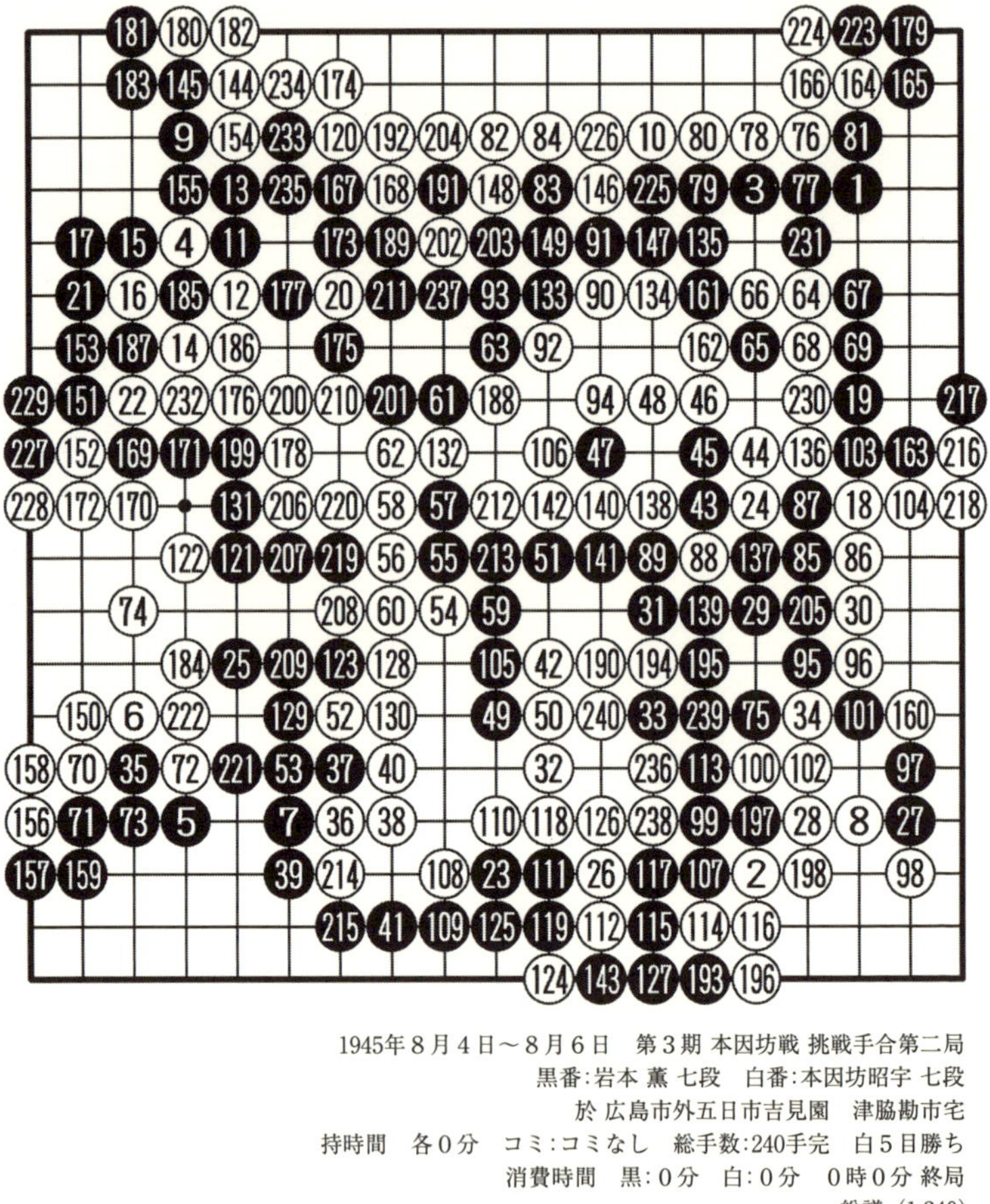

1945年８月４日～８月６日　第３期 本因坊戦 挑戦手合第二局
黒番:岩本 薫 七段　白番:本因坊昭宇 七段
於 広島市外五日市吉見園　津脇勘市宅
持時間　各０分　コミ:コミなし　総手数:240手完　白５目勝ち
消費時間　黒:０分　白:０分　０時０分 終局
総譜（1-240）

「無理もありません」

井上が言うには、この局は、碁打ちであれば話は知っている。しかし実際の譜となると、プロを除けば、いまはもう熱心なファンが知るのみとなった。目の覚めるような妙手が飛び出したわけではないし、コミなしの碁なので、いまの目には古びて見える箇所もある。それでも、たった一つの理由から、いまも歴史に名を残している。

そうか、とわたしはつぶやいた。

話に聞いたことはある。だが、実際に譜を見たことはなかったのだ。井上が頷いた。

「これは、昭和二十年の八月六日に、広島で打たれた碁なのです」

――徴兵年齢が引き下げられ、ほとんどの若手棋士がいなくなった。

星野紀。井上一郎。高橋重行。福原義虎。瀬川良雄。島村利博。梶和為。中山繁行。日下包夫。田淵康一。桂忍。芦葉勝美。山本豊。勝本徹。伊予本桃市。杉内雅男。木谷実。藤沢庫之助。高川格。坂田栄男。梶原武雄。三輪芳郎。塩入逸造。伊藤仁。瀬尾寿。岩田正男。桑原宗久。宮下秀洋。森川正夫。

皆戦場に駆り出されたり、軍需工場に徴用されたりした。物資の欠乏から、新聞は一枚のみとなっており、むろん囲碁欄は廃止である。機関誌の〈棋道〉や〈囲碁クラブ〉は合併され細々とつづけられたが、まもなく印刷する紙もなくなった。

主要都市が焼け野原と化した。

碁を打つことはもとより、生きるのも困難な時代である。

そんななか、本因坊の橋本宇太郎は、誰よりもタイトル戦を待ち望んでいた。

橋本は当時三十八歳。

五番勝負を勝ち越して手にしたタイトルではなかった。関山本因坊への挑戦は第一局こそ勝利を収めたものの、関山が持病に倒れ、復帰が見込めないとあり、橋本が第二期の本因坊となった。就位式があったまさにその日、橋本の家では六歳になる長女の葬式が執り行われていた。日本軍のガダルカナル撤退のころである。東京への空襲が激化し、このとき橋本は長女を亡くしている。到底、晴れ晴れとは本因坊を名乗れない。

だからこそ、橋本はなんとしても五番勝負に勝ち越し、本因坊を連覇したいのだった。

挑戦権を決める碁も、ひそかに打ち継がれていた。

日本棋院には火の気もなく、冬になると棋士たちはゲートルを巻き、震えながら対局をした。空襲警報が鳴ると棋院を飛び出し、山王神社の防空壕にもぐりこむ。警報が解除されれば、ふたたび打ちつづけた。空襲下の東京で、なおも棋士たちは碁を打っていたのである。

だがそれも、昭和二十年の五月までのことだった。囲碁史の『坐隠談叢』にいわく、

「五月廿五日の夜半より廿六日の暁方にかけての大空襲によつて、二十年間偉容を誇つて來た日本棋院の殿堂は全焼し、碁盤、碁石百數十組を始めとして、藏書、記錄、帳簿、手合時計、家具等の一切を烏有に歸したのであつた」

溜池の日本棋院は、空襲により焼失したのである。

「碁を打ちたくても盤石さえない」と井上は言う。「生活を支える出稽古先もなくなりました。

挑戦者まで決まっていた本因坊戦も、実現の見通しを失ってしまったのです」

シアトルへ向かう機内である。

井上の目は、外の洋上に向けられていた。九歳で北京（ペキン）の大会に出場し、その後も国際棋戦に幾度となく出場しているだけあって、飛行機の旅も慣れたものだ。試みに見せて貰ったパスポートは査証（さしょう）や入出国スタンプに占められ、ほとんど余白もなくなっていた。

「……きみなら空襲下でも囲碁を打つかな」

言ってから、これは訊（き）くだけ野暮（やぼ）だと思った。

もちろんです、と井上はまっすぐに即答した。

「では、もし赤紙（あかがみ）が来たなら」

分野を問わず、競技者は常に考えるものだ。たとえば、もし視力を失ったら。スポンサーが降り、収入源がなくなったら。あるいは、もし戦争になったら。だが微妙な政治問題を含む問いでもある。小考する井上を見て、この質問は酷（こく）だったろうかと思った。

「……ベトナム戦争のころには、右手の指を落とす徴兵逃れがあったようですね」井上は迷ったのち、結局はそう答えた。「ぼくも、そうするかもしれません」

「でも、それでは――」

碁も打てなくなる。わたしは言いかけて、右利きの井上が碁は左手で打つことを思い出した。少しでも右脳を活性化させるためと彼は言うが、大切な碁石を利（き）き手で持たぬわけだから、不自然といえば不自然である。わたしは訊いてみた。

「左手で銃を持ちたがる兵士は、いませんよね」

わずかな判断の狂いや、手元の一ミリのぶれが生死を分けるのが戦場だ。まして、銃は右手のために特化されている。

井上はわたしの疑問を理解すると、迷わず自分の額（ひたい）を指さした。

「ぼくの引き金は、ここにありますから」

アナウンスが間もなく到着する旨（むね）を告げた。

井上は英語のガイドブックに目を落としている。シアトルの見どころはどこですか、と試みに訊ねると、蟹（かに）が美味（うま）いらしいですよ、と答えになっていない答えが返った。

当初、井上の同行をわたしは拒（こば）んだ。

多忙な若手の稼ぎ頭（がしら）である。それも、一局に数キロは痩（や）せると言われるタイトル戦の狭間（はざま）のこと。わたし自身、彼のスケジュールに合わせることで、自由な取材ができなくなるとも思った。まして、わたしがこれ幸いともっともらしい理由をつけ八方社から取材費を得たのに対し、井上は自費である。それで遠回しに断わったのだが、穏和な井上が珍しく食い下がった。いまを逃したら、またどこへ消えてしまうかもわからない、と言うのだ。

「――ぼくは、まだ由宇さんに勝っていないんです」

資料室で一緒に譜を見たあのとき、井上のなかで何かが発火したということだ。そして、海を越え由宇を追いたいと思うに至った。

わたしが二人の追跡に積極的になったのも、むしろこの熱気に圧（お）されてであった。

プロ試験での対局を除けば、井上と由宇の公式戦は一局もない。何しろ囲碁棋士は数が多い。タイトルを分け合うようなトッププロ同士であっても、調べてみると、ほとんど対局していない場合もある。まして由宇の現役時代は、短い。

由宇は本因坊の座についたまま引退したため、おのずとタイトルは空位となり、リーグ戦で好成績を上げた二人が七番勝負を行い、その勝者を本因坊とすることとなった。これを制したのが井上だったのだが、正規のタイトルホルダーを破ったわけではない。

本因坊は雅号をつけるのが慣わしであるが、井上はそれを拒んだ。

彼がいまも本名の井上隆太で通しているのは、それが理由である。

棋士とあれば誰しも一度はタイトルを手にしたい。だがほとんどは、挑戦者を決めるリーグ戦にさえ入れない。それなのに、勝ち抜いた井上が本因坊を名乗る気になれないのは皮肉だった。

井上は、橋本宇太郎に自分を重ねていたのだ。

五番勝負を打ち切ることができず、念願だったはずの本因坊位が色褪せて見えた橋本に。

棋院の焼失に伴い、伝統ある本因坊の灯火も消えようとしていた。

このとき棋戦の実現に向けて動いたのが、橋本の師であり、長老格であった瀬越憲作だった。

悲運の棋士と呼んでもいいだろう。かつては天才少年と呼ばれ、プロ入りも飛付三段での入段。本因坊秀哉と定先で打つほどであったが、本因坊を頂点とする当時の家元制度にあっては、実力に見あう栄誉は得られなかった。秀哉が引退したころには、現役棋士としての旬は過ぎていた。

リーグ戦の成績は〇勝四敗である。

瀬越は郷里の広島で、本因坊戦の対局場探しに奔走した。広島支部の藤井順一に相談したところ、大変に名誉なことだからと本人が名乗りを上げ、彼の自宅を対局場と決めた。

だが、警戒警報や空襲警報が鳴り響くさなかである。特に岩本は役職についていることもあり多忙だった。交通事情も悪く、橋本が来れば岩本は入れ違いに帰っている。逆に岩本が来れば、橋本が帰っている。なかなか、いざ対局という段取りにはならなかった。

そのうち、いまの東京では酒も飲めぬだろうから、酒好きの岩本のために用意しておこうとなった。山口まで行けばあると聞いて、瀬越と橋本、そして中国海運社長の矢野五段が、一人一本、計三本の酒を仕入れてきた。

さらに待つこと一月弱、ようやく二人が揃った。

——挑戦者の岩本は、橋本より五つ上の四十三歳。

年齢的には、タイトルを取り歴史に名を刻む最後のチャンスかもしれない。

その前には長い低迷期がある。岩本は六段にまで昇段しながら、二十八のとき、農場経営のためにブラジルへ移住した。しかし利益が上がらず、翌年には富くじで生計を立てるようになる。三年後、棋院に復帰したときはほぼ無一文となっていた。

そこから岩本の苦難がはじまった。

たった数年の空白が、勝負勘を鈍らせていたのだ。後にいわく、「物事には旬というものがあり、旬のときに伸びきっておかなければ駄目になる」——復調までに、岩本は実に十年もの歳月をかけている。それから、さらに三年。

ついに、岩本は本因坊のタイトルに王手をかけたのだった。

立会人は瀬越が務めた。移動の疲れを考慮し、対局は三日後からとなった。到着の晩、岩本は用意された酒をちびりちびりと飲んだ。元々旨そうに酒を飲む岩本だが、この日は格別に旨そうであった。橋本が一口飲んでみたところ、酒はすでに酢になりかけていた。

2

盤の桂（かつら）材に汗が滴（したた）るのにも構わず、わたしは身を乗り出していた。五十目（もく）、いや六十目の負けだろうか。わたしとてこの遊戯が好きで、プロの指導碁は四子（し）の手合なのに。

「負け――」

わたしが口を開きかけたところで、「投了は百目負けの約束だぞ」と相手のアメリカ人が念を押した。――賭碁（かけご）なのである。集中が切れたまま石を打ち、同時に、あっ、と声が漏れた。級位者にもわかる筋を見落とし、活（い）きているはずの石を自ら殺してしまった。

「どのみち百目になっちまったな」

一目につき十ドルだから、千ドルにもなる。せいぜい盤面勝負、負けても数十ドルだと思っていた。油断があったのだろう。わたしは記者であり、プレイヤーではない。だが由宇や相田、井上といったトッププロを相手にするうちに、本分を忘れ、心のどこかで自分も打てるかのように錯覚していたのだ。

だから、由宇の居所を知るという男の甘言（かんげん）に乗り、賭碁に応じてしまった。

物珍しさから観戦していた数名が散っていった。店の奥でコーヒーサーバーの音がした。明るい、丸テーブルが並ぶ碁会所（ごかいしょ）である。このカジュアルな雰囲気にも気が緩んだ。

このとき、米国西部囲碁センターから井上が戻ってきた。彼は盤面を覗きこむと、あーあ、序盤からひどい手にやられましたね、と声を上げた。

「嵌め手なのはわかったのですが、といって、どう打てばいいのか……」

「三線に下がる一手です」

言われてみれば、どうということはない。自分の碁の浅さが嫌になった。

「……収穫は？」

「来るには来たそうです。何日か指導碁を打たれたようですが、いまどこにいるかまでは」

井上の記憶していた宿に、確かに相田と由宇は逗留していた。しかし外出していたので、わたしは宿に伝言を預け、二人が行きそうな場所を井上と手分けして回ることにした。

シアトルには日本棋院の囲碁センターがある。

岩本薫が世界各地に設立した支部の一つで、正門に、終戦間際に打たれた例の譜がタイル張りになっているのだ。そこへはプロである井上が行けば話が早いだろうから、街に数軒ある碁会所はわたしとなった。その結果が、これである。……わたしは相手の男に告げた。

「持ちあわせがない。下ろすから、ついてきてくれ」

「賭けてたんですか？」

訊かれ、わたしは仕方なく事の成り行きを説明した。恥ずかしさで汗が滲んだが、井上は何度か相槌を打ったのち、涼しい顔で言った。

「ばっくれるんです。どうせ日本語はわからない。せえの、で逃げましょう」

小学生のころから中国に渡り修行をしたとあって、さすがに肝が太い。

「それはできない」とわたしは応えた。「どうあろうと、負けは負けですから」

「ふうん」

井上はまじまじとわたしの顔を見たのち、わかりました、と相手の男を向いた。

「もう一勝負（ワン・モア・ベット）」

「嫌だね。おまえはなんだか強そうだ」

博徒（ばくと）には博徒の嗅覚（きゅうかく）があるようだ。井上はイエスともノーとも言わず、適当に相槌を打ちながら盤面を崩し、新たに黒石を六つ並べた。わたしは思い出した。井上の強さは読みの深さだけではない。相手をいなし、自分のペースに持ち込むのが、上手（うま）いのである。

「ハンデです。この際ですから、千ドルでの一回勝負と行きましょう」

首を賭けるなら六子、とよく言われる。人間には碁は読み切れず、おのずと紛（まぎ）れが生まれてくる。だが六子も置けば、まず負けはない。そこから生まれた言葉である。

男は迷うふりをしてから乗った。この時点で勝負は決していた。六子も置けば、万一を怖れて守りに入る。井上はそこにつけ込み、豆を撒（ま）くようにあちらこちらに石を散らし、盤上すべてを急場にした挙（あ）げ句、大劫（たいこう）に持ち込んだ。

見る間に黒のリードは失われ、終わってみれば、三十目近い差がついていた。

「こんなにか……」男は憔悴（しょうすい）しきっていた。「結局、プラスマイナスゼロか」

「何を言ってるんです。一子が千ドルだから、あなたの負けは二万七千ドルです」

これには相手の男も唖然としたが、確かに井上は言っている。千ドルの勝負だと。男は言い逃れの文句を探し、じっと盤面を見下ろしていたが、それから端（はた）と気がついて、

「……おまえ、プロだな」

「だとしたら？」

「こんな碁を打ったとあれば、問題になるだろう」

「もちろんそうです」

やっと相手の表情が弛んだ。「ここは一つ……」

「仮に一、二年の謹慎を食らったところで、タイトルなんかいつでも取れる」

ここで井上は啖呵を切ると、拳でテーブルを叩いた。

「負けは負けだ。いっぱしの賭碁師が、ハメられましたと世界中に宣伝したいのか？」

結局、折れたのは相手側だった。

とはいえ無い袖は振れないし、情報があるというのも当然嘘である。この際だから勝負は忘れ、近くで仲直りの乾杯をし、酒代をそちらが持つのはどうかと井上が提案し、これをもって手打ちとなった。

随分譲歩したものだとわたしは思ったが、考えてみれば、井上は何も金に困る身ではない。むしろ、弱味を見せないことが優先されるのだ。

井上の思わぬ一面にわたしは圧倒されつつも、やや不安にもなってきた。本人の意志とはいえ、賭碁までやらせてしまったのだ。連れてきて、本当に良かったのか。

宿に戻ると、カウンターで相田からの伝言を渡された。

メモにはこうあった。――すでにチケットを取ってしまったので先に出ます。もし都合が合うようなら、この場所で。一週間ほど滞在する予定です。

住所は最後にＮＭとある。ニューメキシコですね、と井上が口にした。アメリカ南西部のはずだが、どのあたりだったろうか。遠いですねと言うと、喧嘩小目(けんかこもく)くらいですか、とわかるようなわからないような比喩が返った。井上が訊いてきた。

「二人へはなんと？」

「一番効果的と思われることを」とわたしは応えた。「井上、再戦望む。連絡されたし」


第三期本因坊戦の一局目は、七月の二十三日から二十六日にかけて打たれた。近年のタイトル戦は長くて二日だが、当時の本因坊戦の持ち時間は十三時間。おのずと三日の勝負となる。

結果は、白番岩本の五目勝ちであった。

一局目を打つにあたって、広島県警察部長の青木重臣(あおきしげおみ)から通達があった。この青木という人物がなかなかの碁狂いで、橋本とも懇意だったのだが、それもあって空襲の激化する広島で碁が打たれることに反対していた。青木は記録係に伝えた。

「碁を打ちはじめたら、すぐ警察へ知らせろ。ただちに職権を持って解散させる」

しかし瀬越をはじめ大勢が尽力し、ようやくこぎ着けた棋戦である。

まして、広島支部の藤井は自宅を対局場として提供した上に、戦時下であるにもかかわらず、関係者一同のための寝具、食料など一通りを揃え、さらには床(とこ)の間の掛け軸まで用意しているのだ。はいそうですか、と引くわけにもいかない。

藤井の言いぶんでは、グラマンＦＹ６Ｆ機の機銃掃射は屋内にいる限り安全だし、Ｂ29の襲来には、防空壕に入って備えればいい。結局、皆で記録係を取り囲んで脅(おど)し、青木が東京へ緊急出張したのをいいことに、第一局を終わらせてしまった。

東京から帰ってきた青木はカンカンに怒り、以降一歩も引かなくなった。

そのうちに、橋本までがやはり怖いと言いはじめた。

とはいえ、藤井は全局を自分のところで打ってもらおうと構えている。結局、岩本が藤井に頭を下げた。藤井は渋りつつも、本因坊が怖いというならばしょうがないとして、用意した物資すべてを提供した。

第二局は、十キロほど離れた郊外の五日市吉見園で打たれることとなった。

――この判断が橋本と岩本、そして瀬越の命を救うことになる。

市内に留まった藤井をはじめ、広島支部の関係者は原爆投下により全員死亡した。

瀬越の三男と甥も犠牲となった。その後、橋本は原爆症と思われる嘔吐や夜尿に悩まされるが、この局の関係者は長寿を保ち、立会人の瀬越は昭和四十七年に八十三歳で、橋本は平成六年に八十七歳で、そして岩本は平成十一年に九十七歳で亡くなった。

三者とも、棋界のその後の発展に大きくかかわった。橋本は関西棋院の礎を築き、岩本は還暦を過ぎてからも世界中を回り、囲碁の普及に努めた。

とりわけ瀬越の功績は大きい。

戦後の囲碁復興や、海外普及の先陣、日本棋院会館の開館――門下には橋本をはじめ杉内雅男、曺薫鉉、伊予本桃市、久井敬史と弟子も数多く、私利私欲を越え生涯を碁に尽くしたとされている。

ニューメキシコ州のアラモゴードは喧嘩小目どころではない距離だった。近くのエル・パソまでの直行便もあったが、折悪しく週一度の便が出たばかりで、わたしたちはやむなく陸路で南下し、途中、物珍しさもあってラスベガスで一泊することにした。

「賭碁の厄(やく)払いです」

と井上が理由をつけ、わたしもそれに乗った。

砂漠に無理矢理に水を引いた、何もかもが人工の街。宿の売店のクッキーまで、側面全面に「人工甘味料(アーティフィシャル・フレーバー)」と書かれている。いったいこれは警告なのか売り文句なのかと二人でひとしきり首を傾(かし)げたのち、とにもかくにもアメリカらしいので土産(みやげ)にしようとなった。

「食育の観点からどうなのでしょう」わたしは益体(やくたい)もないことを言った。

「案外、碁打ちとかが育つかも」井上が真面目な顔をして応えた。

このホテルで思わぬ再会があった。

かつて取材した雀士(じゃんし)の新沢(にいざわ)である。聞けば、余暇(よか)に一稼ぎしにきたのだという。

井上とは初対面であったが、一芸に秀でる者同士は感じ合うところがあるのか、すぐに仲が良くなった。

二人は小一時間ほどクラップスのテーブルに張りつくや、たちまち百ドルチップを積み上げ、わたしのところへチップの差し入れに来た。さすがに勝負師である。わたしはというと、ルーレットでもポーカーでも負け、意気消沈してスロット台についていた。

新沢はすっかりシャンパンに酔い、わたしの後ろで、こんなことを井上に話した。

「おれはね、囲碁や将棋を羨(うらや)ましく思うのさ」

棋士が聞いたら怒りそうなものだが、それを躊躇(ためら)いなく口にするのが新沢だ。

「つまりね、強いやつが勝つ。なんのかんのと言って、麻雀は運だからな」

「碁も運ですよ」

「なぜだい」

「ここだけの話、読めないんです」

新沢の闊達さに気を許したのか、井上は普段なら絶対口にしないであろうことを言った。

「もちろん勝負ですから読もうとはします。でも、結局はどこかで見切り発車になる。もっと言えば、本当の最善手は、示されても理解さえできない可能性があるのです」

「はは、読めないと来たか。それはいい」

新沢は井上の一言が気に入ったらしく、そうか、読めないか、としきりに繰り返した。

井上がつづけた。

「――囲碁とは、運が九割の技術が一割です」

新沢は感心していたが、これは何も井上の専売特許ではない。かの幻庵因碩が「碁は運の芸なり」という言葉を残している。正確には、「必勝負而巳ニテ強弱ヲ論スルハ愚ノ甚也、諸君子運ノ芸ト知給エ」――本因坊道的と安井春知の一局を論じた際の一言である。勝ち負けのみで強弱を論じるのは愚かしく、あくまで碁は運の芸だというのだ。

「もちろん、運はただでは摑めない」と井上は言う。「潜水のようなものです。二十メートル……三十メートル……陽光も届かず、暗く、何も見えなくなってくる。引き返さないと酸素が切れ、戻れないかもしれない。それでも下を向き、さらに深くを目指す。そのとき、はじめて活路が開ける。……潜ることを選んで、なおかつ負けることもある」

由宇が氷壁のイメージを胸に闘っていたことを想起させられた。

由宇や相田なら、なんと言うだろうか。

翌日、出発を前にわたしたちは新沢の部屋へ挨拶に行った。新沢は数日は入り浸り、ポーカーで稼ぐのだという。なぜポーカーなのですかと井上が訊いた。

「決まってるだろう。確実に勝てるからだ」

「そんなのはあなただけです」

二人の応酬に、ふとわたしは寂しさのような負い目のような、なんとも言い難い感覚に囚われた。二人が遠かった。わたしは記者であり、プレイヤーではない。井上はそんなわたしの心中を知ってか知らずか、

「急ぎましょう」

と言い、別にそれで車が早く発つわけでもなかろうが、わたしたちは心持ち足早にバス停を目指した。タイムリミットがあった。井上のタイトル戦が、迫っていたのである。

気が気ではなかった。

井上はタイトル戦を休んででも由宇と闘うと言い出しかねないのだ。

3

「生きた碁を打て……」

——第二局の前夜。

橋本宇太郎は寝床（ねどこ）で目を開けたまま、我知らずつぶやいた。

彼に師と呼べる人物は複数いる。一人は長老格として棋士たちから愛され、広島でも立会人を務めた瀬越。十三のとき入門した、正式の師匠である。それから、棋界で孤立し、坊門も破門され、おのれの美学を貫いて死んだ野沢竹朝（のざわちくちょう）。

生きた碁を打て。

それは野沢から再三言われた台詞（せりふ）だった。

野沢は二十歳そこそこで「常勝将軍」と謳（うた）われ、本因坊秀哉とも紙一重の実力を持っていた。だが三十を過ぎ、大正に入ったころに結核を患（わずら）い、それから十三年もの間、野沢は神戸にひきこもりアマチュアに稽古をつけるばかりの生活を送っていた。

気難しく毒舌家で、人を怒らせるのが何より得意だった。神戸にこもったころには筆禍（ひっか）事件を起こしている。当時の権威であった本因坊秀哉や中川亀三郎（かめさぶろう）らの講評を批評し、筆は人物評にも及び、さらには棋界の裏話を暴露し、このため野沢は坊門を破門されるまでになった。

橋本は、この野沢に特別に可愛（かわい）がられていた。

野沢には門人がいない。身体（からだ）の具合が悪く客に稽古をつけられない際は、「橋本を貸してくれ」と瀬越に連絡が入る。橋本のまだ修業時代の話である。ところが橋本が客の相手をしていると、いつの間にか野沢が後ろに立ち、緩手（かんしゅ）など打とうものなら罵声（ばせい）が飛ぶ。

「生きた碁を打て！」

二年の修業時代を経て、橋本は初段を許された。

——戦前の囲碁の世界では、弟子が師匠に打ってもらえる機会は二度か三度と言われる。一つ目は、入門にあたっての試験碁。次が、入段した際の祝いの碁である。三度目は、見込みがないとして田舎に帰される際に、餞別として打たれる最後の碁だ。

ところが瀬越が忙しく、せっかく入段したのに祝い碁を打ってもらえない。ここに、野沢が「祝い碁を打ってあげよう」と申し出た。二子というハンデの上だが、橋本は野沢に勝利した。すると「どうも納得できない」と野沢が言い、翌週に再戦することとなった。その二局目にも勝つと、また「納得できない」と言われる。都合、三局が打たれた。

「三局もつづけてお祝の碁を打ってくれたのは、恐らく他に例のないことでしょう」

後年、橋本は野沢の思い出をこう綴る。

「他の棋士がほとんど相手にしなくなった野沢さんのさびしさ、それがそうさせたのでないだろうか。碁が打てない碁打ち、その気持ちは実にうつろでむなしいものです」

野沢は晩年近くなってから、ふたたび世に担ぎ出される。

棋界を二分していた組織、日本棋院と棋正社の抗争——昭和元年の院社対抗戦である。

この棋戦を盛り上げるべく、新聞社は神戸の野沢に目をつけた。これを受け、野沢も死に花を咲かせるべく参加を表明した。だが、すでに肺病の三期。局を重ねるごとに病は重くなり、ついには野沢一人が別室で打ち、着手は人を介して伝えることになった。

碁は惨敗し、最後の十番碁を打ち切ることもなく、昭和六年、野沢は五十一で世を去った。親しくしていた九つ下の瀬越をはじめ、参列者はごくわずかだった。寝棺が買えず、身体を折り曲げて入れる坐棺が使われた。

言葉のみが残った。

「生きた碁を打て――」

「二つなき宝を海にさらはれて気ふれし人の笑声聞く……」

大勝負を前に、ぐっすり眠れる棋士など稀である。

橋本と同じように、岩本もやはり眠れずにいた。自らに言い聞かせるように、かつて目にした一首を諳んじる。ブラジルへ移住する途上の船内新聞で読んだものだ。船旅の途中、子を亡くした親を詠んだ歌である。

一月半の航海だった。

西回りでマレー沖を南下しはじめ、まもなく船内で麻疹が流行した。

肺炎を防ぐため、船医は窓を閉めるようにと指示を出した。だが暑さに耐えかね、誰かしらが窓を開けてしまう。そのうち、一人の子供が肺炎にかかり、命を落とした。

死体は水葬である。棺に鉛と砂嚢を結び、そのまま海中へ沈めるのだ。

シンガポールを過ぎ、マラッカ海峡のあたりで、もう一人子供が死んだ。船内は四十度を超えていた。インド洋から喜望峰を経るまでに、さらに七名が死んだ。

若い日の冒険。

その後十年にもわたり自分の碁を見失わせた、決定的な選択である。それでも、岩本のなかには変わらずに一つの情熱があるのだった。

――もう一度、海を越えたい。だがそれには、実績が必要なのだ。

岩本には一つの宿望があった。国際囲碁協会とも呼ぶべき機関の設立である。囲碁を世界に広めるためにこそ、もう一度海を渡りたいと岩本は考えていたのだ。

――いまごろ、橋本や岩本は明日の碁のことばかり考えているのだろう。

瀬越はそう思うと、不謹慎と知りつつも笑ってしまった。戦時中、それも空襲下に碁のために骨身を削るなど、まったくおかしな話である。まして、日本の敗戦はもうほぼ確実だ。明日には、棋界そのものがなくなっていてもおかしくないのである。

だが、橋本や岩本のことを思うと、不思議と希望も溢れてくるのだった。

長老である瀬越は、おのずと立場も使命も違う。

瀬越は、二人とはまったく別のことを考えていた。敗戦後、どのような動きを取るのが最善か。若い棋士たちが、十年後も、二十年後も碁を打ちつづけられるためには、自分は何をすれば良いのか。新聞社は、おそらくは敗戦後もパトロンになるはずだ。だが、そうならなかった場合は。

秀哉と互角に打ったころのような、棋士としての全盛期は過ぎた。碁界での自分の役割は、ほぼ終わった。還暦も間近である。自分にできることは、せめてこうやって、碁の灯火を絶やさぬよう動くことだろう。内で醸成してきたものを、外へ向け解き放つのだ。

瀬越は、自分の役割をはっきりと腹に定めていた。

――新しい芽が伸び、途絶えることなく繁り、戦後も広まっていくように。

――その可能性が、一分、一厘でも大きくなるように。

4

井上はアラモゴードへ向かうバスの車内でタブレットを取り出すと、互先で一局お相手願えませんか、とわたしに頼んだ。

そう言われても、相手は一線のプロである。お相手願う立場はこちらであるし、ましてハンデなしの互先では相手にもならない。わたしは正直に言った。

「むしろ、きみの碁を狂わせないか心配です」

「あなたの碁は、まっすぐなんです」

井上はさらに言う。プロの碁は試合なので、虚々実々の攻防がなされる。そこには気分もあり、駆け引きもある。言うなれば現世の碁なのだ。それでは由宇に勝てるとも思えない。だから、一度まっすぐな碁を打ち、初心に戻ってみたいのだと。

この井上の言には、やはり世辞があったように思う。

それでも、わたしは今朝感じた一抹の孤独が癒えた。第一、井上と互先で打てるなどまたとないチャンスである。

迷ったが、結局はこの調整とも呼べない調整につきあい、到着までに三局を打ち、むろんそのことごとくを負けた。井上の意気込みに、わたしはつい要らぬことを言った。

「対局できるとも限らないので、あまり期待は……」

「――ぼくは、衰える前の由宇さんと打ちたいのです」

これを聞き、わたしは黙り込んでしまった。井上はばつが悪そうに目を背けた。慢心を咎(とが)められたと誤解したのだろう。だが違う。このような鮮烈な感情が失(う)せて久しいことを、わたしは恥じたのだ。

夜が更(ふ)け、砂漠の端(はし)に辿(たど)り着いた。正面に琴座のヴェガが見えた。

アラモゴードだった。

相田と由宇の部屋をコールしようかと思ったが、寝ているかもしれないので、軽くノックのみをした。返事はなかった。諦(あきら)めてベッドに潜ると、たちまち眠りに落ちた。

——妙な夢を見た。

わたしは友人と二人で、部族の自治する山村に足止めされていた。

村は、いままさに占領されようとしていた。麓(ふもと)を軍が取り囲み、ときおり斥候(せっこう)が登ってくる。

わたしたちは村人とともに闘う覚悟を決め、洞窟に籠(こ)もり、村の戦士たちと戦略を練っていた。

そのとき村の長(おさ)に呼び出され、友人を置いて外へ出た。

外の空気は澄み、谷間には霧がかかっていた。

長は口を結んだまま、白樺(しらかば)を削った古びた杖(つえ)を差し出してきた。ここを出て、生きて帰れというメッセージなのだった。わたしは杖を手に、一人、花の咲き乱れる峠(とうげ)を下りていく……。

階下に降りると、井上はすでに朝食を済ませコーヒーを飲んでいた。

昨晩とは逆に、部屋を訪ねるには早すぎる。

どうすべきか二人で思案していると、ワゴン車が待っていると従業員が伝えにきた。聞けば、わたしたちの到着を知った相田が用意させたそうだ。相田と由宇は日の出前に同じ場所に向かったという。わたしたちは慌てて身支度をして車に乗り込んだのだが、運転手が何も言わず車を出すので急に不安になった。

「どこへ向かっているのですか」

「まもなくですよ」

ルート70がまっすぐに大地を突き抜けていた。その左右から、赤みがかった荒野が迫っている。何台もの車が音を立てて追い抜いていった。二十分ほどしたところで、車が右折した。国定公園と大書きされた看板があった。

視界の底が純白に染まった。

青い山並みが朧気（おぼろげ）に浮かび、その麓まで距離感を失うほどの白い砂丘がつづいている。地表を風紋（ふうもん）が覆っていた。かつて砂丘に根を下ろしたメスキートの木が、砂丘が去った後もしぶとく根を張り、塩の柱のように踏みとどまっていた。

――摂氏（せっし）四十度の雪原。

ホワイトサンズ砂漠だった。

地平線を境（さかい）に、現実の解像度が分断されていた。白く輝く砂の正体は、石膏（せっこう）だ。第三期氷河期の湖の名残（なごり）にして、かつてアパッチ族が追われた古代の聖地。

ここに至り、わたしもようやくこの場所が何を意味するのか理解した。

一九四五年、世界最初の原爆実験が行われた地なのだ。

遠く、砂丘の尾根上に二つの黄色い点が見えた。

向かい合う相田と由宇だった。

運転手はわたしたちを降ろすと、何も言わず去っていってしまった。井上が砂丘を登りはじめ、わたしも後につづいた。靴裏で石膏が音を立てた。陽が昇り、東からの光が砂丘を白と黒とに分断していた。トゥルル、とどこかから鳥の啼き声がした。頂上に着くころには息が切れていた。

そこで、相田と由宇は一台のタブレットを見下ろしていた。

井上のものと同じ型である。改めて注目したことはなかったが、棋士たちの間で流行っているのだろうか。二人は一言も交わさず、じっと盤面を見下ろしていた。

幻の石音がした。

追いついたはいいものの、言葉をかけることができない。そんなわたしたちを気遣ったのか、

「ちょうど並べ終えました」と相田が立ち上がった。

「……〈原爆の局〉ですね」

タブレットに終局図が示されていた。

相田と交代に、井上が由宇の向かいに坐り頭を下げた。井上は寄せの手順についていくつか別の変化を示し、由宇がさらに別の変化を述べた。

相田はそんな二人の様子をしばらく眺めたのち、ミネラルウォーターを一口含んだ。

「あの譜を見た由宇が、この場所で並べてみたいと言い出したのです」

最初、相田は耳を疑ったという。何しろ由宇は、抽象で世界を塗り替えたいと公言していた棋士である。それは、頑なに内に閉じたその最果てにこそ生まれる言葉だ。そこに由宇の勝負強さはある。だが——一徹に盤上の抽象を凝視し煮詰めると、反動のように眼差しが極遠を向くので

あろうか。由宇は、ここの景色や時間に碁の一局は拮抗しうるのか、確かめたいと言ったそうだ。人がついに太陽の火を盗み得た、この砂漠で。

没入して検討を重ねる二人を見るうちに、ふたたびあの負い目のようなものが蘇った。黙り込むわたしに、相田が「眩しいですね」と声をかけてきた。それが眼前の二人を指しているのか、陽光の照り返しについて言っているのかはわからなかった。

おもむろに相田が口を開いた。

「……三日目の朝、局面はほぼ最終段階に入っていました」

一九四五年の八月六日。

橋本の百六手目が味良く、二局目は決せられたと思われた。そのとき、遠くからの閃光が部屋を貫いた。つづけて、地を震わすような轟音が部屋に迫った。

爆風が対局場を突き抜けた。

窓ガラスは粉々に砕け、障子や襖が倒れ、ドアがねじ切れ、鴨居が落ち、石はバラバラに吹き飛ばされた。刹那、皆の意識が飛んだ。岩本は盤上に突っ伏し、ややあって、庭に出ていた橋本が戻ってきた。家屋は半壊していた。

「それからどうなったかは、ご存知ですね」

わたしが首を振るのを見て、相田がつづけた。

「二人は吹き飛ばされた石を元に戻し、碁を打ちつづけたのです――」

それは風の声のようでもあった。由宇と井上が、碁の手順の前後で揉めていた。ああでもない、こうでもないと言ううちに、ふと井上がまったく関係ない手を発見し、二人ともそれに気を取られ、ふたたび検討がはじまった。わたしは訊いてみた。

「相田さんならどうなさいますか。そのとき、その場にいたならば」

「井上君や由宇ならば、打ちつづけると言うでしょう。棋士は、いつも内なる火と闘っている。外の火など、いかほどでもない……」

相田はいったん話を逸らし、しばらく遠い山並みを眺めたのち、不意に微笑した。

「もちろん、打ちたがる由宇を連れて逃げます」

この返答は意外なものだった。相田も元棋聖である。当然、打ちつづけると言うと思ったのだ。わたしは質問を考えあぐねてから、ふとその光景を想像し、笑ってしまった。碁のつづきは、いつでも打てるということだ。

相田がつづけた。

「このごろ、碁を打ちながら、風の吹き荒ぶ一本の長い尾根を想像するのです。足場にはわずかな幅しかない。左が抽象の谷、右が具象の谷です。そのどちらに落ちてもいけない」

碁とは抽象そのものではないか。そう思ったが、黙って耳を傾けた。

「すべてはバランスなのです。だからそう——碁とは、抽象が五割の具象が五割です」

二人はこれから東海岸を回り、さらには南米、ヨーロッパと岩本の足跡を辿るつもりだという。シアトルをはじめ、岩本ゆかりの地は各地に点在している。

還暦を前にした岩本は、悲願であった囲碁普及の行脚に旅立った。それから私財を投じ基金を立ち上げると、世界各地に囲碁センターを設立した。そして、最後に設立したシアトルのセンターに、あの譜を残したのである。

海を越えることに執心しつづけた岩本が最後に残したのは、終戦間際に日本で打たれたあの一局だったのだ。岩本は海の向こうに、あるいは碁の向こうに何を見ていたのか。

わたしたちはしばらく何を話すでもなく由宇たちを眺めた。

由宇の表情は以前より穏やかに見えたので、わたしはふと心配になった。

「……由宇さんの碁は、どのように変わってきたのでしょう」

これは、わたしとしては気にかかるところだった。

何しろ井上は、由宇との再戦のためだけにここまで来たのだ。

「碁の縦軸が太くなりました」と相田が応えた。「残念なことですが、わたしではもう由宇には勝てません。ですから、そう。一人の棋士から、すべての棋士たちへ。次の世代を考える時期が来たようです……」

砂丘の影が伸びてきていた。

丘の麓から、何かしら英語が聞こえてきた。いつの間に迎えにきたのか、車の運転手がすっかり待ちくたびれていた。由宇が頷いたので、もうじき出ます、と相田が応えた。

由宇と井上は検討に区切りをつけ、対局の持ち時間をどうするかで揉めていた。

井上はせっかく再戦するのだから、たっぷり十三時間を取り、深い碁を打ちたいという。

〈原爆の局〉での、橋本と岩本の持ち時間である。

だがそれでは、井上のタイトル戦に間に合いそうもない。由宇としては、引退した身である自分が、ファンの待ち望むタイトル戦を台無しにはしたくない。そこで相田に視線を送り助けを求めたところ、相田がごく当たり前のように言った。

「わかりました。由宇、きみは三時間で打ちなさい」

「――はい」

井上が十三時間、由宇が三時間の碁を打とうというのである。これなら計十六時間、二日制の碁と変わらない。確かに帳尻は合うが、井上としては当然受け入れ難い。結局、持ち時間八時間の二日制ということで話がまとまった。駆け引きはまだ相田が上のようだ。

わたしはこのやりとりを横目に、ここに来てようやく当初の目的を思い出した。

車に乗り込みながら、新定石の本ですが適当にやっていいですかと相田に問い、適当にやっていいですよと言質を得た。

「嵐が来ますよ」

運転手がつぶやき、車のヘッドライトをつけた。まもなく目前に壁が迫り、白い夜が来た。石膏がフロントガラスに当たっては弾けた。ただでさえ白い路面が、完全に見えなくなった。クラクションとともに、一台の車が追い越して行った。堪らずに相田が訊ねた。

「道に迷いませんか」

「何遍も来ていますからね。……前さえ見ていれば、大丈夫です」

明日もこちらへ？　と運転手が訊いてきた。

深海へ、と井上が応える。

外国人だから語彙の選択を間違えたと思ったのだろう、運転手は日本人のような愛想笑いを浮かべ、無言でアラモゴードに向け車を走らせた。

5

朝食を取っていると、向かいに井上が席を取った。試合前とあって、わたしは黙って会釈のみをしたのだが、井上はよく喋り、よく食べた。

あまり食べると碁に影響が出そうなもので、事実少しでも脳を働かせようと糖質中心の食事を心がける者もいるが、おしなべて棋士たちはよく食べる。何しろ丸一日、あるいは二日をかけて神経を削り合う。食べなければ体力が持たず、それでも一局が終われば数キロは痩せるという。

隣りのテーブルから、和やかな英語が聞こえてきた。

わたしたちはロサンゼルスのホテルに来ていた。対局を終えた井上が、すぐに帰国できるようにである。思わぬことに、宿には囲碁盤とチェスクロックの用意があった。古い三寸ほどの黒ずんだ桂盤で、脚つきのしっかりした造りである。結局は由宇の車椅子と高さが合わず脚を外すこととなり、その際に隠れていた銘が見えたが、掠れ、読み取ることはできなかった。

それを窓辺のテーブルに置いた。由宇のかわりに石を持つのは、もちろん相田である。

先番の井上が、静かに引き金に手をかけた。

盤の中央、天元であった。たちまち、由宇の顔が険しくなる。たった一手で、部屋の気温が数度下がった。ひりつくような井上の気迫が音をかき消した。

——中央の碁は難しい。

初手の天元となると、五、六目の損と言われている。それでも、この一手に挑戦する者は多い。

記録では、昭和三十五年からの三十七年間には二十四局が打たれ、その大半が十代か二十代の棋士による。天元とは、若い打ち手による野心の一手なのだ。

　由宇は二手目に二分ほどを費やした。

「十二の十、一間（いっけん）掛かり」

　この手が碁の性質を決定づけた。昭和二十五年の東西対抗戦の再現ともいえる。初手天元に対し、白は桂馬（けいま）に掛かった。悪手である。だが、意地に意地をぶつけた格好だ。

井上が桂馬に掛け、由宇は大場（おおば）となった空（あ）き隅の高目（たかもく）に打つ。対する井上は、反対の隅に高目。

由宇が挑戦を受けた形で、開局早々の空中戦となった。

　両者が二つの星に打ち、やっと空き隅が消えた。白からは隅への掛かりが普通だろうが、由宇は隅はおろか辺（へん）も放置し、中央に外して打った。

「十五の八、大飛（たいひ）」

　中央から五線への大飛など見たこともない。せめて四線へ飛び辺を占めるのが良さそうに思えるが、見てみれば気分の出た一着でもあった。井上が長考に入った。

　五十メートル、と井上がつぶやいた。百メートル。

　息苦しく、窓を開けたいが、それは勝負に綾（あや）をつける。

　——このとき現実の底が抜けた。

　部屋は透明な海水に満ち、透明な魚の群れが音もなく横切っては消えた。

　波が逆巻（さかま）いては砕け、西海岸の浜辺に打ち寄せている。男は一人そこに立っていた。防護服のようなものを身にまとっている。傍(かたわ)らには、浜に打ち上げられ、肉食獣に食われ、なかば骨と化した鯨(くじら)の死骸があった。男が言う。人間扱いされたかっただけなんだ。男が言う。おれは、オブジェクト指向で作られた修羅(しゅら)だ。わかるか、そのことが。

そしてわれわれは見た。

いまだ放射能の残る雪原のような純白の虚無を。われわれは見た。空襲に怯(おび)えつつ息を白くさせ極寒(ごっかん)のなか碁を打ちつづける溜池の棋士たちを。われわれは見た。一匹ずつ殻を打ち壊され海へ捨てられるストロンチウム90の蓄積した椰子(やし)蟹を。

われわれは見た。アラモゴードの大気をかき回す宿の天井の大きなファンを。折悪しく晴れていた八月六日の広島といまそこに立つ空疎な碑銘(ひめい)を。最初の原爆実験の前、世界の滅亡に数ドルを賭けた核物理学者らを。サイパンに、テニアンに、ペリリューに、硫黄島(いおうとう)に等しく降り注ぐ熱いスコールを。

男が言う。行こう、ついて来い。

だからわれわれは走る。国境の枯れ川に架かった一本の長い錆(さ)びた鉄橋を。われわれは走る。砂漠に水を引き作られた蜃気楼(しんきろう)めいたカジノホテル街の太い殺風景なメインストリートを。われわれは走る。氷河の解け水にぬかるむ九十九(つづら)折りを。パラボラアンテナの立ち並ぶ首都の旧市街の雨季を。

男が言う。おれは、ゲームを殺すゲームを作るんだ。

病を設計するように、ルールを一つひとつ決めていくのだ。

国立公園に打ち棄(す)てられたアパッチの黒曜(こくよう)の古い矢尻。先住民から買い叩いた島を埋め尽くす信号の明滅、摩天楼、地下道の蛍光灯の冷えた光。ペンキの剝げかけたバスタブを、ポップコーンのバターの香る映画館の看板を、人工甘味料でべっとり味付けされたジェリービーンズの並ぶ煙草屋を、窓の鉄格子を、錆びた非常階段を、乳白色のシンクをわれわれは見た。血は分離する。祈りは届かない。怒りは流産する。言葉は混ざらない。上空で音を立てるB29は鳥だ。

男が言う。われわれの文明はここに埋まる。

われわれは聞く。外からの衝撃に天球が揺れ、徐々に軋みはじめるのを。リワインドする神話と法則の終わりを。彼方の未来からわれわれを掘り起こす考古学者の鑿の音を。ハイパスフィルターのかかった真言を。

国境へは何時につくだろう?

蟹は食えるかな? メンソールは売ってるかな?

これは何度目の文明か。

男が言う。おれをプログラムしたのは神であると。

おれにはいつだっていまその瞬間、現在しかないのだと。

われわれは見た。砂嚢や鉛とともに海に沈められる幼子を。窓の外に光り輝く染みるような春の季節を。ニワトリをかきわけながら道を行く物売りを。小枝を鳩の尻に突っ込んで掃除機のように腸を引っ張り出す子供たちを。

五十メートル。

百メートル。

われわれは走る。手のひらに残った一粒の死を抱えて。あめつちが、時刻表が、どこかへ零れ散っていくのを感じながら。暗く太く濁った母なる流れのデルタ目前の土手沿いを。清への道を無情に遮る嘉永六年の洋上の暴風域を。砂漠を埋めつくす無限の透明なアラベスクを。緑の生い茂る夏の荒川の河岸段丘の名残を。

男が言う。おれも本当は戦士でありたかったんだ。

出ようか。

われわれは見る。東の空の鋭く青白い刹那の光が鈍く天球を軋ませるのを。

局面はすでに中盤に差しかかっていた。

戦いは盤面全域に及び、攻め合いが散らばったまま、いまだ活きている石は一つもない。井上、由宇、相田の三者は息を潜め盤面を見下ろしている。陽が傾いていた。

秒針の音が自分を切り刻むように感じた。

――引き返さないと酸素が切れ、戻れないかもしれない。

――それでも下を向き、さらに深くを目指す。

わたしは引き返してしまったのだ。わたしだけが、その場のどこにもいなかった。

「封じます」と井上が言い、碁罫紙がわりにホテル名の記されたメモ帳を破り、次の着手点を書いてわたしに差し出した。その手の肌の張りを見て、わたしはいまさらのように、一回りも年下の人間が命がけで闘っていることに気づかされた。

わたしは深呼吸をしてから、二つ折りにされたメモ用紙を受け取った。

「確かに」

ふう、と由宇が息をつき、たちまち脂汗が吹き出し、相田がそれを拭う。わたしは訊いてみた。形勢はどちらがいいのでしょう。それがですね、と井上が言った。ぼくにも、ちっともわからないのです。これで、やっと張り詰めた空気が解けはじめた。

「何を食べましょうか……」

「しかし、勝手のわからない土地ですからね……」

その晩、相田が二本のビールを手にわたしの部屋を訪れた。由宇はいいのですか、と訊くと、もう寝たようですので、と相田が応えた。冷えて水滴のついたビールは、西海岸の生温い風にそぐわない奇妙な感じがした。実はですね、と相田が切り出した。

「これを差し上げたいと思ったのです」

それは一本のシェーファーの万年筆だった。彼自身が使っていたものなのだろう、二、三の瑕があったが、ペン先は慣れ、書きやすそうだった。

いただけませんよ、とわたしは固辞したが、自分はもう使わないと相田は言う。すでに書くべきものは書き、碁の技術は由宇へ受け継がれたと。

「あなたに引き継いでもらいたいのです」

「しかし……」

「このシェーファーというブランドは、アメリカによる、アメリカ人の誇るペンなのです。つまりですね、あなたの書くものは、世界に向け、英訳されなければなりません。あなたも海を渡るのです。だから、エージェントとサインを交わすとき、このペンを使えば良いと思ったのです」

——砂漠で再会したあのとき、相田はわたしの負い目や葛藤を見抜いたのかもしれない。

温かいペンだった。わたしは、こう言ってもらえた気がしたのだ。現世にとどまることは、なんら恥ではないのだと。わたしは頭を下げ、この掌（てのひら）ほどの白樺の杖を受け取った。

6

わたしが封じ手を読み上げ、勝負が再開された。難解な局面に、わたしは海の幽霊がふたたび足下をひたすのを感じた。だが首を振り、今度こそ勝負を見届けることに専念した。

「難しい……」

滅多（めった）にぼやかない井上の口から、そんな言葉が漏れる。

わたしにも、この勝負の肝がどこにあるのか朧気ながら見えてきた。

白と黒どちらからも、四劫（よんこう）を仕掛けられる形なのだ。そうなればいわば将棋での千日手（せんにちて）、無勝負の引き分けとなる。すると勝勢の側は四劫を仕掛けられず、逆に敗勢の側から仕掛けることとなる。ところがすぐ隣りのわたしや相田も、由宇にも、井上にも、この局面の形勢がどうなっているのかいっこうに見えないのだった。

井上が利（き）かしてくれれば、由宇は外す。由宇が仕掛ければ、井上が逆を行く。

二度の食事を挟み、秒読みに入り、いまだどちらの大石（たいせき）が死んでもおかしくない状況がつづいた。井上の目が窪（くぼ）んできた。年齢的に厳しいはずの相田も、口を結び由宇の指示を待っている。

「……ごめんなさい」

ついに由宇がつぶやき、皆もこの碁の結末を理解した。井上がゆっくりと頭を下げ、由宇が劫に受ける旨を告げた。二人は劫争いに入ることもせず、相田に立会人としての裁定を求めた。これで、碁は無勝負である。だが、事実上は井上の勝ちかもしれない。先に酸素が切れ、引き返したのは由宇だったからだ。

日はすっかり暮れていた。

相田が急いで井上を送り出すためのタクシーを呼んだ。わたしたちはそれに同乗し、井上を見送ることにした。結局、井上はその足で対局場に向かい、防衛まで果たしたのだが、空港で別れる際、ふとこんなことをわたしに漏らした。

「ぼくは、神の碁盤というものをよく考えるのですよ」

「それはどのような?」

「無限に広い盤面です。するとですね、面白いことが起きる。石を追いかける征（しちょう）が千日手のように終わりなくつづくのです。おのずと、征は打てないことになります」

待ってください、とわたしは遮った。

「実際は、征を追う場面もありますよね。それに、盤全体がかかわってくる」

「そうです。最初は千日手ではない。けれど、追っていく過程のどこかで千日手に変わる。全体を考慮すると、ありうべき未来の盤面の一つひとつが現在に遡（さかのぼ）り、千日手かどうかを決定する。ですが、その閾値（いきち）がどこにあるのか、人間には決してわからないのです」

二人の勝負を棋譜に残すのには思わぬ骨が折れた。

通常、碁は流れに沿っているので、後から一局を再現するのは困難ではない。だが、互いに相手の狙いを外し闘いつづける碁は勝手が違う。相田ですらタブレットに着手を入力しながら、幾度か手順を間違え、わたしが指摘する場面があった。

「そこは劫になります」

「そうか、こっちが先か……」

生きた碁ですね、とわたしは思わず言ってしまった。相田が苦笑した。

一度でも気を抜いたらやられる意地の張り合いがどこまでもつづく、そんな勝負である。だがその反面、由宇は慈しむように盤上を眺め、一手一手を練っていたのだった。

相田と由宇は、すぐにでも東へ飛ぶという。別れ際、わたしは由宇に訊いてみた。

「まだ、抽象で世界を塗り替えたいと思いますか——」

「なんとも言えません」と由宇は首を振った。「それを撤回すると、碁が脆くなってしまう気もするのです。でも現実はどうでしょう。あるいは棋士というものは、さまざまな景色や縁、虚無や失意、音楽や暮らしや時間といった一切を呑み下して、次なる……」

唐突に、由宇はそこで言葉を止めた。あたかも見えない壁に遮られたかのようだった。何物かが彼女にそれを言わせまいとしたことは明らかだった。だが、わたしには彼女の唇が読めてしまった。由宇はこう言おうとしたのだ。次なる人類、と。

それから、由宇は面映ゆそうにつけ加えた。——心が健康でないと、いい碁は打てないのかもしれません。

わたしは子供のような質問をした。碁とは、なんだと思われますか。

由宇は迷わずに応えた。

「——九割の意志と、一割の天命です」

主要参考文献

『坐隠談叢』安藤如意、渡邊英夫、新樹社（1955）
『囲碁を世界に 本因坊薫和回顧録』岩本薫、講談社（1979）
『囲碁専業五十年』橋本宇太郎、至誠堂（1972）
『囲碁一路』瀬越憲作、サンケイ新書（1956）
『囲碁百年 2 新布石興る』木谷実、平凡社（1968）
『秀格烏鷺うろばなし』高川秀格、日本棋院（1982）
『昭和囲碁風雲録 上・下』中山典之、岩波書店（2003）
『昭和囲碁名勝負物語 上・下』伊藤敬一、三一書房（1994）
『囲碁妙伝 上・下』幻庵因碩著、高木祥一編、教育社（1991）
『入神』竹本健治、南雲堂（1999）
『天元への挑戦』山下敬吾、相場一宏、河出書房新社（2000）
『アマの知らない布石』安倍吉輝、毎日コミュニケーションズ（2006）
『物語り囲碁史』田村竜騎兵、日本棋院（1972）
『囲碁史探偵が行く』福井正明、日本棋院（2008）
『あぶれもん』来賀友志作、嶺岸信明画、竹書房（1989）

初出一覧

盤上の夜（第一回創元ＳＦ短編賞 山田正紀賞）
創元ＳＦ文庫『原色の想像力』二〇一〇年十二月
人間の王 東京創元社〈ミステリーズ！〉vol.45 二〇一一年二月
清められた卓 東京創元社〈Webミステリーズ！〉二〇一一年六月
象を飛ばした王子 東京創元社〈Webミステリーズ！〉二〇一二年二月
千年の虚空 書き下ろし
原爆の局 書き下ろし

創元日本SF叢書

宮内悠介

盤上の夜

2012年3月30日　初版
2012年7月5日　再版

発行者
長谷川晋一
発行所
(株) 東京創元社
〒162-0814　東京都新宿区新小川町1-5
電話　03-3268-8231（代）
振替　00160-9-1565
URL http://www.tsogen.co.jp

装画
瀬戸羽方
装幀
岩郷重力+WONDER WORKZ。

印刷 フォレスト
製本 加藤製本

乱丁・落丁本はご面倒ですが小社までご送付ください。
送料小社負担にてお取替えいたします。

ISBN 978-4-488-01815-3 C0093